Tinta roja

Alberto Fuguet

Tinta roja

ALFAGUARA

© 1996, **Alberto Fuguet**
© De esta edición:
2001, **Aguilar Chilena de Ediciones, Ltda.**
Dr. Aníbal Ariztía 1444, Providencia,
Santiago de Chile

- **Aguilar, Altea, Taurus, Alfaguara, S.A. de Ediciones**
  Beazley 3860, 1437 Buenos Aires, Argentina.
- **Santillana de Ediciones S.A.**
  Avda. Arce 2333, entre Rosendo Gutiérrez
  y Belisario Salinas, La Paz, Bolivia.
- **Distribuidora y Editora Aguilar, Altea, Taurus, Alfaguara, S.A.**
  Calle 8 Núm. 10-23, Santafé de Bogotá, Colombia.
- **Santillana, S.A.**
  Av. Eloy Alfaro 2277, y 6 de Diciembre, Quito, Ecuador.
- **Grupo Santillana de Ediciones, S.A.**
  Torrelaguna 60, 28043 Madrid, España.
- **Santillana Publishing Company Inc.**
  2043 N.W. 87 th Avenue, 33172, Miami, Fl., EE.UU.
- **Aguilar, Altea, Taurus, Alfaguara S.A. de C.V.**
  Avda.Universidad 767, Colonia del Valle, México D.F. 03100.
- **Santillana S.A.**
  C/Río de Janeiro, 1218 esquina Frutos Pane
  Asunción, Paraguay.
- **Santillana, S.A.**
  Avda. San Felipe 731, Jesús María, Lima, Perú.
- **Ediciones Santillana S.A.**
  Constitución 1889, 11800 Montevideo, Uruguay.
- **Editorial Santillana S.A.**
  Av. Rómulo Gallegos, Edif. Zulia 1er piso
  Boleita Nte., 1071, Caracas, Venezuela.

ISBN: 956-239-024-1
Inscripción Nº 98.326
Impreso en Chile/Printed in Chile
Primera edición: diciembre 1996
Sexta edición: agosto 2001

Diseño:
Proyecto de Enric Satué

Foto de cubierta:
Valeria Zalaquett

*Quién sabe si vivimos siempre nada más
que alrededor de las personas, aun de
aquéllas que viven con nosotros años y
años, y a quienes, debido al trato frecuente
o diario y aun nocturno, creemos que
llegaremos a conocer íntimamente;
de algunas conocemos más, de otras menos,
pero sea cual fuere el grado de conocimiento
que lleguemos a adquirir, siempre nos
daremos cuenta de que reservan algo que es
para nosotros impenetrable y que quizás
les es imposible entregar:
lo que son en sí y para sí mismas,
que puede ser poco o que puede ser mucho,
pero que es: ese oculto e invisible núcleo que
se recoge cuando se le toca y que suele matar
cuando se le hiere.*

Manuel Rojas,
Hijo de ladrón

Verano

Nací con tinta en las venas. Eso, al menos, es lo que me gustaría creer. O lo que algunos entusiastas decían de mí cuando mi nombre aún poseía cierta capacidad de convocatoria. Nunca he tenido muy claro qué fluye exactamente por mis venas (mi ex mujer se ha encargado de esparcir el rumor de que no es más que un suero frío y gelatinoso), pero sí estoy convencido de que la tinta fue un factor decisivo en la construcción de mi personalidad, mi vida y mi carrera.

Carrera. Ya estoy usurpando términos. Verán, *carrera* no es el tipo de palabra que yo use con frecuencia. No como lo hace Martín Vergara, mi joven alumno en práctica. Como todos los que se han desarrollado pero aún no se forman, Martín es bastante cándido, aunque no por eso menos incisivo.

A tal grado llega su inocencia que está convencido de que perder un verano da absolutamente lo mismo. «Total», me dijo, «me quedan miles por delante.» Comete un error, claro, pero es muy joven para entender que lo único que a uno no le sobra es tiempo y veranos.

Martín se saltó el vagabundeo generacional por Perú y Ecuador. Gloria, su supuesta novia, viajó sola con el resto de sus amigos de la universidad. Vergara decidió que era más rentable quedarse acá en Santiago durante estas vacaciones para aprender el oficio y sumar contactos.

¿Cómo sé todo esto? Lo intuyo. Verán, años atrás, cuando recién comenzaba a afeitarme, también yo decidí saltarme una expedición con mochila al hombro por la entonces recién inaugurada Carretera Austral. Consideré que pasar el verano en la sala de redacción de un tabloide sería mucho más iluminador que un paseo por los hielos. Y acerté. Por única vez en mi vida. Martín Vergara, en cambio, se está perdiendo una gran aventura, y por algún motivo me siento culpable. Doblemente culpable. Por mucho que lo intente, yo nunca podré hacer por él lo que Saúl Faúndez hizo por mí. Faúndez me moldeó a punta de gritos e insultos. Convirtió a un atado de nervios autista y soñador en algo parecido a un hombre. Faúndez me tiró agua a la cara cuando yo aún estaba durmiendo.

El asunto es que continúo trabajando en Santiago como si tuviera mil veranos por delante. Aquí estoy, fondeado, esperando mis vacaciones de marzo en Europa vía canje publicitario, viático incluido. Pero marzo ni siquiera se vislumbra todavía en mi agenda. Mientras tanto, mato el tiempo, edito números anticipados en esta oficina con vista al cerro Santa Lucía y converso con Martín Vergara como si fuera un viejo amigo perdido al que he echado mucho de menos.

Desde el instante en que se presentó ante nosotros como alumno en práctica, Martín Vergara se transformó en el centro de la atención de esta predecible y curiosamente admirada revista de tarjeta de crédito con pretensiones literarias, turísticas y encima culturales que tengo la suerte (no el honor) de dirigir.

Obtuve este puesto gracias al gerente general del banco que emite la tarjeta. Leyó mi libro y concluyó que en mí confluían los dos mundos que él deseaba aunar en su proyecto: el sentido práctico y perspicaz del periodista, y la creatividad, el caché y el status de un escritor. Con la insistencia de un nuevo rico, el gerente se empeñó en conseguir lo que deseaba. Y, como buen escritor en crisis, acepté. Tuvo que pagar, claro, pero bastante menos de lo que gasta en los cuadros de pintores de moda que colecciona y que, no por casualidad, ilustran las páginas de arte de *Pasaporte.*

No hace mucho, en un almuerzo que clausuraba un abierto de golf, el gerente general me confesó por qué se había fijado en mí a la hora de reemplazar a su antiguo editor. El gerente, por cierto, no estaba deslumbrado con mi primer y único libro (encontró los cuentos raros y difíciles); tal como intuí, era un entusiasta admirador de mi primera (y también única) telenovela donde, entre los cientos de personajes que chocaban entre sí, había algunos periodistas de dos o tres medios de prensa ficticios que cautivaron su atención.

No solamente el gerente del banco se cuenta entre mis fans. *Región Metropolitana* ha sido el culebrón que más sintonía le ha dado al canal. O a cualquier canal. Han pasado más de diez años desde el histórico último capítulo y aun así todas las producciones dramáticas se siguen midiendo con esa vara que tuve la desgracia de poner tan alta. El éxito de la serie (inspirada en *Manhattan Transfer,* de Dos Passos) fue tan abrumador que la alargué. Lo que concebí inicialmente para tres meses terminó durando más de un año y medio. Dicen que en todo arte el verdadero talento consiste en saber cuándo parar. Yo no me detuve nunca. Seguí y seguí. Supongo que entretuve a muchos, pero no emocioné a nadie. Algunas veces culpo al medio. La mayoría de las veces a mí mismo.

Martín no oculta su aprecio y su admiración por mí, lo que no deja de conmoverme. Me ha llenado de un inesperado sentimiento de responsabilidad que ojalá me lo hubiera gatillado el nacimiento de mi hijo Benjamín.

No estoy de acuerdo con Martín. La verdad es que nunca he sido el que él cree que soy, ni menos el que a mí me gustaría ser. Mi actual estado es, según el día, de parálisis total o entumecimiento severo. En un principio me pareció inconcebible e intolerable. Pero la mediocridad es más sutil de lo que uno cree y a veces te abraza con el manto de la seguridad. Uno se acostumbra y sigue adelante. La vida creativa puede ser activa e intensa, pero carece de la estabilidad del pantano. Uno, al final, puede vivir de lo más bien sin estímulos. El hombre es un animal de costumbres y yo me acostumbré.

Hace tres noches, en un bar con mesas al aire libre, Vergara me confesó que si no lograba transformarse en escritor antes de los treinta, cambiaría su meta por la de ser un editor top.

—Si no te armas profesionalmente, Alfonso, todo se viene abajo. Es como una casa con malos cimientos. Tu mina te tiene que admirar. Si no sientes orgullo y entusiasmo por lo que haces, terminas sin hacer nada. Te paralizas y todo el resto te da lo mismo. De qué te sirve tirar todas las noches, tener feroz billete, aparecer en los diarios, si no eres capaz de mirarte al espejo y sentirte bien. A cargo. ¿Me explico?

Se explica. Perfectamente.

Martín adolece de muchas cosas, pero posee el don de intuir lo que no sabe. Es certero y tiene olfato; creo que será un gran periodista.

Yo, una vez, como tantos otros que se han sentido desplazados o no tomados en cuenta, intenté primero poner las cosas por escrito. Pensé que me podrían querer más si en vez de vivir las cosas, las escribía. Fue un error, pero a esa edad me parecía la mejor idea y abracé la causa con sangre. Por un tiempo breve las palabras brotaron y lo inundaron todo. Comencé a ganar concursos de cuentos como quien programa estaciones en la radio del auto. Antes de saber qué hacía exactamente un editor, varios de ellos me llamaron a mi casa y me invitaron a almorzar a restoranes ubicados en calles por las que yo nunca había caminado. Me ofrecieron drogas, consejos, amigas, adelantos, corbatas y casas en la playa para refugiarme y escribir. Lo fui aceptando todo por orden de llegada, y antes de que mi primer libro apareciera en la portada del suplemento literario de *El Universo*, ya era una estrella, un *enfant terrible* hecho a medida, el alma de las fiestas, los lanzamientos y las páginas de vida social.

En menos de un año mi mirada provinciana y clasemediera se diluyó en la enrarecida atmósfera a la que tanto había aspirado a ingresar y en la que tan poco trabajo me costó hacerlo. Mi lenguaje, mis costumbres y mis ingresos mutaron con asombrosa facilidad. No fue difícil; durante toda mi corta vida no había hecho otra cosa que practicar. El gran ventanal que me separaba de los capitalinos ya estaba grasoso y lleno de vaho de tanto pasarme, por años y años, apoyado en él, observando cada detalle y movimiento, convencido de que algún día se vendría abajo y yo simplemente daría un paso para entrar a esa gran fiesta a la que nunca me habían invitado porque tuve la mala suerte de nacer donde nací.

Llegar a Santiago lo dividió todo en dos, antes y después, el comienzo y el fin. No venía de muy lejos, es cierto, Quilpué primero, Viña del Mar después, pero aquí en Santiago se hallaba todo lo que yo buscaba. Desde muy joven me había embriagado estudiando los mapas, aprendiéndome de memoria las estaciones del Metro, entendiendo las sutiles diferencias entre La Reina y Peñalolén. Cruzar la frontera me parecía imposible; transformarme en capitalino, también. Dos horas en bus suman muchos kilómetros cuando se tiene la certeza de que todo lo que a uno le interesa no sólo está en otra ciudad, sino en otro universo. Leía los diarios y las revistas de Santiago y subrayaba los giros, los locales nocturnos, las claves y los códigos que me permitirían cruzar esa puerta prohibida.

Instalarme en el departamento de mi abuela e ingresar a la universidad fue fundamental. Pero al poco tiempo me di cuenta de que era más doloroso estar en la capital, a metros de las editoriales y los diarios y las librerías y los cafés, y no tener acceso a ellos, que vegetar en mi apacible ciudad balneario. Ni económica ni socialmente me hallaba cerca de mis objetivos. Entendí que sólo vía mi sangre, mi tinta, tendría alguna oportunidad.

Caer en esa escuela aclanada y promiscua, donde la única obsesión era la política y la venganza, no fue el mejor comienzo. La desesperación en que me sumergí me impulsó a continuar adelante. Me aislé, recurrí a la concentración, abracé las ficciones y tracé mi camino. Mi meta era *El Universo*. Estar ahí, ser parte, sentir el poder y regocijarme en él. Mi otro plan era más un sueño, menos probable pero infinitamente más seductor: antes de ser muy viejo, algún libro mío iba a estar expuesto en las vitrinas de las librerías de mármol y acero iluminadas por dentro.

Un error burocrático que sigo sin entender cambió mi carrera. La secretaria de la dirección de la escuela archivó mal mi postulación y terminé haciendo mi práctica en *El Clamor,* un tabloide de prensa amarilla que siempre desprecié porque era el diario que devoraba mi familia.

Pero quizás me estoy extendiendo demasiado. Tal como el gerente del banco, que tuvo que trepar mucho para llegar hasta donde llegó, también yo invertí años y años como allegado en un mundo que ignoraba mi existencia, y logré lo que kilómetros de columnas en un diario jamás podrían conquistar. Escribí un libro. Más importante aun, lo publicaron. Alfonso Fernández Ferrer de pronto apareció en el mapa.

Mi primer y único libro fue un conjunto de cuentos interrelacionados que se lanzó al mercado con el advenedizo e irritante título de *El espíritu metropolitano.* Tal como esperaba mi editor, fue recibido con el mismo entusiasmo e hipocresía con que un afuerino es acogido en un exclusivo club que sabe que no puede seguir prohibiendo el ingreso de nuevos miembros por pánico a quedarse sin socios. Obtuve la bendición, vendí bastante y, luego de que *El Universo* tuviera la gentileza de hacerme entrar al panteón, los restantes críticos me trataron como *la gran esperanza blanca,* recurrieron a ostentosos adjetivos y cayeron en la trampa. Dijeron que mi voz era «esencialmente capitalina y moderna», y fueron incapaces de advertir que lo único que tuve a mi favor fue un buen diccionario de sinónimos y antónimos. Me amaron, pero nunca entendieron por qué. Yo tampoco. A la hora de los premios, nadie se atrevió a contradecir a la mayoría; para ser un libro compuesto por ocho cuentecillos y doscientas dieciséis páginas, vaya que acumuló dinero y distinciones. Lo curioso es que, más allá de lo que se decía en la prensa, yo no estaba muy de acuerdo con la fanfarria. El libro, mal que mal, fue escrito con más estimulantes que corazón. En Chile, por suerte, llegar arriba no cuesta mucho si uno es capaz de tocar las fibras adecuadas. Bajar tampoco.

Mi carrera, no mi vida, comenzó a dar frutos. Mis editores lograron dos o tres traducciones en editoriales menores de países con alto índice de chilenos exiliados. Y, aprovechando que la prensa publicaba cada frase que se me ocurría pronunciar, anuncié con bombo mi primera novela, que bauticé como *Recursos humanos;* para demostrar que no estaba mintiendo, adelanté un primer (y único) capítulo en una revista universitaria que no tenía circulación pero sí suficiente *pedigree*. Lo encontraron genial.

Pero *Recursos humanos* se estancó muy pronto, porque yo carecía de experiencias para seguir desarrollando mi saga familiar: poco y nada sabía de mi padre, era incapaz de retratar bien a mi madre y el personaje central, que era yo mismo, me resultaba un perfecto desconocido. Por mucho que me levantara temprano, me aislara y tomara litros de café, la novela se transformó en un callejón sin salida.

Encaucé entonces mis esfuerzos en mantener la pluma firme, la tinta líquida, mi nombre en circulación y las cuentas al día. Seguí escribiendo más columnas con seudónimos, dando charlas en institutos y asesorías publicitarias. A medida que fue pasando el tiempo y el espíritu metropolitano se fue enfriando, comencé a desesperarme: escribía artículos periodísticos sobre cultura, comentaba con gracia y acidez los restoranes de moda, y reseñaba novelas que no leía. Acepté lo que me ofrecieron. Guiones de documentales, memorias de banco, discursos para políticos, biografías por encargo de empresarios y deportistas donde hacía de autor fantasma, dos o tres talleres llenos de señoras con dinero de sobra. Terminé de jurado en decenas de concursos y seguí al Presidente en embajadas culturales ambulantes por el Medio Oriente y el Pacífico Sur, antes de anexarme un nicho en una revista del corazón para aspirantes intelectuales: durante trece meses entrevisté a cincuenta actrices de telenovelas, las mismas que luego formarían parte del extenso e insoportable elenco de *Región Metropolitana*, ese mamotreto de más de tres mil seiscientas carillas que me llenó de dinero (dos departamentos, acciones, una casa nerudiana a orillas del mar) y ofertas, pero me dejó más vacío que un actor que termina una obra y no encuentra el aplauso.

Martín me ha dicho que todo aquello que uno entrega, no lo recupera. Algo así. Él insiste en comparar la literatura con el agua. Dice que uno tiene acumulada dentro del cuerpo una limitada cantidad de litros y que cada vez que la usa, sea para bien o para mal, caen gotas. Una novela puede gastar unos cuatrocientos centímetros cúbicos. Un cuento, treinta. Una columna, quince. Y vamos sumando. Vergara piensa que por escribir tanto me quedé sin nada que decir. Desperdicié mis litros. Terminé vaciado. Seco.

Martín Vergara usa el pelo tan corto que cuando recién lo conocí pensé que se trataba de un lanza rapado en los sótanos de la calle General Mackenna. Su porte y su prestancia obligan a pensar que se alimentó con cereales y leche e hizo mucho deporte. Por mucho que intente disfrazarlo, sus viejas poleras de rugbista lo remiten a colegios británicos, y durante las reuniones de pauta sus menciones a capitales lejanas delatan que, más que ser un experto en geografía, ha recorrido en persona buena parte del globo.

Martín Vergara tiene la intolerable costumbre de andar siempre enchufado a su walkman, como si tuviera pánico del silencio y de sus propios recuerdos. Tampoco le falta dinero. Más bien le sobra. En este aspecto, poco tiene que ver con mis inicios. Lo mismo ocurre con su universidad. Si bien a ambos nos costó ingresar porque tropezamos con el arbitrario filtro que prueba la aptitud pero ciertamente no la vocación, el destino de Vergara se solucionó en una tarde. El mío demoró dos años y no poco dolor, pero los tiempos eran otros y, por mucho que intento anotar las semejanzas entre Martín y yo, lo honesto sería consignar que son muchas más las diferencias.

Estudiar en una universidad privada no es algo fácil para Vergara. Según Cecilia Méndez, la suspicaz, intensa y atractivamente separada directora de arte (que aún no me da el pase, por mucho que hayamos ido a varios festivales de teatro al aire libre o nos enfrasquemos en largas conversaciones telefónicas de trasnoche), la sola idea de que se sepa que asiste a un establecimiento privado y costoso, sin historia ni egresados, llena a Martín de una vergüenza agresiva.

Cecilia Méndez es el tipo de mujer con la que me gustaría pasar los domingos por la tarde. Y, por qué no, los sábados en la noche también. No me atrae particularmente que tenga una hija de casi tres años, pero, a esta edad, encontrar a una mujer atractiva, certera y mentalmente sana que no esté escapando de su marido implica necesariamente algún agregado extra. Con Cecilia tenemos todo en común menos la pasión que, eso espero, estamos aplazando para cuando ella deje de tenerme tanto miedo. Por mucho que le haya abierto mi intimidad, mi correo electrónico y mi línea telefónica, nuestra unión tiene, por el momento, esa intensa complicidad de las relaciones que recién están iniciándose.

Anoche cené con Martín y Gloria, su supuesta novia, como yo le digo, ya que él, como tantos de sus pares, no está dispuesto a hacerse cargo de ella ni menos a comprometerse. Gloria resultó ser encantadora aunque lejana; parecía su hermana mayor más que su pareja. Tenía el pelo muy corto y estaba evidentemente bronceada por el sol ecuatoriano. Su elegante traje de dos piezas le aumentaba la edad y poco tenía que ver con la imagen que me había formado de ella.

Vergara es muy joven para encontrarle méritos a la fidelidad y Gloria no está preparada para amarrarse a nadie ni a nada. Se parecen, aunque para ella es el día, la jornada laboral, lo que la enciende y la provoca. Gloria estudia derecho y colabora con un bufete. Vergara, en cambio, está en esa edad en que *noche* es sinónimo de oscuridad, desgaste y perdición. Como si la caída del sol amnistiara las leyes imperantes y él no pudiera controlarse. Sus impulsos, como un virus mortal, se apoderan de él y lo depositan, borracho y duro, en callejones y laberintos, discothèques y moteles. El síndrome de las cinco de la mañana: no acostarse antes del amanecer; no beber sin emborracharse; no fumar si no es hasta terminar la segunda cajetilla.

—¿Qué es de tu hijo, Alfonso? ¿A qué se dedica?

—Perdón, ¿de qué me hablas?

—De Benjamín, tu hijo.

—¿Cómo sabes que tengo un hijo? ¿Quién te dio el nombre?

Gloria nos interrumpió, quizás porque notó lo tenso que me había puesto.

—Sale en tu libro —me dijo secamente—. *El espíritu metropolitano* está dedicado a él.

—¿Sí? —dije haciéndome el desentendido.

—*A mi hijo Benjamín. Ahora sólo me falta el árbol* —recitó de memoria Martín.

—Es una bonita dedicatoria —agregó Gloria.

Martín Vergara exuda ambición por litros. Lo empapa y lo define. Posee algo que pocos tienen: esa casi irresponsable confianza de sentir que estás aprovechando tu talento. Es una gran sensación y te puede llevar a muchas partes. Intuir lo contrario te paraliza. Te mata. He visto a demasiadas personas deambular por la vida con la certidumbre de que sus dones se disiparon. La última vez que estuve con mi hijo Benjamín, en el aeropuerto de Raleigh, sentí exactamente eso en su mirada.

Benjamín vive en Durham, Carolina del Norte, con su madre, dos niños que son hijos de Frank —su padrastro—, y una niña pecosa de nombre Cordelia, hija de ambos. Benjamín cumplió veintitrés el pasado ocho de diciembre. No lo llamé ni le envié una tarjeta.

Yo alguna vez también tuve esa edad. Hace casi treinta años. Fue el verano en que ingresé a *El Clamor,* cuando don Saúl Faúndez se metió en mi vida y la tinta empezó a circular por mis venas. Veintitrés años y la convicción de que recién estaba partiendo. Todo se imprime a esa edad, dicen, la marca queda inscrita, el destino trazado.

A veces, cuando mi inconsciencia me juega una mala pasada, pienso en Benjamín y en su limitada capacidad de sobrevivencia. Me molesta que aún viva con su madre y Frank. Siento que no es correcto que Benjamín todavía no se haya independizado. Me preocupa que no sea capaz de arreglárselas por sí mismo. Comparándolo con Martín, me destruye su falta de iniciativa. Vergara no piensa en otra cosa que en abandonar su hogar. No sólo quiere irse de su casa, también desea fugarse del país. A Vergara la idea de crecer, de ser mayor, lo alucina. A Benjamín, creo, le da pavor.

Quizás no debería ni siquiera pensar esto, menos todavía escribirlo, pero tampoco me puedo engañar. Sé perfectamente lo que pienso y me duele con algún eco de vergüenza. Mi hijo no salió como quise y lo resiento. La promesa no se cumplió. Me hubiera gustado que Benjamín fuera más deportista, agresivo, capaz de vivir al aire libre y divertirse con una pelota y con los amigos que un balón trae consigo.

Benjamín Fernández no es, ni en sus días buenos, Martín Vergara. Tengo muy procesado que compararlos es cruel e innecesario. Cada vez que tomo en cuenta a Vergara, que lo escucho o lo celebro, algo dentro de mí me hace sentir que estoy traicionando a uno de los míos. Mejor dicho: a la única persona en este planeta indisolublemente.ligada a mí.

Benjamín siempre está a la defensiva y arrastra una soledad que me repele. Cuando habla conmigo, y habla mal porque el español ya no es su lengua, pareciera que no lo dijera todo. La conversación no es lo suyo y llega a ser gracioso cómo imprime mil significados a los pocos monosílabos que logran salir de su boca. Sus ojos sospechan y juzgan, y me incomoda cuando me mira; por eso tiendo a esquivar su mirada y a llenar sus silencios con anécdotas policiales. Decir que está confundido es desentenderme de él más de lo que estoy. Su eléctrica manera de reaccionar cuando lo toco me hace pensar que quizás mi mayor error fue dejarlo tan abandonado.

Verán, lo que más me disgusta de Benjamín no es que no sepa lo que quiere de la vida, que sea un vago y coquetee con las drogas y la inercia. Lo que me daña es que me recuerda violentamente a mí mismo en un período que prefiero olvidar. Un período largo que llegó a su fin, creo, ese verano en que fui arrojado al mundo real bajo la firme y a veces canallesca supervisión de don Saúl Faúndez.

Lo que acabo de admitir, lo sé, es horrible y, aunque parezca cómodo decirlo, poco tiene que ver con el hecho de si quiero a Benjamín o no. Tiene que ver, más bien, con cómo lo expreso. O lo evito. A veces creo que el hecho de que viva en otro país es una bendición. Así, ante los demás al menos, pareciera que no nos vemos porque los miles de kilómetros nos juegan una mala pasada. Lo cierto es que esos kilómetros interminables me han caído del cielo y me han permitido vivir con algo menos de culpa y bastante más libertad.

Benjamín nació cuando yo tenía veintiocho, pero por motivos que no me interesa explorar siempre he sentido que estoy al menos cinco años atrasado en comparación con el resto de los mortales. Por eso no me avergonzaría sentenciar que Benjamín nació cuando yo tenía apenas veintitrés. Pero no es un asunto de edad. Pudo ser a los dieciocho, a los treinta, la semana pasada. Yo estaba envuelto en un caos, no entendía nada y lo estaba pasando genial. Benjamín llegó en el momento menos indicado. Una cosa es abrazar a un niñito en la clínica y jugar con sus pies, y otra muy distinta es escucharlo llorar toda la noche. Yo estaba recién partiendo, mis tropiezos periodísticos iban quedando atrás y el brillo de la inmortalidad, de la promesa literaria, de comprobar cómo, por decir lo que pensaba, me iba transformando no sólo en un observador sino en un observado, me alucinaba. Estaba ahogado en un estado de vértigo y ansias, y me encantaba.

Volver a casa, donde María Teresa y el niño, no era lo más seductor para un chico de veintitantos que deseaba seguir jugando, ver cuánto era capaz de estirar la cuerda. Por primera vez en mi vida tenía dinero, amigos nuevos, las mujeres me dejaban notas en los bolsillos, todos querían que estuviera cerca de ellos. En todas partes era acariciado, seducido, mimado. Después de una vida de inseguridad, por fin me sentía seguro.

¿Qué me molestaba de Benjamín? ¿Que por su culpa una novia agradable se transformara en mi esposa? ¿Que, sin estar preparado, me viera envuelto en un infierno que me remitía al de mi padre y mi madre? Sentía que María Teresa me había quitado la libertad justo el mes en que la descubrí por primera vez. Al regreso de nuestra tensa luna de miel en La Serena, *El espíritu metropolitano* salió a la calle. Mis planes no incluían tener un hijo. Ella insistió en casarse cuando supo que venía en camino. Lo que yo menos deseaba en la vida era un hijo para que después, tal como me lo dijo alguna vez el Camión, pensara de mí lo que yo pienso de mi padre.

Sé que me arriesgo a quedar como un monstruo. Ésa no es la idea ni tampoco la verdad. Las cosas son más complejas. Algunas cosas se me dieron como quise, otras simplemente cayeron sobre mí. Llegaba a mi casa con resaca y me daba cuenta de que era un poco tarde, que ya me había farreado mi instante. Estaba claro que la única relación real en esa casa arrendada era la que se había establecido entre María Teresa y Benjamín. Yo poco tenía que hacer ahí. Ellos tenían sus propios códigos y ritos, que yo no entendía. Trataba de acercarme a él, lo juro, pero Benjamín se alejaba. O yo me alejaba de él. Le tenía celos, creo, no entendía cómo podía estar tan cerca de ella, ni qué hacía ella para conectarse con él.

Cuando a María Teresa le ofrecieron ser agregada cultural en Montevideo, aceptó. A mí no sólo me pareció correcto sino liberador. Viajé un par de veces. En un principio con ganas, después por compromiso. Pero cuando luego se trasladó a Nueva York, a un puesto equivalente pero ante las Naciones Unidas, ya todo estaba deshecho. Frank, el profesor de literatura latinoamericana de Duke que nunca me ha incluido en sus estudios, no se demoró mucho en entrar a escena.

Cuando digo que a esa edad uno sabe mucho pero no tiene las armas para hacer algo al respecto, no estoy más que intentando exponer mi caso.

Verán, cuando tenía veintitrés y estaba en *El Clamor,* pasaron muchas cosas, pero una de ellas fue enterarme de que mi padre, un ser al que había visto po- quísimas veces, era un delincuente. Y me acuerdo de que me prometí, con el ímpetu que uno tiene a esa edad, que si alguna vez tenía un hijo, jamás cometería los mismos errores que ese hijo de puta. Pero los come- tí. Era joven, *ése* fue mi error. Cómo iba a saber lo que me esperaba. ¿Alguien lo sabe, acaso?

Está amaneciendo, la cabeza me late, no hay caso de que mi estómago se quede quieto y pese al cansancio que me abruma no puedo dormir. Tengo la ventana abierta. Al- go me dice que llevo encerrado demasiado tiempo y ne- cesito aire más puro.

Anoche, es decir unas horas atrás, hubo una fiesta para celebrar el cumpleaños número veinticua- tro de Martín. Como era sábado, durante toda la tarde no hice otra cosa que releer *El espíritu metropolitano* e in- tentar, en vano, escribir aunque fuera una carilla de *Re- cursos humanos*. Terminé tomando más J&B de lo que acostumbro y corregí, con rabia y un grueso lápiz rojo, el segundo relato escrito por Vergara que él mismo me había pasado para que leyera. El primero me había pa- recido francamente cómico, al día, muy de suplemen- to juvenil, ágil, original y totalmente suyo.

Pero ayer tuve la mala idea de sumergirme en el segundo de sus relatos, tan largo que Martín me lo entregó anillado. Comencé a leer buscando las vueltas de tuerca y los dobles sentidos, y me topé con algo de un nivel de profundidad y emoción como no había leí- do en mucho tiempo. A las cuatro líneas me di cuenta de que era superior a todo lo que yo había escrito. Su simplicidad era asombrosa; me costaba continuar leyendo porque se notaba cercano, personal.

Cuando terminé el cuento, ya casi no había luz en la pieza y me costó levantarme del sofá. No me quedaba claro cuántas horas habían transcurrido; sólo sabía cuatro cosas en esta vida: Vergara escribía como los dioses, estaba solo, había conocido el dolor de verdad y el maldito se estaba acostando con Cecilia Méndez. Estas cuatro revelaciones me aplastaron; la última fue la que me acongojó más, porque me tomó de improviso. Y me rajó más de cerca.

Después de tragarme el resto del J&B, partí rumbo a la celebración que, por cierto, era en el departamento de Cecilia. Toqué el timbre. Abrió Vergara con su sonrisa de siempre. Me contuve para no volarle su dentadura tan perfecta. Intentó abrazarme pero no lo dejé. Martín lo notó. También notó la ausencia del regalo, la edición española, en tapa dura, de *El espíritu metropolitano*, que olvidé a propósito en el asiento trasero.

El pequeño departamento estaba repleto de gente de mi edad, todos ligados a la revista. Olí un aroma a fracaso y a decrepitud inminente: se parecía demasiado al que yo mismo desprendía. La mayoría de las asistentes eran mujeres solas que se comportaban como si se tratara de una reunión de fans-club de algún cantante de baladas en español que secretamente las excita. No estaba Gloria, ni nadie de su edad.

—Oye, Martín, ¿por qué andas siempre solo? ¿No tienes amigos, acaso?

—Están veraneando —me dijo tomándose un vodka al seco.

—¿Y tus padres? ¿No tienes padres, familiares, abuelos? Esto no me parece normal. Celebrarte con puros desconocidos.

—Ustedes son mis amigos.

—Qué te espera a los sesenta, pendejo huevón. Esto es un poquito patético, ¿no te parece? Pareces un cachorro abandonado.

Martín tuvo el buen gusto de quedarse callado y dejarme solo con el Ballantine's, el hielo y mi mala leche.

Cecilia estaba en la cocina, poniendo las velas en la torta. Martín también estaba ahí, tomando. Los miré por la ranura de la puerta. Ella le tomó la mano. No me pude contener. Entré. Justo se estaban besando.

—Oye, Cecilia, tengo un hijo de veinte años, te lo podrías tirar también. ¿Te interesa? Por lo menos quedaría en familia.

—Alfonso, no es lo que... —me interrumpió Cecilia.

—¿No es lo que yo creo? —le grité—. ¿Me crees huevón? Mira, esto me pasa por no partir metiéndotelo la primera vez que salimos. Faúndez decía que las únicas relaciones decentes empiezan en la cama.

Cecilia contuvo el llanto. Martín la abrazó.

—Ella no quería herirte —me dijo él.

—Qué sabes tú de dolor, imbécil —agarré a Martín y lo aparté de un empujón contra el refrigerador. Intenté estrangular a Cecilia, pero Vergara me tiró lejos. Caí al suelo.

Cecilia lanzó la torta al lavaplatos y se fue llorando a su pieza ante la mirada atónita de los invitados. Yo bebí lo que quedaba en la botella y seguí en el suelo un rato, incapaz de levantarme, tendido sobre los restos del alcohol.

—Me voy contigo —me dijo Vergara atajando la puerta del ascensor.

—¿Qué?

—Que me voy de aquí.

—No confundas ficción con drama, cabro huevón.

—Me quiero ir.

—Yo que tú me quedaría. Aprovecha, que después se acaba, pendejo.

—Quiero hablar contigo. ¿Te da miedo?

En el ascensor sentí su olor a trago y bajo la luz blanca lo vi pálido y terminal.

—Déjame en mi casa. En Los Domínicos.

—Oye, puedes pagarte un taxi.

Cuando no pude abrir mi auto a la primera, me di cuenta de mi mal estado, pero frente a Vergara parecía recién despierto.

—Sácame la chucha si quieres —me dijo él—, pero llévame lejos de aquí. Quizás no me creas, pero estoy realmente mal.

Traté de echarlo, pero él abrió una de las puertas de atrás, se estiró y se durmió de inmediato. Manejé unas cuadras, y al llegar a un semáforo intermitente le grité que se despertara, que me diera instrucciones. Por el retrovisor vi que resucitaba.

—No me siento bien... Estoy débil.

—Apoquindo y General Blanche. No sigo más lejos.

Incapaz de hacerlo bajar, cambié de rumbo y viré a la izquierda. Tiene que haber pasado un minuto cuando sentí el viento colándose en el auto. Miré nuevamente por el retrovisor. Vergara tenía el libro en la mano, abierto, lloraba sin ruido y miraba un punto fijo en la calle.

—*A Martín* —me dijo—. *El orgullo de cualquier padre.*

Después, entre lágrimas, agregó:

—Tú ni siquiera te imaginas lo que hago con tal de estar vivo.

—Escribes.

—¿Y? Como si a ti te hubiera servido de mucho.

Entonces oí las arcadas y le vi la cara; frené el auto.

—Para, para.

Estábamos en una calle con árboles y muros. Vergara alcanzó a abrir la puerta pero cayó al suelo, besando el pavimento. Martín se ahogaba, el vómito no tenía por donde salir. Lo agarré del torso, lo levanté y mientras vomitaba en forma desesperada, entre sollozos, como negándose a hacerlo, sentí que más allá de su prosa privilegiada o sus conquistas amorosas o ese afán triunfalista y seguro, debajo de todo eso, había un niño perdido, a punto de caer, que se hundía en un remolino de angustia y destrucción.

Lo tomé de la frente, fría y mojada, y con el otro brazo le palmoteé la espalda.

—Eso. Sácalo todo para afuera.

Hay veces en que uno sólo puede estar en el lugar del mundo que importa, ayudando a sólo una persona. Pocos tienen la suerte de estar justo ahí. Y los que están, por lo general huyen. Se asustan. Hace un rato, creo, estuve donde tenía que estar. Es una gran sensación saber que estás haciendo lo correcto. Martín, me parece, se percató. A todos alguna vez nos han ayudado, y la sensación de haber sido acogido cuando se estuvo más perdido es de tal intensidad, que uno termina sintiéndose en deuda no tanto con esa persona, sino consigo mismo. Es como si a lo largo de los años el deseo de retribuir ese apoyo aumentara. El deseo de ayudar a otro tal como te ayudaron a ti comienza a embargarte y a no dejarte tranquilo. Éste era el momento, el instante en que debía devolverle la mano al pasado. Martín se percató. Paró de vomitar y de llorar y comenzó, ahí, sentado en la cuneta, a hablar. A hablar como nunca lo había hecho. Yo lo escuché. Atento.

Mientras balbuceaba me acordé de Benjamín, de cuando era niño y yo llegaba borracho; fue un dolor tan punzante que me ardió y me hizo caer también al pasto húmedo. No es fácil darse cuenta de cuánto uno ha perdido, a cuánta gente ha dañado. No pude dejar de llorar y de sentir que no era casualidad, que esta vez sí iba a estar presente cuando me necesitaran, tal como una vez, en una situación aterradoramente parecida, el viejo Saúl Faúndez me habló como nadie me había hablado.

Prensa amarilla

Mi padre estaba simplemente avergonzado porque yo no trabajaba, y el ir a estudiar me haría obtener algo de respetabilidad. Eli LaCrosse había estado allí durante un curso. Él me aconsejó.

—¿Cuál es la carrera más jodidamente fácil de aprobar? —le pregunté.

—Periodismo. Sus asignaturas son muy fáciles.

—De acuerdo. Seré periodista.

Charles Bukowski,
La senda del perdedor

Pan, pan/Vino, vino

—Y a usted, señorita, ¿dónde le gustaría desempeñar su práctica?

—En *Crónica,* señor.

—¿Y a usted?

—Creo que *Deportes* sería lo ideal.

—Bien, muchacho. *Deportes.* Así será.

Más allá de la playa de estacionamientos, a un costado de este edificio art-decó que por momentos parece un transatlántico varado, se alzan varios galpones. En uno de los muros se lee pintado *El Clamor, diario masivo y popular.* Obreros con cotonas azules y ribetes amarillos entran y salen. Tres camiones pintados de amarillo esperan frente a una inmensa puerta metálica. Junto a los camiones se amontonan seis rollos de lo que parece papel higiénico. Son tan voluminosos que superan en altura a los camiones.

—¿Y a usted, señorita?

—Dígame Nadia, así me siento más en confianza.

—Nadia, entonces... ¿dónde quieres trabajar?

—Me encantaría *Espectáculos.*

—*Espectáculos* me parece muy bien. Estupendamente bien. Creo que estarás a la altura. ¿Podré confiar en ti?

—Por supuesto.

—No esperaba menos, Nadia.

El portero está vestido totalmente de amarillo

y en la espalda de su chaqueta tiene impreso un ícono que semeja un megáfono. A través de la oxidada reja se divisa una larga fila de mujeres de indudable extracción popular que esperan silenciosas bajo el calcinante sol de la tarde.

Al otro lado del muro se alza el campanario gris de una iglesia. La virgen de bronce, en la cima, está notoriamente ladeada, en un ángulo de diez a doce grados, recuerdo inalterable del último terremoto que azotó con saña a este antiguo y resquebrajadizo barrio venido a menos al otro lado del río. Alfonso Fernández lucha por no morderse las uñas.

—Y a usted, joven, ¿qué sección le agradaría?

—También me gustaría *Espectáculos*.

Omar Ortega Petersen suelta su lapicera y una mancha de tinta roja ensucia un documento que parece oficial. El sol que entra por el ventanal impide ver a Ortega Petersen con nitidez. Su mirada no es de las que incluyen empatía.

—¿Eres sordo o tonto?

—Ninguna de las dos cosas, señor.

—¿Qué miras?

—*Diario masivo y popular.*

—«Clamor popular». Así nos dicen. ¿Tienes algún problema con eso?

—No, señor.

—Aquí no tenemos vocación de minoría, ¿me oíste? Y esto va para los cuatro. Quiero que lo tengan claro. Aquí no van a escribir para seducir al profesor o pasar de curso. Si logran publicar algo en *El Clamor,* los van a leer miles, para no decir millones. Van a poder cambiar vidas. Tendrán la posibilidad de influir, de meterse en la mente de los lectores como un dedo se mete en una chucha apretada. Ahora bien, joven, en qué sección quiere desempeñarse durante este verano que ya se nos vino encima, por la puta.

Alfonso Fernández se ve inocente, nuevo, mojado detrás de las orejas, recién bautizado. Tiene el pelo levemente crespo y pareciera que aún no ha quemado todas sus onces con pan con palta. Sus modales están bien aprendidos aunque se come las uñas. Luce un terno de segunda, heredado, gris claro, el mismo con que se graduó en los Padres Franceses de Valparaíso hace un par de años. A su lado está Nadia Solís, crespa y morena, motuda, tez color canela fresca, ojos como aceitunas de Azapa. Viste un peto negro y una chaqueta de lino mostaza que vanamente intenta esconder lo que ya está a la vista.

—¿Tú eres Fernández?

—Sí, señor.

—¿El de la beca Presidente de la República?

—No, crédito fiscal no más. En la Universidad de Chile.

—Si sé, un colega mío te hace clases. Bascuñán, ¿lo ubicas?

—Es muy buen profesor.

—Es como el pico. No es capaz de diferenciar una coma de un punto seguido.

Cuando Omar Ortega Petersen grita, las venas de su cuello resaltan. Fernández lo mira aterrorizado. No es para menos. Omar Ortega Petersen, subdirector de *El Clamor,* alias «el Chacal Ortega» en el gremio, es toda una leyenda negra, un hombre con mucho poder, mejores contactos y toneladas de enemigos. Incluso en la Escuela de Periodismo, mientras juegan pimpón o enrollan pitos en la sala de fotografía, los alumnos intercambian los innumerables cuentos y mitos que rodean al Chacal. Por mucho que *El Clamor* sea propiedad de la familia Rolón-Collazo, todo el ambiente sabe que el viejo Leonidas no es más que un títere entre los peligrosos hilos de Ortega Petersen. Alfonso Fernández vuelve a sus uñas.

—Ya, relájate, no te vas a comer todo esos dedos aquí.

Ortega Petersen se ve mayor que en la foto que adorna su columna diaria *Pan, pan/Vino, vino,* costado derecho de la página 3, donde es famoso por contar lo que otros diarios no cuentan, por quebrar el *off-the-record* que sus reporteros prometen a sus fuentes, y por lisa y llanamente transformar la tinta en veneno.

—Nunca vayas a comerte las uñas frente a un entrevistado. Creerá que tienes miedo. Son ellos los que tienen que tenerte miedo a ti. Se supone que somos el Cuarto Poder, pero como en este país la justicia no es más que un montón de edificios mal calefaccionados, en el fondo somos el Tercero. Tercero, ¿te queda claro? Y, si nos esforzamos, a veces somos el Segundo.

El Chacal es notoriamente más petiso de lo que el público se imagina. Su prosa quema y duele y su voz, que emana furiosa todos los días a las ocho de la mañana por Radio Libertador, es de barítono popular. Pero lo más impresionante de Ortega Petersen es su pecho, la manera en que su apretadísima polera de lycra verde destaca sus músculos pectorales. Su tórax es tan ancho como el de una paloma y sus brazos son de luchador libre. En el diario dicen que parece una pirámide invertida, la famosa piedra angular de toda crónica periodística: la mayor cantidad de información arriba, donde se ve, para ir bajando hasta desaparecer. Para tener setenta años está claro que, tal como se rumorea, Omar Ortega Petersen hizo un pacto con el diablo.

—Ahora díme, ¿en qué sección te sentirías cómodo?

—En *Espectáculos,* señor. Me gustan mucho el cine y la música, en especial el Canto Nuevo y siempre estoy al día en...

—De nuevo: ¿eres sordo o me estás agarrando para el hueveo? Te pregunté en qué sección te gustaría trabajar estos cuatro meses... Responde rápido, cabrito, si no, te envío a donde me dé la puta gana... Ya, rápido, mira que tengo pauta.

—No sé... yo había pensado en *Espectáculos...*

—Tu amiguita ya está ahí. Un solo estudiante en práctica por sección. *Uno.*

—Disculpe, señor.

—Vas a trabajar en *Policía* y se acabó el cuento, ¿me entendiste?

—Sí, señor.

—Y no vuelvas a usar ese terno. Este diario será popular, pero no pobre. No podemos vernos iguales a la gente que cubrimos. ¿Te queda claro? Te prefiero de Pecos Bill y camisa que con ese traje lamentable.

—No me lo volverá a ver, señor.

—Ya lo creo que no.

Fernández mira el agua que cae a la inmensa pileta. De pronto se torna roja, espesa. El sol ha comenzado a ponerse.

—Ah, una cosa más, chico. Aquí el que manda soy yo. No es ni el viejo Leonidas ni ese roto comunacho de Tejeda. Yo sé muchas cosas. Lo sé todo, nada se me escapa. ¿Está claro? En este diario no se mueve una hoja sin que yo lo sepa. Para eso me pagan. Para estar informado. Nunca me mientas y nunca escribas una frase que te dé vergüenza ajena. Eso es todo. Y muchas gracias. Que pasen un Feliz Año Nuevo, chiquillos, no tomen demasiado. Nos vemos aquí el día dos, a las ocho y media. Si el Patrón de arriba quiere, claro.

Pagar el piso

Alfonso Fernández toma un ejemplar de *El Clamor* y se lo coloca bajo el brazo. El calor sigue sofocante a pesar de que la luz ya va en retirada. Las ancianas, muchas de ellas de negro, siguen en fila india afuera de la portería. Los cuatros alumnos en práctica retiran sus carnets de identidad. El chico que quedó en *Deportes* es bajo y camina como pingüino. Tiene el pelo chuzo, color paja, y más que galán parece líder de scouts. Se llama Juan Enrique Santos y maneja un auto de dos puertas color sandía. En el parabrisas trasero hay pegada una calcomanía que dice *Club Deportivo de la Universidad Católica.*

La delgadísima chica que quedó en *Crónica* se llama Alicia Kurth y ella sí que tiene facha de atleta: dura, fría, asexuada, mejillas apenas color rosa. Alicia Kurth se toma en serio y parece decidida a probar que no sólo es capaz de correr rápido sino también de llegar a la meta.

Nadia Solís ya ha entablado amistad con los dos.

—Me voy a ir con ellos.

—¿En auto?

—Es más rápido.

Cuando Nadia habla, su pelo crespo se mueve. Se acerca a Alfonso, le desanuda la corbata y se despide de él dándole un beso con lengua y todo. Mientras la besa, Alfonso le acaricia el vientre, que está a la vista. Ella le sujeta la mano.

—El Chacal tiene razón. Te ves mejor sin terno.

—Nunca me ha visto sin terno.

—Entonces no sabe lo que se pierde.

Alfonso intenta mirar fijo a Nadia pero ella rehúye su mirada.

—Tú sabías que yo deseaba *Espectáculos.*

—*Espectáculos* o *Política,* donde está la acción.

—*Tú* deseabas política. Odio la política. Eso lo sabes. Sabes todo de mí.

—Una tiene derecho a cambiar de opinión.

—Uno tiene derecho a que le informen.

—Derechos, querido, ninguno. Obligaciones quizás, pero derechos no. Llámame, ¿ya?

Juan Enrique Santos enciende el motor; Nadia se sube en el asiento de adelante. Alicia Kurth, muy seria, queda atrás.

—La tradición dice que vamos a tener que pagar el piso. Los cuatro. Organizar una fiesta, una comida, no sé. ¿Ustedes qué creen?

—Después de que nos paguen el primer sueldo, eso sí —opina la Kurth.

—Nadia, ustedes organicen la fiesta. Yo acabo de pagar el piso.

—Con esa actitud, Alfonso, no vas a llegar a ninguna parte.

—O llegaré siempre detrás de ti.

Traje de sastre

Alfonso Fernández esconde la corbata en el bolsillo como en su época de escolar, cuando se perdía por el plan de Valparaíso y pasaba las tardes fugitivo en los cines o jugando flippers antes de tomar el tren y regresar a su casa en Chorrillos.

Camina por la Avenida Perú, pero en vez de internarse hacia el vecino barrio Bellavista continúa hasta Patronato y sus alrededores. Pasa frente a los restoranes árabes y a pasos de la inmensa casona de los Facuse. Sigue.

Alfonso no se detiene a mirar las tiendas de baratillos, los bazares que los turcos les cedieron a los coreanos recién llegados. Telas por metro, calzoncillos por kilo, jeans que imitan las marcas que a él le gustaría tener. En una vitrina unos desganados maniquíes sobrevivientes de los años sesenta modelan unos trajes de hombre sin corte, sin caída, sin estilo. Una pareja sale del negocio con un paquete envuelto en papel color verde-agua. Alfonso divisa un basurero tapizado de afiches de un inminente recital de rock. Se saca la chaqueta, se fija en que no tenga nada adentro aparte de esa corbata con caballitos de mar, y la deposita en la basura. Desde una tienda de utensilios plásticos, una huesuda jovencita coreana lo mira con atención.

Los bazares comienzan a cerrar pero Alfonso no tiene apuro. En un almacén árabe compra un pegajoso pastel lleno de nueces y almíbar y se lo va comiendo por la calle. El destino de Alfonso es Diagonal Paraguay y Lira, remodelación San Borja, a pasos del centro y de La Placa, de su Escuela y el Campus Marcoleta. Es la torre de la punta de diamante, la de las terrazas con plástico naranja. De aquí la ve, sobre los árboles. En esa torre con olor a gas y a incinerador vive Alfonso Fernández.

Unas cuadras más allá cruza el escuálido río Mapocho. Decide recorrer las sombras del Parque Forestal. Detrás del Museo de Bellas Artes una muchedumbre aplaude a unos actores que gritan arriba de unos zancos mientras otros, sin camisa y con el cuerpo pintado, practican malabarismo.

Alfonso se sienta en un escaño bañado por la luz cremosa de un farol. El aroma que llega es a pasto regado y maní recién confitado. La música de los actores deja oír campanillas y tambores. Alfonso abre su arrugado ejemplar de *El Clamor* y comienza a leerlo de principio a fin.

Clamor popular

El Clamor tiene tamaño tabloide, lo que no es casualidad, ya que desde que se fundó, un 18 de septiembre de 1941, durante la presidencia de Pedro Aguirre Cerda, su inspiración fue claramente popular.

«No sólo tenemos el tamaño del tabloide, sino su moral. Queremos que nos lea el pueblo, los obreros, los estudiantes, pero también los profesionales de clase media», dijo en su discurso Leonidas Rolón-Collazo. «Queremos que nos lean arriba de los carros, de los trolles, en los taxis. Queremos que, a la hora del café o la choca, cuando dos seres se encuentren, que su tema de comunión sea *El Clamor*... Queremos ser la voz de la ciudad... *El Clamor* será un eco de lo que desea el hombre común que no tiene nada de corriente...»

Para el hombre común que no tiene nada de corriente es, justamente, lo que está escrito debajo del logotipo. Arriba, *Diario masivo y popular*. El colofón lo encabeza Leonidas Rolón-Collazo, hijo, seguido de Omar Ortega Petersen y, en letras más chicas, Darío Tejeda.

Alfonso mira cada una de las páginas. El editorial sobre los pasajes escolares, la columna sobre el cierre de casas de masajes que aborda Ortega Petersen en *Pan, pan/Vino, vino*. Se fija en las fotos grandes, expresivas, que cuentan historias por sí mismas. Y en un aviso que ofrece dinero al lector que «sople el mejor notición».

En la página seis está la sección *¿Supiste?* con rumores de todos los ámbitos, y en la ocho, la delgada columna *Sal y Pimienta* de un tal Florencio López Suárez, que versa sobre el olor del tabaco y el ritual de los habanos. La página diez se llama *Chile Lindo* y denuncia los problemas de infraestructura de la ciudad (perros vagos, un hospital infestado de ratas).

En la página once, que da inicio a la sección internacional, hay una suerte de vida social bautizada como *En Vuelo* con fotos de gente que llega y parte del aeropuerto y que informa el destino y el motivo de sus viajes. La página está auspiciada por una agencia que explica que el turismo es «un premio al esfuerzo» y «el único lujo que la clase media se puede dar el lujo de tener»:

Alfonso se salta los avisos de los grandes almacenes que ofrecen rebajas y créditos sin interés y se va directo a *Deportes*, que ocupa muchas páginas, posee decenas de columnas *(Bajo la Lupa, Off-Side, Olor a Camarín),* mini-entrevistas a los jugadores y decenas de fotos dentro y fuera de la cancha.

La sección de la crónica roja abre con el retrato de un cadáver flotando en el Mapocho; la nota viene firmada por Saúl Faúndez. Alfonso se la salta y avanza hasta *Hípica,* donde se entera de ganadores, placés, quinelas y trifectas.

La página cultural también tiene una columna, esta vez llamada *Femme* que firma una tal Fatale y que trae la foto de una mujer tipo Pola Negri tomada en los años 30.

A partir de ahí comienza la parte netamente frívola. *Copucha-Party* se centra en vedettes (que exhiben en forma generosa sus curvas) y un tal Ele-Ka critica *Pezones de oro,* una cinta italiana que se exhibe en el cine York («uno no queda como misil pero tampoco pasa por ella incólume»). La sección trae un inserto centrado en el final de la telenovela *Lazos profundos* con el prontuario de todo los actores. El crucigrama, firmado por «Rey», se arma a partir de un retrato de Arturo Moya Grau. El horóscopo augura dolores de menstruación a las mujeres de Aries y el Dr Amor le recomienda a «Resentida en Renca» ponerle los cuernos a su marido si eso es lo que realmente desea.

Alfonso cierra el diario y se tapa la cara. Se queda así durante un largo rato.

Lazos profundos

Alfonso abre la puerta del departamento 903 y es como si ingresara a un horno lleno de galletas quemadas. Las ventanas que dan al centro de la ciudad, a la Alameda fraccionada por luces blancas y rojas, están abiertas de par en par. El sol de la tarde ha caldeado el departamento y se nota. Basta tocar las paredes para sentir el calor acumulado.

Alrededor de la mesa del comedor, tomando onces-comida, están su abuela, su tía Esperanza y una vecina solterona del piso ocho, de nombre Margot pero que reponde al apelativo de «Flaca». Las tres lo saludan sin mirarlo y continúan atentas al televisor. Alfonso reconoce a los acartonados actores y se da cuenta de que es *Lazos profundos,* la telenovela del semestre, claro que el horario estelar no coincide.

—¿No se supone que terminaba ayer? Lo leí en *El Clamor.*

—Están repitiendo el último capítulo, amor —le dice la Flaca.

—¿Y no lo vieron?

—Pero queremos verlo de nuevo. ¿Comiste?

Alfonso observa la mesa cubierta por un mantel de hule con patitos amarillos estampados. Efectivamente, hay galletas pero son de ésas compradas a granel. También hay lonjas de un jamón que parece plástico laminado y un pote de margarina, una caja de leche larga-vida, hallullas tostadas y una tetera protegida por una

suerte de abrigo a crochet que su abuela cambia perió-
dicamente. Alfonso corta un trozo de queso gauda y mira el televisor.

—¿Se casan?

—Sí, pero María Laura se suicida lanzándose
al mar.

—¿Lo muestran?

—Se ve de lejos —le contesta la Flaca—. Lo fil-
maron en Las Torpederas. Se nota a la legua que es un
muñeco.

Alfonso mira una larga escena en que una pareja comparte dos cafés y un montón de recuerdos im-
plantados. Arriba del sofá hay tres gaviotas enchapadas
en oro falso que vuelan rumbo a la ventana. Sobre la
mesa del teléfono, una reproducción de *La última cena*
que la Flaca les trajo de Europa. Más allá, en un marco
de bronce, el título de odontóloga de su prima Ivonne.

Su tía Esperanza se ha puesto hawayanas de go-
ma; tiene las uñas de los pies color naranja y no se ha de-
pilado en meses. Su abuela anda con un delantal a cua-
dritos celestes que es exactamente igual al de la mujer
que va a ayudar a hacer el aseo los martes y los viernes.

—Te llamó la Nadiacita, Alfonso —le dice su
abuela sin despegar los ojos de la pantalla—. Dijo que
la llamaras después de *Lazos profundos*.

—Ya.

—¿Así que les fue regio?

—Mejor imposible.

—Si sé, me lo contó todo. Es tan dije la Nadiacita.

—Muy dije.

—¿Me vas a traer el diario todos los días?

—Si me lo dan, sí.

—La Nadia me dijo que le daban varios. Era
cosa de tomar los que uno necesita.

—Me podrías traer uno a mí.

—Pensé que leías *La Lucha,* Flaca.

—Pero te quiero leer a ti. Vamos a recortar todas tus notas y se las vamos a mandar a tu pobre madre.

—*El Clamor* llega todo los días a Viña, Flaca.

—Entonces las guardamos para nosotras. Capaz que algún día seas famoso.

—Si a este niño le va a ir muy bien. Desde chico lo supimos. Por suerte no heredó nada de su padre.

—Excepto el apellido —comenta la tía Esperanza—. ¿Vas a firmar con tus dos apellidos, Alfonso?

—Dudo que me publiquen algo. Menos firmar.

—Si firmas, firma Fernández Ferrer. Por nosotras.

—Por tu pobre madre que tanto se ha sacrificado.

—Ferrer Fernández suena mejor —opina la abuela—. Para qué vas a publicitar al desgraciado de tu padre.

—Ferrer Fernández, me gusta. Como Fitzgerald Kennedy —agrega la Flaca.

Alfonso va hacia su pieza, donde su cama de una plaza apenas deja espacio para una mesa-escritorio, un afiche enmarcado de Hemingway en Key West y unas repisas mal atornilladas atestadas de libros usados, revistas *La Bicicleta* y los tomos rojos de la Enciclopedia Salvat.

No enciende la luz. Su ventana da al suroriente y la vista de noche es impresionante. El Estadio Nacional, curiosamente, está encendido y las luces que lo alumbran expelen humo. En la torre del lado, la imagen de *Lazos profundos* se repite de piso en piso.

Prometo acordarme

—¿Tú crees que al final las cosas terminan dándose como uno quiere? Si uno espera, digo, y se la juega.

—Es una telenovela, Nadia. Me extraña. Las cosas *tienen* que darse, si no imagínate el caos. La gente saldría a la calle a protestar. Se volverían locos. Seis meses de espera para darse cuenta de que la novela es igual a la vida. No puede ser.

—Pero, en serio, ¿crees?

—Para eso inventaron la ficción: para que uno al menos crea que hay un orden, que existen ciclos.

—No seas latero, no estamos en la Escuela. Basta de tesis.

—Algunas etapas se inician, otras se cierran. De ahí el éxito de las graduaciones, los matrimonios, los funerales. El Año Nuevo, sin ir más lejos...

—Nos vamos a ir a Viña, ¿no?

—Si dejas de hablarme de *Lazos profundos*.

—Alfonso, ¿qué vas a hacer para el Año Nuevo del 2000?

—Tomarme una pastilla para dormir, ver tele en tres dimensiones, leer un poco... A lo mejor paso a saludar a la Flaca, que va a estar muy vieja.

—¿Estaremos juntos?

—Fiesta de la Escuela de Periodismo, harta salsa y merengue, vino navegado...

—Prometámonos estar juntos.

—Prometo acordarme de ti. A las once cincuenta y nueve del noventa y nueve.

—Y si estamos casados o en Nueva York...

—¿Una cosa implica la otra?

—Díme tú.

—Si estoy casado contigo, pensaré en ti... Si estoy casado con otra, también.

—Y si estás famoso.

—Tú vas a ser la famosa, Nadia. Chorreas tanta ambición que podríamos hacer una sopa.

—No seas vulgar.

—En todo caso, el año nuevo del 2000 será igual a éste. O peor, porque al menos sé que este año que viene será distinto...

—Estamos iniciando una nueva etapa.

—Estoy.

—Estamos.

—Cada uno por su lado —recalca Alfonso.

—*Espectáculos* y *Policía*.

—No me lo recuerdes.

—Todavía no me perdonas.

—Ocurrió hace un par de horas, Nadia. El perdón no es instantáneo. Tienes que sufrir antes de perdonar, si no qué gracia tiene.

—Recuerda lo que dijo Escobar en clases: la mejor formación que puede tener un reportero es trabajar en la crónica roja. Así se formó él.

—Por qué no lo imitaste, entonces.

—Lo mío es la farándula.

—En *El Clamor*, espectáculos implica vedettes y topless. Las amigas de mi abuela lo leen, así que sé de lo que hablo.

—Me va a tocar el Festival de la Canción de Viña.

—Podrías alojarte con mi mamá y mi hermana

Gina en vez de encerrarte en el Hotel O'Higgins. Te ahorrarías el viático.

—Alfonso, deja de ser irónico. Ésta es una gran oportunidad. Para los dos.

—Yo quería *El Universo*, recuerda. Todo es culpa de esa inepta... No me vine a Santiago para lucirme en un tabloide amarillento, Nadia. Eso lo sabes. Quiero más.

—Aquí te van a dejar hacer cosas. En *El Universo* sólo sirves el café y te mandan al archivo.

—Pero haces contactos. Te juntas con la gente que da las órdenes en este país, no con los que las siguen.

—La sección policial es el mejor lugar. Vas a aprender mucho más que Juan Enrique, por ejemplo.

—¿Te gustó?

—Camina como pingüino.

—¿Y?

—No, me gustas tú.

—Me quieres pero no te gusto.

—Cambiemos de tema, me incomoda hablar de cosas personales.

—¿Estás segura de que no intentaste dañarme con el Chacal?

—¿Cómo puedes decirme eso?

—Díme.

—Jamás... pero yo también tengo derecho a estar en lo que quiero.

—El Chacal me considera un imbécil. Partí mal. Cómo me comía las uñas.

—Nada que ver.

—Mi abuela se va a ir a Viña mañana. Y la Esperanza parte a Conce en tren, donde mi prima Ivonne y su marido. Se va a quedar todo el mes. Espero.

—¿Y tu abuela?

—Se queda en Viña con mi vieja. Voy a estar todo enero solo. Capaz que febrero también. Te podrías venir a vivir acá. Estoy cerca del diario. Nos podemos ir caminando. Es bastante más cerca que La Reina.

—¿Y la Flaca?

—Abajo, en el ocho.

—¿Qué va a hacer para el Año Nuevo?

—No soy responsable por la Flaca.

—Pobre, me da pena. Todos sus parientes exiliados.

—La Flaca lo pasa mejor que todos. Mejor que mi madre. Por lo menos viaja. A Europa, donde todos sus exiliados.

—Tu madre me odia.

—Te tiene miedo. Dice que haces lo que quieres conmigo.

—Falso.

—Me gustaría hacer lo que quiero contigo.

—Córtala.

—Lo único que tengo puesto son unos calzoncillos blancos. Chiteco. Me los compró mi abuela.

—Cállate.

—¿Quieres venirte a alojar mañana? De aquí nos vamos al bus. Tengo pasajes para el 31. En el Tur Bus de la 15:10.

—La hora más fresca —ironiza Nadia.

—¿Vienes?

—No.

—Por qué.

—No todavía. Pero si quieres, almorzamos en tu casa y de ahí nos vamos al bus.

—Vale.

—¿Un beso?

—Pero sólo uno.

—¿Largo? Oye, me saqué los Chiteco. Hace mucho calor acá. Estoy todo transpirado. Mira, toca.

—No seas asqueroso.

—Ésa es la idea.

—Chao, Alfonso. Te quiero.

—A veces. Solamente a veces. Y nunca lo suficiente.

Año nuevo, vida nueva

Las cinco de la mañana, la hora más oscura del alma; la garúa es tan gruesa que se siente como una cortina de baño mojada. Aún suenan bocinanzos, petardos que explotan a lo lejos. El olor del mar se altera con el aroma de la pólvora y los tubos de escape de los autos argentinos que corren por la ya desierta Avenida Perú. En los edificios blancos del otro lado de la calle todavía hay balcones encendidos, música tropical que se escapa de las fiestas que están en ese límite en que parecen recién comenzar o iniciar su agonía.

Alfonso Fernández está de parka y su pelo ha absorbido demasiada humedad y sal. El mar se ve negro y las olas rompen a medias, antes de tiempo, sobre las rocas. La silueta de ese museo naval en forma de castillo interfiere con la vista al anfiteatro luminoso que es Valparaíso. A esta distancia se divisan los barcos de guerra con sus guirnaldas de colores.

Alfonso está sentado en las piedras de la Costanera, mirando el mar, las estrellas y las reiterativas luces de Valparaíso. Termina de tomar el resto del champaña tibio y muerto que queda dentro de la botella. Luego la lanza al mar. Flota pero choca contra las rocas. No se quiebra. De pronto, cerca, desde la otra cuadra, desde la Avenida San Martín, se oye un frenazo, neumáticos ardiendo sobre el pavimento, un choque, vidrios que se quiebran, fierros que se retuercen, gritos desesperados. Alfonso cierra los ojos pero el ruido aumenta. Escucha una sirena acercarse. Alfonso se levanta. Camina hacia el muelle, lejos del choque, de los muertos, de la sangre.

Choricillos en Chorrillos

Alfonso abre los ojos y mira el descascarado techo de su pieza. Por la ranura de la puerta se cuela el olor de los choricillos friéndose en la sartén. La cortina no es capaz de atajar el sol que entra por la ventana. Alfonso observa el crucifijo colgado en la pared y un viejo globo terráqueo cubierto de polvo que descansa sobre la cómoda. Se levanta, se pone una polera y mira la hora. Dos y media de la tarde.

La casa de la madre de Alfonso se encuentra en Chorrillos y está pareada con otra que pertenece a una familia con niños chicos que gritan y lloran. No tiene vista al mar ni a la ciudad. A lo más se divisa la línea del tren. La mesa del comedor es de vidrio ahumado y al centro hay una fuente con frutas plásticas. El televisor está en una esquina y la imagen es Antonio Vodanovic recordando a aquéllos que cantaron en Viña un día. Alfonso vigila su plato de huevos revueltos, choricillos y papas fritas. Su hermana Gina, pálida y sin maquillaje, con evidente sobrepeso, abre el tarro de Nescafé y echa dos cucharadas grandes dentro de una taza con la figura de Mafalda adherida. Su abuela le pasa el termo celeste con el agua caliente.

—Alfonsito, ¿no quiere más huevos? Queda el raspado, lo más rico.

—No, gracias, mamá. Incluso no sé si me voy a comer los choricillos. Creo que anoche tomé un poco de más.

—Tenga cuidado, no me vaya a salir como su padre.

—Era Año Nuevo, no se puede ir a una fiesta y no tomar. Te obligan.

—Me da miedo. Tanta cosa a la que te pueden obligar.

—Usted no se preocupe, tampoco es para tanto.

—Pero no me salga como él. Usted sabe a lo que me refiero. Me da pánico que en sus genes se le haya infiltrado algo de ese pobre infeliz.

—Nada, mamá. Ni el apellido.

La madre de Alfonso tiene el pelo recién teñido y se ve demasiado negro. Tal como Gina, tiene al menos quince kilos de más. Su pulsera Óptima, de cobre, brilla al sol cada vez que esparce mantequilla en su pan amasado.

—¿Y la Nadia, Alfonsito?

—Regresó a Santiago.

—¿Cómo? —dice la abuela—. Pensé que iba a pasar la tarde con nosotros. Me dijo que pensaba ir a la playa.

—Mejor, mamá —le responde la madre de Alfonso—. Mientras menos esté esa niñita por aquí, mejor.

—La Nadiacita es un encanto, Eugenia. En Santiago me ayuda mucho. Es tan resuelta, no se asusta ante nada. Es una excelente influencia para Alfonso.

Gina toma el control remoto y cambia el canal. Lo deja en un show musical mejicano.

—¿No le toca turno, mijita?

—No, abuela, cerramos hoy. Y ayer. Hace tiempo que no nos toca ser la farmacia de turno.

La madre de Alfonso abre con dificultad una caja de jugo de naranjas. Le sirve un vaso a Gina.

—Pero cuénteme algo, Alfonsito. ¿Cómo estuvo el ambiente? ¿Alcanzaron a ver los fuegos? ¿No había mucho tráfico?

—Llegamos hasta Libertad y de ahí corrimos hasta el muelle. No se podía ingresar, pero encontramos un sitio en la Avenida Perú. Ahí nos topamos después con gente de mi Escuela, como habíamos acordado. Nos fuimos a Valparaíso.

—Qué horror —opina la Gina.

—Pero no fuimos al Cinzano. Nos juntamos en una casa en el cerro Concepción, de unos amigos. Arrendaron una casona durante el verano. Les tocó hacer la práctica en *La Estrella*.

—Eso debería haber hecho usted. Escribir para *La Estrella* acá, cerca, donde corresponde. Nos iríamos juntos al puerto. Tú al diario y yo al Registro.

—*El Clamor* es más famoso.

—Pero me da miedo que sea más peligroso. ¿*Policía?* Y si te pasa algo, Alfonso.

—Mamá, voy a cubrir crímenes que ya ocurrieron. No voy a ser un policía. Ni corresponsal de guerra. Voy a estar lejos de las balas.

—La pura idea de que te quedes allá solo me enferma. Y además con esa famosa Nadia.

—Mamá, por favor.

—Es mejor que ande con una sola —interviene la abuela— a que sea mujeriego como el canalla de tu marido, que te engañó cada vez que pudo.

—Si sé, mamá, no tiene para qué recordármelo.

—La que lo recuerda eres tú, Eugenia. Lo menos que podrías hacer es sacarte esa argolla. Ya han pasado más de veinte años.

La madre de Alfonso se levanta, da un portazo y se encierra en su pieza.

—Ustedes tienen que ayudarla. Ha tenido mala suerte.

Gina mira a la abuela y le contesta:

—¿Y nosotros?

Puta que eres pendejo

La sala de redacción está prácticamente vacía. Alfonso Fernández arregla el cuello de su camisa de manga corta a rayas y camina por un largo pasillo hasta toparse con el pequeño cubículo, sin ventanas. Una plancha de metal dice *Policía*. No hay nadie ahí. Alfonso catea el lugar: dos terminales de computador sobre una misma mesa, un escritorio, dos sillas, dos teléfonos, un montón de diarios del día, ceniceros de metal vacíos y una vieja máquina de escribir Underwood. En una de las paredes hay un calendario con una chica en tanga sorbiendo una gaseosa y varios de los afiches de chicas desnudas —los pezones tapados por estrellitas de tinta negra— que aparecen todos los viernes en el suplemento *Bohemia* de *El Clamor*. También hay un desteñido mapa de Santiago y un diploma otorgado por Carabineros de Chile.

Alfonso comienza a hojear el diario de hoy. Se va directo a las páginas rojas.

—¿Encontraste algo interesante?

Alfonso salta sorprendido y se da media vuelta.

—Saúl Faúndez, tu jefe por estos cuatro meses —y le da un ceñidísimo apretón de manos. El metal de sus anillos clava a Fernández.

—Tanto gusto. Lo estaba esperado.

—¿Estoy atrasado?

—No, no, no. Yo me adelanté. Estaba haciendo hora.

—Eso es lo que uno hace aquí. Hora. Esperar entre crimen y crimen. Y después rellenar páginas y páginas.

Saúl Faúndez es inmenso, ocupa todo el campo visual. Deber medir una cabeza, cabeza y media, más que Alfonso. Su edad no queda clara porque su piel se ve ajada, curtida, mal pigmentada, con residuos de un ser colorín perdido entre sus desgastados genes. Los ojos los tiene diminutos, escasos, celeste-nublado, y son tantas sus canas que su engominado pelo ya parece blanco. Cuando habla, frunce el ceño de modo que sus ojos desaparecen. Con sus frágiles anteojos horizontales de metal plateado adquiere un aspecto de abuela de cuento: procaz, desalmada, feroz.

Saúl Faúndez anda de pantalones color agua-dementa y una ancha guayabera arriba de su camiseta de malla blanca transparente. Corona todo con un jockey blanco-invierno. Para ser tan fuerte y torneado, su vientre es enorme, sietemesino, duro y macizo, inamovible.

—Tenemos seis letras en común.

—¿Disculpe?

—Faúndez, Fernández. Seis letras en común. ¿Te parece una casualidad?

—No lo sé, señor.

—Saúl.

—Saúl, señor.

—Si eres incapaz de decirme Saúl, trátame de *don*. No de *señor*. No tolero que me tilden como lo que no soy.

—Sí, señor. Digo, don. Don Saúl.

—¿Estás nervioso?

—Un poco.

—Lo peor que te puede pasar es cometer una falta de ortografía. Relájate, no te voy a morder. ¿Tomas café?

—A veces.

—Cómo que «a veces». ¿Fumas?

—No.

—Puta madre, me mandaron un Opus Dei. ¿A qué edad perdiste la virginidad? Rápido.

—A los veintiuno, don Saúl.

—¿Con una puta?

—No.

—¿Te gustó?

—Más o menos.

—¿Qué edad tienes?

—Veintitrés.

—Puta que eres pendejo, Pendejo. Puta que te voy a tener que enseñar huevadas. Sígueme. Vamos al café. Primero el café, el cigarrillo, la meadita, revisar la pauta que dejó el maraco del Chacal, unas llamaditas a La Pesca y después a los Pacos. Es la rutina, el día a día. Después salimos a husmear, lamer la sangre nuestra de cada día antes de que se coagule. Si tenemos suerte, Pendejo, llegamos tipo tres, comemos nuestros garbanzos antes de que cierren el casino y terminamos el despacho antes de las ocho. De ahí te puedes ir a putear.

Saúl Faúndez camina como si bailara un mambo y sus zapatos blancos, sin calcetines, se resbalan sobre el brilloso suelo. Su carterita de cuero, una suerte de estuche que cuelga de su muñeca, le da un leve toque afeminado.

Mientras lo sigue a la máquina del café que está a la entrada de la redacción, cerca de las oficinas de Rolón-Collazo y del Chacal, Alfonso divisa a Nadia, que para variar anda de negro, conversando con las secretarias. El estacionamiento está vacío.

Faúndez se sirve un café y lo llena de azúcar. Seis o siete cucharadas.

—A ver, cuéntame, ¿por qué un chico con esa cara de bueno que tienes elige una sección como ésta?

—No la elegí, señor.

—No me digas señor.

—El señor Ortega Petersen me asignó que trabajara... que aprendiera con usted.

—El maraco del Chacal me quiere cagar, por lo que veo. Y tú, ¿qué querías?

—*Espectáculos.*

—De la que te salvaste, Pendejo. *Espectáculos* sí que es una mafia. Si quieres putas gratis, díme. Para conseguir choro no hay que chupar diuca. ¿No sabías?

Hacerse hombre

Alfonso va sentado en la parte posterior de una camioneta pintada de amarillo con el logo del diario incrustado en las puertas delanteras y, por algún curioso motivo, en el techo. Adelante viaja Saúl Faúndez, como copiloto. Sus anteojos se le deslizan por la nariz. Lee un manoseado ejemplar de *La Papaya*.

A su lado, como chofer, está Emiliano Sanhueza Godoy, alias «el Camión». A Sanhueza le dicen el Camión no por ser el chofer oficial de la camioneta A-1, designada en forma vitalicia para movilizar a los de la crónica roja, sino por su enorme tamaño. Es un apodo que le sienta, puesto que posee la flexibilidad de un neumático para tractor. Es áspero, gris acercándose al carbón, con una desequilibrada melena blanca plagada de canas negras. Sus espaldas parecen un montón de ladrillos amontonados y su vientre es una amalgama de grasa y piedra.

—¿A La Pesca, Jefe?

—A La Pesca.

Alfonso se fija en cómo los inflados músculos del Camión se escapan por debajo de la tiznada camiseta blanca que apenas cubre sus tatuajes de mujeres desnudas, dragones orientales y un ancla que atraviesa la Portada de Antofagasta.

—¿Un puchito, Camión?

—Vale.

Faúndez prende un Liberty, y con el mismo cigarrillo enciende otro y se lo pasa al Camión.

Sanhueza, antes de manejar camiones, fue estibador en su Mejillones natal y luego en Antofagasta. Cargaba las barras de cobre al hombro y las depositaba dentro de los barcos. Hasta que un buen día se quedó en el interior del vientre de un carguero liberiano. De polizonte pasó a marino mercante y terminó navegando los sietes mares.

—Se nota que es verano. Ya hay menos autos circulando, Jefe.

En el tablero, al lado de la estampita de San Pancracio y de la medallita con la cruz, el Camión tiene un pequeño altar con una postal de Hong Kong, una foto de su barco cruzando el Canal de Panamá y una foto en blanco y negro, mal revelada (de ésas de entrega inmediata), de un muy joven Sanhueza abrazado con un tipo árabe de bigotes, ambos sonriéndole a la cámara, el Camión con varios dientes de menos al lado superior derecho.

—¿Y Escalona, Camioncito?

—Se fue directo a La Pesca. Le datearon una redada de travestis. Los va a fotografiar en el calabozo antes de que los suelten temprano.

—Travestis recién despertados, puta la huevada.

Debajo de la guantera hay una radio-radio, con micrófono. Está sintonizada en la banda de los carabineros. Escuchan los mensajes:

«Q-S-L, atento... Cementerio Metropolitano...»

—A ver, Camión, ¿escuchaste? Date la vuelta. Si nos va bien, los invito al Quitapenas.

—¿Pasa algo? —pregunta Alfonso.

Saúl Faúndez se da vuelta y lo mira. Después le dice al Camión:

—A este Pendejo voy a tener que enseñarle todo. Desde el principio.

Luego deja la revista, se saca los anteojos y observa a Alfonso:

—Mira, cabro, con esta radio interceptamos mensajes, nos adelantamos a los pacos y a los tiras. Claro que los ratis son más sofisticados y se comunican por otras bandas, por lo que es muy recomplicado enterarse de en qué están. A veces, si uno tiene suerte, puede llegar antes que todos. Así es más fácil golpear.

—¿Golpear?

—Cagarte a la competencia. Publicar una noticia que el otro se perdió.

—Ganar.

—Exacto. ¿No te enseñaron eso en la Escuela? Puta, no sé para qué los hacen estudiar, por la chucha. Yo no estudié ni hueva y sé más que toda tu generación junta. El periodismo, como la prostitución, se aprende en la calle, Pendejo. Y ahora, con este suicidio, vas a debutar.

—¿Suicidio?

—En el Cementerio. ¿No escuchaste acaso?

Cementerio General, sector de los mausoleos elegantes. El blanco del mármol refleja el sol y quema la vista. Hay mausoleos con flores frescas, y otros abandonados, sus rejas llena de óxido y maleza.

—Debe ser por aquí —dice Faúndez.

Alfonso lo sigue un paso atrás. El aroma está hinchado de agua estancada y pasto mojado.

—Cagamos —dice el Camión—. Los giles del *Extra*.

—Son de los nuestros, relájate.

Faúndez abraza a un tipo moreno, engominado, de cuello y corbata, con gruesos anteojos de sol pasados de moda.

—Feliz año, compadre.

—A usted, pues.

—Alfonso, ven, acércate. Te presento a mi gran amigo y colega, Eugenio Soza.

—Negro Soza para los amigos —dice el otro con una sonrisa salpicada de oro.

—¿Dónde está el fiambre? —pregunta Faúndez.

—Allá atrás, entre dos mausoleos —le responde el Negro.

—¿Y los ratis? —pregunta el Camión.

—Recuperándose de la caña, me imagino. Todavía no piensan ni en llegar. Petete —grita de pronto Soza—, ¿tomaste los monos?

De atrás de un mausoleo aparece un ser casi deforme, enano, pero cuando se acerca más queda claro que solamente es menudo, pequeño, bajísimo, todas sus extremidades proporcionadas y en equilibrio. El tipo luce un terno claro, de lino arrugado, y un elegante sombrero de paja. Si no fuera por su abultado bigote, no sería errado confundirlo con un preadolescente.

—Lo tengo todo —le responde a Soza con un marcado acento centroamericano.

—Oye, Petete —le dice Faúndez—, hazme una gauchada. Escalona se fue a La Pesca a agarrar unos colas. Hagamos cambalache y pasando y pasando.

—Como usted diga, Maestro.

—Así me gusta.

El Negro Soza y Petete se despiden y parten entre las callejuelas del cementerio. El Camión avisa que va a esperar en la camioneta, a la sombra.

—Bueno, Pendejo, a trabajar, mira que nos estamos atrasando. Yo voy a hablarles a los pacos y tú te encargas del fiambre.

—¿Cómo?

—El muerto. Ven.

Faúndez toma a Alfonso del hombro y lo acerca a un mausoleo. Detrás de esa construcción, colgando de una viga que él mismo puso, está un NN de alrededor de 30 años.

—¿Has visto alguna vez un muerto?

—No. O sea, de lejos, pero nunca de cerca. Nunca he mirado uno.

—¿Y suicidas?

—Tampoco. Un tío mío se suicidó, pero yo era muy chico. El marido de mi tía Esperanza se cortó las venas en una tina, pero solamente me contaron, nunca lo vi. Fue en el sur. Así y todo, tuve pesadillas durante mucho tiempo.

—¿Pesadillas?

—Sí.

—Vas a seguir teniéndolas, entonces, porque no puedes cubrir el día a día sin acostumbrarte a nuestros amigos. Son los muertitos los que nos alimentan, Pendejo. Ellos son las estrellas, nosotros sólo les damos trato preferencial.

Faúndez mira a Fernández directamente a los ojos. Su mirada es severa, con trazos de odio y algo de compasión.

—Ya, para qué alargarlo. Es mejor que lo superes y listo. Quiero que lo mires bien y almacenes en tu mente lo que más te llame la atención. Nada de apuntes. Sólo tú y él. Ya, partiste, hazte hombre de una vez por todas. No te va a doler.

Faúndez empuja a Alfonso y éste termina frente

al exiguo espacio que forma el callejón que separa una fila de mausoleos de otra.

El aire que sale de ahí es fresco, húmedo.

Alfonso abre sus párpados y lo primero que ve son los desorbitados ojos del muerto que cuelga y se balancea. El hombre está sin camisa y su pecho lampiño se ve cianótico, aunque bastante menos que su rostro, que está francamente oscuro, teñido de azul. El cuello, amarrado a un grueso cable eléctrico, es una amalgama de roces y heridas. Una protuberante lengua parece saltar de su boca. El pantalón de gabardina café está manchado y húmedo de orina.

—¿Y? ¿Aprendiste algo?

—No es una bonita forma de morir.

—Cuando uno está desesperado, Pendejo, hace cualquier cosa.

La Pesca

El cuartel general de la Policía de Investigaciones se conoce como La Pesca, porque ahí es donde los detectives llevan a los sospechosos cuando son aprehendidos. O sea, es donde los tiras —los ratis— encierran a los detenidos cuando finalmente «los pescan».

La Pesca es un gran edificio de cuatro pisos construido con ese tipo de monumentalidad que sólo fructificó durante la etapa estatista que tuvo su apogeo durante los años cuarenta. El cuartel general posee un edificio gemelo, el Archivo Nacional de Identificación, que está exactamente al lado; ambas sedes ocupan toda la larga cuadra de General Mackenna entre Teatinos y Amunátegui, en la parte norponiente del sector céntrico de Santiago. Lo más curioso de La Pesca es que está estratégicamente ubicada en el corazón de uno de los barrios más duros de la capital, casi como si los arquitectos hubieran querido ahorrarles tiempo a los detectives en la caza de delincuentes.

Sin ir más lejos, basta cruzar la calle o «pasar para el frente» y se está ante la vieja Cárcel Pública de ladrillo y adobe, con sus Tercer, Cuarto y Quinto Juzgados del Crimen anexos. Una cuadra más allá, en pleno barrio rojo, calle San Martín y alrededores, se levanta el Terminal de Buses Norte, el segundo rodoviario más grande del país, por lo que el sector está plagado de bodegas y servicios de encomiendas. Por ahí cerca, entremedio de las excavaciones para el Metro, se alza la Estación Mapocho, reliquia del siglo pasado que ahora, desde que no llegan más trenes, es una ruina y un lupanar; resulta mucho más rápido y conveniente viajar a la costa en bus.

Las cuadras hacia el nororiente de La Pesca se tropiezan con la Estación y es como si el propio río Mapocho fuera el mar, porque todo el barrio chino que se arma en ese triángulo que es el final de la calle Bandera, el cercano Mercado Central y el propio Cuartel General, recuerda indesmentiblemente al puerto. Por eso no es sorprendente la cantidad de prostíbulos y hoteles galantes, bares, picadas y cocinerías, salones de pool y botillerías, topless y quintas de recreo y boîtes y todo tipo de comercio barato, ropa usada norteamericana, hojalaterías, el Mercado Persa y el de las Pulgas, también.

La camioneta amarilla de *El Clamor* se detiene ante a la puerta principal de La Pesca. Al frente, bajo el sol, una larga fila de mujeres espera ingresar a la cárcel para visitar a sus familiares. Faúndez y Fernández se bajan; el Camión sigue más allá, al otro lado de la manzana, cerca de la entrada oculta, el callejón Suspiros, por donde ingresan a los detenidos. El Camión estaciona la camioneta en un sector reservado para autoridades y cruza al frente al billar Eloy, donde se topa con algunos conocidos. El Camión ya conoce la rutina y sabe que, por lo bajo, estarán media hora enfrascados en el rito y la burocracia de La Pesca. Faúndez, además, sabe dónde encontrarlo. Si no es ahí, entonces está en el Café Villorca, a la vuelta, por San Pablo, o en la fuente de soda El Nortino comiendo queso de cabra recién llegado de Ovalle.

El interior de La Pesca es fresco, sombrío, como la bóveda de un banco. La sala de prensa es una suerte de closet sobredimensionado, con un par de teléfonos y viejas máquinas de escribir Olivetti. Hay un par de sillones cubiertos de cuerina celeste y afiches institucionales

—Siéntate aquí, Pendejo. Revisa este parte. Marca los casos que te parezcan más entretenidos.

La sala de prensa da a la antesala del departamento de Relaciones Públicas y Comunicaciones. Por lo general ahí está la acción. Un detective, Aldo Vega, asistente del Prefecto Jefe, está todas las mañanas a mano, a disposición de los periodistas. Vega se encarga de redactar el parte, de mover los hilos, de intentar conseguir lo que los sabuesos andan buscando. En La Pesca, los periodistas básicamente consiguen dos cosas: retratar a los detenidos y averiguar qué pasó durante el día anterior para así salir a la calle y averiguar más datos que los proporcionados por la oficialidad.

—¿Tú quién eres? ¿Te conozco?

Alfonso levanta la vista. Frente a él se halla una mujer de edad indefinida, pero de peso absolutamente excesivo. Luce un vestido de verano ceñido, en tonos pastel, con un diseño tipo papel mural en oferta. La tipa está bronceada, roja más bien, y su piel es de ésas que vienen con pecas incluidas.

—Alfonso Fernández —le dice, de pie—. Estoy haciendo la práctica en *El Clamor*. Con don Saúl Faúndez.

—¿Con Amarillito? Puta, te compadezco, la huevada en que te fuiste a meter.

Alfonso nota que su jefe ha ingresado a la sala. Éste mira a la mujer de arriba a abajo. Se saborea los labios.

—Deja de joder al crío, Roxana. El cabro es mío y no se te ocurra venir a corrompérmelo. Si te lo vas a tirar, primero me tienes que pedir permiso.

—No ando tan urgida, Faúndez.

—¿Ya volviste de donde los pacos, cariño? —le dice él con algo de coquetería mientras abre una botella de agua mineral que hay sobre una bandeja llena de bebidas y tazas de café.

—Le tengo una docena de muertos, tal como a usted le gusta.

—Pero venga, abráceme; que yo recuerde, no pasamos el Año Nuevo juntos.

—Porque tú no quisiste, viejo cobarde.

Se abrazan de una manera carnal, obscena. Faúndez toquetea sus rollos, su mal disimulada voluptuosidad. La besa en el cuello, en la oreja. Es una mujer grande y, a diferencia de muchas que sufren de sobrepeso, parece francamente orgullosa de que su presencia no pase desapercibida.

—Fernández, levántate. Te presento oficialmente a la famosísima y atractiva Roxana Aceituno, quizás la más grande de todas las reporteras policiales de la capital.

—La única, huevón, por eso. No hay nadie que me haga la competencia.

Alfonso la saluda con la mano.

—Mucho gusto.

—Tímido, ¿ah? Ya me estás cayendo mejor, cariño.

—Roxana controla todo el ámbito de los pacos, Pendejo. Huevada que huele verde, Roxanita la agarra. Es la vedette de Bulnes 80. ¿No es cierto, mi amor?

—Depende de quién esté a cargo. Este año parece que viene bueno.

Un tipo joven, de corbata y camisa de manga corta, aparece con varios papeles en la mano.

—Feliz Año, detective. Cada día más atractivo.

—Feliz Año a usted, pues, Roxanita.

—Detective, éste es el cabro del que le hablé. Va a trabajar conmigo y con Escalona. ¿Dónde anda Escalona?

—Abajo, en los calabozos.

—Bueno, este cabro, Alfonso Fernández, está autorizado. ¿Tienes credencial?

—No aún pero pronto tendremos.

—Capaz que algunas veces venga solo. Fernández, aquí el detective es el hombre. Cualquier cosa, se la pides a él. Es un gran tipo.

—Bienvenido a Investigaciones, entonces.

—Tanto gusto —le dice Alfonso.

—Encantado, pues. Bueno, disculpen, yo tengo que bajar.

—Detective, ¿puede bajar con usted? Después se lo encaleta a Escalona. Yo tengo que hablar algo con la señorita Aceituno en privado.

—Venga, sígame.

Alfonso camina detrás del detective Vega. Atraviesan varias puertas y cruzan largos pasillos que chocan entre sí en ángulo recto. El recorrido es laberíntico y a medida que descienden la luz se disipa. Finalmente llegan a los calabozos, dos pisos de celdas oscuras que despiden un olor animal.

Un fotógrafo está frente a una pared iluminada por una ampolleta sin foco. La pared está pintada de dos colores, lúcuma de la mitad para abajo, crema hacia arriba.

Antes de que el detective pueda hablarle al fotógrafo, otros detectives ingresan con un detenido a cuestas. El tipo está esposado. Es un delincuente habitual y, para ser tan joven, sus entradas en el pelo son notorias. El fotógrafo, que anda de terno gris y corbata negra y acarrea un gran bolso al hombro, camina unos metros y saca de detrás de un escaño de madera un gran trozo de plumavit blanco.

—Jefe —le dice a uno de los detectives que acompañan al reo—, ¿me la sujeta? Una cosita corta, eso es todo.

El fotógrafo tiene la nariz picada, llena de huellas de acné, lo mismo que su frente. Enfoca al delincuente. Deja el bolso en el suelo. De la parte superior de la máquina, libera un aparatoso foco y con la mano lo apunta hacia el plumavit.

—Más cerca mío —le dice al mismo detective que ahora está sujetando el trozo—. Eso, perfecto.

El reo mira directo a la cámara.

—¿Cómo te llamas?

—Luis Hinojosa.

—Ya, Lucho, ¿quieres salir bien? Mírame directamente al lente, yo estoy detrás. Pero más, así, duro, con odio. Recuerda la mirada que le pegaste al culeado antes de matarlo. Eso, así, bien, se lo merecía, ¿no? Perfecto, ya lo tengo. Eso. Estamos. Tomemos otra, por si acaso. Así, claro, bien. Ahora todos te van a reconocer. Vas a matar, compadre, las minas van a recortar esta foto, acuérdate de mí.

El reo le da las gracias y lo devuelven a su celda.

—¿Qué hago con esto? —le pregunta el detective, con el plumavit en la mano.

—Guárdalo en el lugar de siempre.

El fotógrafo se da vuelta y comienza a guardar la máquina en el bolso. Lo más notable de su rostro es la mordida. Es como si la quijada le quedara grande. Esto lo hace aparecer sonriendo todo el tiempo. La quijada y los ojos. Ojos redondos, inflados, caricaturescos, como de sapo, casi sin pestañas.

—Escalona —le dice el detective Vega—, este cabro te anda buscando.

El fotógrafo se detiene, saca la máquina y en el más completo de los silencios le dispara a Alfonso. El flash es tan fuerte que los encandila a todos.

—Alfonso Fernández —le dice Escalona con una gran sonrisa papiche—. Te estaba esperando. ¿Por qué cresta te demoraste tanto?

¿Qué hiciste hoy?

—Hola, tanto tiempo, ¿no?

—Ah, Nadia, ¿qué tal?

—Bien, llena de novedades. ¿Tú?

—Igual... Oye, espérame, estaba saliendo de la ducha. Dame un segundo.

Alfonso termina de enrollar una toalla alrededor de su cintura y cierra la ventana por donde entra una brisa. Es tarde, el departamento está vacío y a oscuras, las únicas luces que se ven son las de la ciudad allá abajo. Alfonso se peina hacia atrás hasta que el agua del pelo le escurre por la espalda.

—Ya, de vuelta.

—Supongo que estarás vestido.

—¿Qué crees?

—Que no.

—Estoy cubierto, arriba de la cama. Además, no creo que te importe. Nunca te ha importado mucho.

—Si te vas a poner así, prefiero colgar.

—A lo mejor es lo más indicado. No debería hablar contigo. Me lo había prometido y ya rompí mi promesa de Año Nuevo.

—¿Y pediste un deseo?

—Pedí este año dejar de sentirme ligado a ti. Que me pudiera zafar y huir y escapar lejos de donde estés.

—No creo que lo logres. Además, es mala suerte contar los deseos. No se cumplen. Por bocón, cagaste.

—Éste se va a cumplir.

—Estamos hechos el uno para el otro, Alfonso, asúmelo.

—Entonces hay alguien allá arriba que no me quiere. Siempre lo he pensado, no es algo que me tome de sorpresa, pero igual es penca no entender por qué a algunos les toca tanto y a otros tan poco.

—¿Todavía sigues enojado por lo de Valparaíso?

—No voy a hablar de Valparaíso. Eso lo discutimos *in situ*.

—¿Perdón?

—En terreno. Ya me estoy aprendiendo la jerga: *in situ. Ese-ese,* o sea, sitio del suceso...

—Tú no quisiste ir. Te invité.

—Yo nunca quiero ir a ninguna parte, ¿por qué será?

—Cambiemos de tema.

—Te lo dije desde un principio.

—Pensé que se te había pasado.

—Recién está empezando, Nadia.

—Ya, a ver, díme, ¿qué hiciste hoy?

—Más cosas que todo lo que me sucedió el año pasado. Vi mi primer muerto.

—No te creo.

—Un suicida en el cementerio. Después supimos que se quitó la vida detrás de la tumba de su mujer. Era un viudo joven y no toleró pasar el Año Nuevo solo. De alguna manera me identifiqué.

—Pobre.

—¿Tú sabías que cuando uno se ahorca los esfínteres se relajan?

—Alfonso, por favor.

—Es la cruda realidad.

—Yo estuve en una conferencia de prensa de

la Emi. Me enteré de todas las novedades musicales del verano.

—Yo fui al Maeva.

—¿La boîte?

—Sí, crimen de Año Nuevo. Un pendejo encocado baleó a un cadete militar por culpa de una vedette que, en el fondo, era una puta cara. Y nada de mala, te diré. Hablé con ella. Es experta en cuadros plásticos. ¿Sabes lo que es un cuadro plástico?

—Creo.

—Da lo mismo. El milico murió, y el otro nada. Ni un rasguño aunque parece que se le dio vuelta el Gin Tonic. Averiguamos todo, pero no vamos a poder publicar nada. Según don Saúl, eso es normal.

—¿No escribir sobre militares?

—No escribir sobre cosas que ocurren en el barrio alto. El pendejo es hijo de un industrial con plata. Árabe. Textiles. Anda armado porque teme que lo asalten.

—¿Y qué le va a pasar?

—No va a poder ir más al Maeva. Lo que para él, parece, es un castigo muy doloroso. Cruel, incluso.

Se produce un silencio. Alfonso mira la luz que emite el reloj digital. Casi las doce de la noche. Con los dientes raja el plástico que cubre un queso mozzarella.

—¿Qué comes?

—Queso. ¿Tú?

—Durazno. Oye, ¿y tu jefe? ¿Muy decadente? El mío me dijo que es lo peor. No sólo borracho sino morboso.

—Conocí a una tipa medio loca. Roxana Aceituno, de la agencia informativa Andes.

—¿Cable?

—Sí, recopila toda la información policial y la manda a través del cable.

—Suena patético.

—Pero es divertida, porque es gorda pero se las da de *femme fatale;* parece que le resulta porque tiene bastante onda con mi jefe.

—¿Con ese viejo? ¿Qué edad tiene ella?

—Como treinta. Lo más increíble es que esta mina parece que se mandó su numerito hace unas semanas porque a lo largo de todo el día, con quien nos topáramos, salía el tema de la fiesta de fin de año que organizó la Central de Inteligencia en su club de campo.

—¿El servicio secreto? Estás loco, Alfonso. ¿Cómo alguien puede ir?

—A lo mejor son simpáticos, no sé. Una cosa es la pega que hacen y otra cómo se divierten.

—Deberías pedir que te trasladen.

—Con el Chacal sobre todo. Como me quiere tanto.

—¿Qué pasó con la fiesta? ¿Degollaron personas y las asaron como aperitivo?

—Parece que hubo litros de champaña y centolla traída desde Magallanes en aviones del Ejército. El asunto es que eran casi todos hombres, porque este mundo es de puros hombres. Por eso la Roxana Aceituno es considerada una musa.

—Con ese tipo de competencia, quién no.

—Además, aunque fuera un ogro con lunares peludos, daría lo mismo. Los tipos son muy calientes.

—¿Sí?

—Olvídate cómo hablan. Fue como estar todo el día dentro de un camarín. Todo es sexo, sexo, sexo. Es como volver a los quince.

—Debes estar fascinado.

—Si uno no puede hacerlo, hablar sobre el tema no hace mal. Ya he aprendido un par de cosas.

—Qué asco.

—Mientras más asqueroso, mejor.

—¿Qué pasó con la gorda, Alfonso?

—Parece que la fiesta, que duró toda la noche, terminó en orgía. O sea, no en orgía, porque eran puros hombres, pero hubo harta droga y trago y baileteo y la Roxana se subió a una mesa e hizo un show. Después se cambió de ropa, se puso traje de baño y se lanzó a la piscina, y como se dio cuenta de que todos la observaban, se lo sacó, quedó en pelotas e hizo piruetas. Lo malo es que perdió el traje de baño. No sabe dónde está.

—¿Cómo?

—Eso. Lo extravió. Por eso hoy todos los reporteros la hueveaban y ella reclamaba por su traje de baño. Quería que se lo devolvieran.

—Tiene razón.

—Supongo.

—Yo parece que me voy a ir a Viña, Alfonso.

—¿Por el fin de semana? ¿No será Valparaíso?

—Por un tiempo.

—¿Cómo?

—Me lo ofreció Pancho.

—¿Pancho?

—Francisco Olea, mi jefe.

—Yo le digo al mío don Saúl.

—Pancho es harto más joven.

—¿Casado?

—Nadie se casa ante de los treinta.

—¿Qué te ofreció Pancho entonces, Nadia?

—Bueno, como sé inglés y algo de francés, quedé al tiro en el top de mi sección y no sé, a la hora del almuerzo, estábamos en este restorán...

—¿Restorán?

—Es por canje. No sé, nuestro crítico gastronómico, que es cola pero adorable, es amigo del dueño, así que no pagamos nada.

—Pancho no pagó nada.

—El diario no pagó. Déjame seguir. ¿Puedo? Yo ya escuché tus crímenes. Pancho me ofreció instalarme en Viña. La idea es no sólo cubrir el Festival de la Canción sino sacar una página diaria con las actividades veraniegas. Desde recitales a temporadas de teatro. Todo lo que pasa en los pubs, en la playa. Tendencias, vida social, moda...

—Suena fascinante.

—No seas irónico, te mueres de envidia. Si hubieras quedado en *Espectáculos,* te habrían mandado a ti.

—Lo dudo. Me hubieran encaletado la cartelera.

—Tu problema es que no sabes cómo venderte.

—Eso es cierto. ¿Me podrías dar clases? Por canje.

—Cuando uno de verdad quiere algo, lo logra. Es cosa de voluntad.

—¿Og Mandino?

—Me obligan, Alfonso. Qué le iba a decir. No, gracias, prefiero quedarme asándome en Santiago.

—Te podrías asar conmigo.

—La idea es debutar el quince de enero.

—¿Te vas a ir a una pensión?

—Al Hotel O'Higgins.

—¿Canje?

—Exactamente.

—Hablando de canje, Nadia. ¿No te interesaría entregarme algo a cambio de otra cosa?

—Como qué.

—Lo sabes perfectamente. Mira, desliza tu mano hacia abajo...

—Ándate a la chucha.

—Eso es lo que quiero.

Nadia corta el teléfono. Alfonso se queda escuchando el tono. Se toca el pelo. Está bastante más seco. Cuelga.

El carácter de un hombre

Caseta de prensa, mundillo de los gacetilleros de la hípica. Abajo, corren los caballos. Tarde de verano. El Hipódromo está casi vacío.

—Mira, Pendejo, mientras dure tu práctica el que te manda voy a ser yo, ¿entendiste? Ni el Chacal Ortega ni Darío Tejeda. Yo. Ni siquiera tu padre.

—No tengo padre... O sea, tengo pero no sé dónde está.

—Otro huérfano. Mejor. Mira, Pendejo, te voy a decir una cosa y te la voy a hacer corta: yo tuve uno y era borracho; me pegaba, me insultaba y afilaba sus cuchillos carniceros frente a mí. Un día mi madre juntó a mis hermanos y nos hizo rezar para que desapareciera. Unas semanas después, el viejo estaba faenando un novillo y con la sierra se voló un brazo. Quedó mansito el manco. Nunca más habló el culeado. Pero ya había tomado suficiente y se murió de cirrosis, solo, en la sala común del hospital de Tomé. La venganza quedó saldada.

Alfonso mira como los caballos trotan por la pista.

—Me hice hombre igual. Nunca me hizo falta, nunca lo eché de menos. Si necesitas consejos, pídemelos no más. El carácter de un hombre, Pendejo, se arma a partir de los problemas a los que no puedes hacerles el quite, más todos los remordimientos que lo achacan a uno por haberle quitado el poto a la jeringa, ¿entiendes? Da lo mismo. Ya lo harás. Ahora, lección número uno: cómo saber si un caballo es de fiar. Es como con las minas... Espérate, déjame ir a mear y te cuento.

Un jockey se baja de su caballo y otro tipo comienza a escobillarlo.

—Fernández, ven, acércate —le dice Escalona.

—¿Qué?

—Hazle caso al viejo. Le caíste bien. No siempre es así: te lo digo porque sé. He visto hartas cosas. Este viejo de mierda te va a apadrinar, acuérdate de mí. Le recuerdas a su hijo.

—¿Tiene hijos?

—Uno. El Nelson. Es mongólico, le salió raro. Su mujer es una gorda que lo cuida todo el día. Viven allá por la plaza Bogotá. El Nelson ahora tiene tu edad. Le inyectan hormonas para que no se corra la paja, pero no le digas que te dije. Tú no sabes nada, ¿entendiste? Nada.

Las fotos de las viudas

—A ver, Pendejo, hoy tú mandas —le dice Faúndez mientras baja el vidrio de su ventana—. ¿Qué nos depara el día? Díle al Camión a dónde tenemos que ir.

Alfonso revisa atentamente los dos partes policiales.

—El de Carabineros tiene más cosas acá en Santiago.

—¿Pero cuáles? No somos adivinos. Te dije en la mañana que hoy el alumno en práctica sería yo.

—Bueno, hay varios hechos que podríamos investigar.

—¿Como por ejemplo?

—Una peruana ilegal hizo un ceviche con su amante lesbiana. La metió a la bañera y la picó en pedacitos y después le echó limón de Pica.

—Eso da para titular, Jefe —comenta Escalona desde el asiento trasero.

—El jefe es Fernández, yo estoy disfrutando el paseo.

—Podemos fotografiar la tina —le explica a Alfonso—. Y si pasamos al Matadero, les digo que me muelan unas merluzas.

—El señor Ortega Petersen envió un memo señalando que no desea más recreaciones fotográficas.

—Se puso ético el maraco —reclama Faúndez.

—¿Y dónde es la huevada? —pregunta Sanhueza.

—En San Bernardo.

—Lejos. Dejemos eso para el final, Fernández. ¿Te parece?

—Vale, Camión.

Están detenidos en la esquina de San Ignacio y Avenida Matta. Un chico se acerca al parabrisas y comienza a lavarlo.

—¿Se lo limpio, patrón?

—Ya lo estás lavando, cabro culeado —le responde, enojado, Sanhueza—. Y no me lo dejes engrasado, ¿escuchaste?

—Hay algo en la comuna de El Bosque —agrega Alfonso—. En la población de la FACh. Un aviador mató a su suegro.

—Podemos pasar, pero Tejeda lo va a atajar —le explica Faúndez—. En Chile los militares no matan, recuerden. ¿Qué más? Sigue. Estoy haciendo el trabajo por ti.

La luz se torna verde y el chico termina de limpiar el vidrio. El Camión saca un ejemplar de *El Clamor* enrollado como un panqueque y se lo pasa como propina.

—Para que te informes, cabrito.

—¿Al sur lo boletos, entonces?

—Sí —responde Fernández.

La camioneta ingresa a la Carretera Norte-Sur. En la radio suena Cecilia, *Baño de mar a medianoche*:

«Un baño en el mar fue nuestro comenzar...»

—¿Te has tirado a una mina en el agua, Camión?

—Una negra en Panamá. Le entró hasta arena.

—Yo una vez estaba en Acapulco, invitado a un congreso de periodistas —cuenta Saúl Faúndez bajando el volumen de la radio—. El convite era para Rolón-Collazo pero creo que, para variar, estaba en su isla del sur, así que me tocó a mí. Fui, ni huevón. Puros comunistas, lleno de cubanos. Se hablaba de la libertad de prensa, el imperialismo, los agentes de la CIA, lo que estaba de moda. La cosa que es hice migas con un nicaragüense que trabajaba para el diario de los Chamorro y nos dedicamos a parrandear. Tomaba mezcal al desayuno el huevón. Con jugo de naranja. Yo había tratado de meterme con las putas que circulaban por el congreso, que eran más buenas, unas gomas que no te cuento, pero muy caras. Y en dólares, compadre. Pero este Ángel —Ángel Pérez Crespo, se llamaba— había estado en Acapulco mil veces y me llevó a los cerros, que es como Valparaíso, a la punta, donde no hay hoteles ni palmeras y donde, si llega a caer un gringo, se lo comen a pedacitos. Ahí sí que había minas. Miles. De todas las edades. Cabritas de doce y trece, desarrolladitas.

—¿Y baratas? —pregunta el Camión.

—Regaladas.

—Ésa es la maravilla de esos países. Llegar y llevar. En el sudeste asiático, olvídate.

—Yo estoy contando el cuento —lo interrumpe Faúndez—. ¿Puedo seguir?

—Siga no más. Lo estamos escuchando.

—Nos poníamos de acuerdo con ellas y nos encontrábamos en la playa más apartada, como a diez cuadras del hotel. Y las culeábamos en el mar. Tibio, de noche. Rico. Lo único malo es que me acostumbré al agua.

—¿Cómo?

—Mira, el último día del congreso y a la hora del almuerzo decidí darme un chapuzón en la piscina del hotel, que era como un riñón del tamaño de la elipse del Parque O'Higgins. No te miento. Tenía hasta bar adentro. Así que comecé a tomar y tomar dentro del agua. Esos tragos con frutas y ron y guindas y huevadas. Obviamente, como soy humano, me dieron ganas de mear. Si la noche antes había acabado en el mar, por qué no mear en el agua.

—Lógico.

—Así que me echo la corta dentro del agua, pero de pronto veo que sale color verde.

—¿Verde?

—Los gringos dueños del hotel le habían agregado al cloro una sustancia anti-pichí para disuadir a los clientes de mear dentro. Comenzaron los gritos y la alharaca. Me vi rodeado de una gran mancha verde-calipso. La gente se salió del agua, los salvavidas tocaban sus pitos, sonó una alarma. Llegó el gerente y con un megáfono me conminó a salir. Clausuraron la piscina y comenzaron a vaciarla. Me cargaron el agua a la cuenta pero terminó pagándola el diario.

—Por suerte no se le soltaron las cabritas, Jefe, quién sabe de qué color se hubiera puesto el agua.

Faúndez aumenta el volumen de la radio. Lucho Barrios ahora le canta a Valparaíso, puerto principal.

—Disculpe —interrumpe en forma discreta Alfonso—. Pero tengo otros posibles sitios donde podemos investigar.

—Tú eres el jefe, tú mandas.

—Balearon al junior de una industria textil por meter un autogol en un partido que se jugó ayer.

—Está bueno eso —opina Escalona—. Me encantó. ¿Dónde?

—Las Vizcachas.

—Todo hacia el sur —confirma el Camión—. Queda en el camino. Lo agarramos a la vuelta.

—¿Algo más? —le pregunta Faúndez.

—Lo del choque del sábado en la madrugada y sus víctimas —le contesta Alfonso sin dejar de leer—. Podemos indagar las reacciones.

—Quizás.

—*El Universo* tituló con eso. Le dio bastante espacio.

—Le dio como caja —replica Faúndez con rabia—. Se matan cinco lolos pijes y creen que el mundo se va a acabar. Para qué toman tanto si no saben controlarse. El pueblo toma mucho más y no choca.

—Tampoco maneja —le responde Alfonso.

—No te vengas a hacer el listo, Pendejo, o te bajo de la camioneta. Aunque lo niegues, tú también eres pueblo. No vengas a identificarte con los del puto barrio alto, maricón. No eres de ahí y ojalá nunca lo seas. ¿Tienes la dirección del taxista al que chocaron? El que manda soy yo ahora.

—Sí. En San Miguel.

—Perfecto. Lo vamos a perfilar como la víctima que es. Asesinado por rubiecitos aburridos que salen de juerga, sin permiso y sin licencia, en el auto de su papá corrupto y burgués. ¿Qué datos tienes? Rápido, que no tengo todo el día, cabro tonto.

—Casado, dos niños chicos.

—Estupendo. Tengo otra viuda. Y un lindo caso. Camión, acelera. A San Miguel nos vamos.

La casa es un modesto chalet de la calle Sebastopol, cerca de la Ciudad del Niño. Todas las cortinas están cerradas y la felpa rosa de los sillones amortigua los sollozos. La suegra lleva a los dos niños pequeños a la cocina. Saúl Faúndez le toma la mano a la joven viuda, que está de negro. Escalona dispara su máquina.

—Por favor, más respeto —le grita Faúndez—.

Nada de fotos. ¿Es necesario comercializar el dolor de la pobre señora Verónica? Basta con leer lo que voy a publicar para que el país tengo claro lo que pasó.

—Gracias —dice la mujer entre lágrimas.

—Usted no se preocupe —le dice Faúndez pasándole un pañuelo con sus iniciales—. Con lo que voy a escribir, no va a haber juez que se atreva a dejar a ese cabro Risopatrón libre. Él y su familia van a pagar. Cuando esto termine, señora, el jovencito va desear haberse matado junto a sus amigos. Lo va a implorar.

—Es usted muy amable.

—No se trata de amabilidad. Se trata de la verdad, señora. De justicia. Un choque como éste, a esa velocidad, con esa cantidad de alcohol y drogas en el organismo, merece un castigo más severo que un homicidio con robo a mano armada. Imagínese, dejar a una mujer tan joven y buenamoza sola, viuda, sin ahorros, con esos niños a los que siempre les faltará un padre...

Faúndez se detiene. La mujer está llorando sobre su hombro, destrozada.

—Eso es todo, muchachos. Pueden retirarse. Yo ya salgo. Me pueden esperar en la camioneta.

Escalona y Fernández están apoyados en la camioneta. Uno a cada lado de la puerta del chofer. El Camión está sentado en su puesto, fumando, con la ventana abajo, su codo y su antebrazo absorbiendo el sol.

—Lo hace siempre —parte Escalona—. Cada vez que hay una viuda. Ya estoy acostumbrado. En realidad, todo es un acto. Una actuación.

—No entiendo —le dice Alfonso—. ¿No se enojó contigo por las fotos?

—Ésa es la parte principal del show. Si no me reta, su *modus operandi* se va a la cresta. Falla.

—Perdóname, Escalona, pero te juro que no entiendo. ¿Cómo que está actuando? ¿Actuando qué? Lo que dijo es cierto. Esos cuicos mataron a ese taxista.

El Camión y Escalona se ríen de buena gana.

—Este cabro es muy lento —le dice el Camión a Escalona.

—Lo que pasa es que el viejo es muy pillo. Cuesta entender cómo funciona su mente.

—¿Podrían tener la amabilidad de ponerme al día? —les ruega Fernández—. No me parece muy gracioso.

—Funciona así —le dice el Camión mirándolo a los ojos durante un buen rato.

—¿Qué, qué pasa? ¿Por qué me miras así?

—Te miro así porque así mira el Jefe a las viudas. Las hace entrar en confianza. Las hace creer que pueden confiar en él.

—¿Cómo?

—Mira, cabro, el Jefe es el Jefe y hay que respetarlo. Tiene sus vicios y éste es uno de ellos. Le gusta seducir viudas.

—¿Viudas?

—Por eso se queda con las fotos.

—Quedarse con las fotos, eso es clave —agrega el Camión—. Si se la entregan, están servidas. ¿Cuánto apuestas, Escalona?

—Apuesto a que sí. Tres lucas. Lo va a lograr con ésta. Si no fuera por la vieja y los niños, se la culea ahí mismo, antes del funeral.

—Yo también apuesto a que sí.

—¿Apostar a qué? —pregunta Alfonso con exasperación.

—Relájate. Mira. Según Faúndez, cuando una mujer enviuda, en especial si es joven y la muerte del marido fue violenta, queda en un estado de gran emotividad. Se llena de tantas sensaciones que no es capaz de distinguir una de otra. Además, cae en un vacío. Necesita que alguien la proteja.

—Ahí entra Faúndez.

—El viejo la hace sentir que está a su lado. Por eso me echa. Habla mal de los otros diarios. Se transforma en su amigo. Le da confianza.

—Hay veces que se queda tres o cuatro horas —agrega el Camión—. Perdemos toda la mañana.

—Pero vale la pena porque el viejo sale con una gran historia. Y con fotos exclusivas del muerto. Aquí es donde Faúndez juega su jugada maestra. Por eso le dicen «el Peligro Amarillo», por eso todos lo temen y lo respetan. Uno de los motivos por los que la gente no entrega las fotos de los fiambres es que no desean perderlas. Les da miedo que no se las vayan a devolver.

—Como el tipo está muerto, no va a ser tan fácil tomarle fotos nuevas.

—Todas, en el fondo, saben que una vez que esa foto se fue al diario, nunca la van a volver a ver.

—Entonces nuestro Faúndez recurre al viejo truco de la caballerosidad.

Los tres se quedan en silencio.

—Se las devuelve el muy concha de su madre —concluye Alfonso.

—Exactamente —le responde Escalona—. Deja pasar una semana y después se aparece por la casa. Le lleva las fotos, el recorte del diario y una cosita poca. La viuda queda impactada. Y muy agradecida.

—Tan agradecida que se abre de patas —comenta el Camión con una carcajada.

—Sólo ha fallado una vez. El Jefe se las trae. Conoce el pensamiento femenino. Ésa es su gracia. Es capaz de culearte el cerebro. Sabe cómo manipular a la gente. Es un don que muy pocos tienen.

La puerta de la casa se abre y Faúndez aparece. Mientras camina hacia la camioneta, se coloca su jockey. Los tres lo observan atentos. Antes de llegar a la camioneta, Faúndez saca de su libreta una foto en blanco y negro y la muestra con una inmensa sonrisa.

—Puta el viejo maldito —opina el Camión—. No falla nunca. Por eso siempre se puede confiar en él. Por eso, en el fondo, lo quiero.

Quedar fuera

Intersección de Fermín Vivaceta y Avenida Francia. Una micro se incrustó detrás de una camioneta utilitaria roja. Dos muertos, un niño de cuatro años, Serafín Robles, sentado en la parte de atrás. Causa del accidente: una camioneta frenó bruscamente por hacerle el quite a un cuchepo en estado de ebriedad que se deslizaba, impulsándose con sus manos, sobre un carrito con ruedas. Escalona toma fotos, usa un gran angular para aumentar el tamaño del cuchepo.

Faúndez y Fernández caminan por la estrecha Avenida Francia rumbo a la camioneta que reposa bajo las verdes y polvorientas acacias.

—No se puede uno fiar de un hombre al que le faltan sus presas, Pendejo. Un hombre sin piernas no es un hombre. Es un espectáculo.

Llegan a la camioneta. El Camión tiene todas las ventanas abiertas; se oye la radio Panamericana con su desfile de canciones románticas en español.

—¿Qué hora es?

—Cuarto para las dos

—Bonito reloj. Caro.

—Me lo regaló mi madre, el día que finalmente pude ingresar a Periodismo, después de dar la Prueba de Aptitud Académica por segunda vez.

—Qué ridículo tener que ir a la universidad para aprender lo que uno ya sabe.

—Pero ahora es distinto. Si uno no entra a una

universidad, no puede trabajar en ningún medio. Yo traté de colaborar con radios pero no pude. Tuve que pasarme un año metido en un preuniversitario del barrio Almendral.

—¿Haciendo qué?

—Estudiando álgebra, don Saúl. Y geometría, logaritmos. Aprendí bastante. Saqué harto puntaje, pero así y todo, con la ponderación, no me alcanzó. Me embarraron las malas notas en el colegio. Quedé en lista de espera. Primer lugar, como en las malas series de la tele. Al borde, pero suficientemente lejos para quedar fuera.

—Qué estupidez. ¿Cómo entraste? ¿Coimas? ¿Aceitaste a alguien?

—La lista no se movía. Estaba destrozado. Hasta que dos semanas después ocurrió el milagro. Un tal Isaac Latorre decidió emigrar, irse a otro país, algo así. Nunca supe adónde. Quise llamarlo para darle las gracias. A veces siento que le debo la vida a ese Latorre.

—Hubieras sido periodista igual, Pendejo. Lo llevas en la sangre. Es parte de ti aunque no lo quieras. Al final, hubieras terminado escribiendo igual. Cuando uno nace con una pasión, no hay grifo que la apague.

—Puede ser, pero eso de estar cerca y no poder entrar a lo que uno siente que es el lugar de uno, ha sido una de las sensaciones más horribles que me han tocado vivir.

—Eso nos diferencia, Pendejo. Yo toda mi vida he estado fuera, nunca logré llegar al lugar donde quise estar. Pero uno se acostumbra. A la larga, eso juega a tu favor.

Voy a ser tus ojos

Un tabloide de la competencia cae al suelo y rápidamente lo absorbe la sangre que se cuela por debajo de la puerta de un departamento de un bloque ubicado por Departamental adentro.

—Puta, el olor. Este fiambre ha estado mucho al sol. Debe estar más podrido que la chucha. Vos, Pendejo, mejor que no respires. Te van a dar ganas de buitrear los garbanzos.

—Sí, don Saúl.

—Escalona, cuando lleguen los pacos me avisas.

—Vale, Jefe.

Alfonso mira a Escalona:

—¿Una viuda?

—Una vecina. Este viejo dispara de chincol a jote.

Escalona y Fernández bajan dos pisos y van hacia la camioneta. El Camión está debajo de la sombra de un quiosco leyendo el diario y tomando una cerveza. Escalona y Fernández entran a la camioneta.

—Qué olor, no puedo creerlo —dice Fernández.

—No has olido nada todavía. Esto es recién el comienzo. Ya te van a tocar cosas peores. ¿Te acuerdas del choque de los trenes, la tragedia de Queronque?

—No.

—¿Cómo que no? ¿No viste la portada color? ¿El suplemento especial, con todas las fotos? ¿Quién las tomó? Este pechito. Ahí sí que hubo muertos. El olor de los cadáveres bajo el sol llegaba de a poco, se colaba por los cerros. El valle era un solo cementerio abierto. Como para el Golpe. Ahí sí que tomé fotos. Buenas. Tenía monos de toda la masacre del río Mapocho, los fusilados frente al Mercado. Los milicos me velaron todo. No salió nada.

Alfonso saca de su mochila un libro, enciende la radio y busca una estación de rock.

—Apaga eso. Al Jefe no le gusta que escuchemos música. Dice que nos tapa los oídos. No nos deja oír lo que no nos quieren decir.

—Ah.

—¿Qué lees?

—Hemingway. Es sobre boxeadores.

—El Jefe fue boxeador. El otro día se afilaron a un cabro en la San Ramón por haber noqueado a un osornino que tenía que ganar. Fue portada. Yo tomé la foto, ¿la viste?

—No.

—Fernández, vos vas a ser grande. Lo sé. Te he estado observando. Acuérdate de mí. Cuando seas famoso, no te olvides de Escalona. Seamos socios. Tú que lees, escribe, hazte cargo de las palabras. Yo pongo los monos. Yo voy a ser tus ojos. Yo voy a ver por ti.

Aparece una patrulla de carabineros y los niños del barrio los rodean y los tocan mientras suben las escaleras hasta el sitio del suceso. Fernández y Escalona los siguen. Del departamento vecino sale Faúndez, su prominente barriga blanca al aire bajo la guayabera que está terminando de abrocharse.

—¿Todo bien, Jefe?

Faúndez sonríe antes de taparse la boca y la nariz con un pañuelo. Fernández hace lo mismo. Los carabineros tratan de forzar la puerta y terminan por botarla a patadas. Un enjambre de moscas se escapa del interior; vecinos gritan y vomitan.

—Ya, Pendejo, hazte hombre y entra. Mira y reportea. Quiero que te fijes en los detalles. Y no anotes. Mira, imagínate qué ocurrió, trata de pensar por qué quedó esta cagada. Te espero abajo. Y apúrate, que no tengo todo el día. Todavía hay que llegar a despachar.

Fernández entra al departamento. Es un dúplex miserable. Los sillones de plástico están tajeados. Hay sangre café, seca, en todas partes, hasta en la pared, en los paisajes pintados sobre terciopelo. De la baranda de la escalera cuelga una mujer. Está en ropa interior y aunque es blanca, parece negra. Toda su piel está café, hinchada, podrida, con sangre coagulada. Es como si la hubieran inflado. Sus piernas, cada pliegue, están aumentadas por cien. Sus ojos están fijos, blancos. Fernández vomita. Un rati se acerca, lo agarra del cuello y lo empuja fuerte contra la pared.

—No me ensucies el sitio del suceso, reportero concha de tu madre.

Camioneta rumbo al diario. Adelante, el Camión y Faúndez. Atrás, Escalona y Alfonso.

—¿Ya, Pendejo? ¿Qué pasó allá atrás?

—El tipo, un evangélico, la mató a palos por celos y luego la colgó para que pareciera suicidio.

—¿Motivos?

—Amor, supongo.

—Pasión, Pendejo. Celos, ansia, deseo. Pero no amor, ¿entiendes? El amor es otra cosa. Lo que pasa es que no se puede vivir sin amor; la gallada hace lo posible por encontrarlo. Por eso lo confunden todo y queda la tendalada. Por eso se habla de crimen pasional.

—Cierto.

—Recuerda esto: una persona, sea del origen que sea, da lo mismo que sea el huevón más aristocrático o el tipo más torreja, al final, la gallada es gobernada por sus emociones. Eso es lo penca. Uno trata, pero al final el animal ruge. Si el amor hubiera estado presente, Pendejo, nosotros ni siquiera estaríamos hablando de ellos.

—Estarían vivos, entonces.

—Estás aprendiendo, Pendejo. Me gusta eso.

—Este cabro va a ser famoso, Jefe —dice Escalona—. Lo presiento.

—Siempre y cuando no se deje llevar por sus pasiones.

Amor paterno

El lugar es un mal terminado condominio de ladrillo blanco en la población Los Rosales, en el corazón mismo de La Granja. Del departamento 11 aún emana olor a cadáver descompuesto. La puerta está cerrada aunque una cinta de plástico amarillo ataja el paso y deja claro que el lugar ha sido clausurado. Ya no hay ni detectives ni carabineros. Sólo vecinas que circulan en su diario trajín.

—¿Esto fue ayer, entonces?

—Ayer. Yo les avisé a los pacos. Por lo del olor —explica una mujer con varios meses de embarazo.

—Ya se estaba haciendo insoportable —interrumpe otra.

—Es que tantos días sin que salieran era como para sospechar, ¿no? —informa una tercera.

—Tenían una relación rara —afirma la primera mujer—. De eso no hay duda. Yo siempre lo dije.

—A mí me daban un poco de asco. Poco natural.

—A ver, calma. De a una —les dice Faúndez—. Ordenémonos. Partamos por el principio.

Alfonso Fernández anota en su libreta. Escalona les toma fotos. A medida que hablan, se acercan más vecinas. Casi todas visten delantal.

—¿Qué es lo que pasó? —parte Faúndez.

—Que vivió cinco días junto al cadáver de su hija. ¿Le parece poco?

—La finada era tontita.

—Deficiente mental —rectifica una—. Bastante retardada la pobre.

—Síndrome de Down —le corrige en forma severa Saúl Faúndez—. Nació con el Síndrome de Down. Así se llama la enfermedad.

—Lo que sea, pero era tontita la pobre. Y fea. Todos los cabros la agarraban para el tandeo.

—Yo creo que el viejo la mató y después no se atrevió a salir.

—Se murió de enferma, no más, Gladys. No exageres. Si se sabe que los tontitos duran poco. Como los perros.

—¿Por qué dice que la mató? —la interroga Faúndez con un tono de malestar—. ¿Tiene pruebas?

—Bueno, mire, el viejo estaba senil, como se dice. Y solo. Viudo de toda la vida. Él la crió.

—Y ella, por retardada que fuera, era toda una mujer, no sé si me explico. Tenía más de treinta.

—Treinta y cuatro. Lo escuché en la radio. Se veía menor, eso sí.

—Es que era tonta. Jugaba con muñecas. Se peleaba con las niñitas chicas de acá del bloque.

—Disculpe, señor periodista —interrumpe una señora canosa—. Yo creo que fue algo natural. La niña ésta se murió por causas naturales y el pobre viejo, afligido de pena, no aceptó que se fuera al otro lado. Trató de retenerla. Le hizo el quite a la pelada y siguió la vida como si nada. Hasta le preparaba comida y se la llevaba a la cama donde la pobre Elenita yacía muerta.

—Más de una semana estuvo así. Y con estos calores.

—Cinco días. No exageres, tampoco.

—La Nanita era la razón de su vida. Como don Edmundo estaba medio gagá, ella se encargaba de todo.

—Juntos no armaban uno. Ella tonta y él con alsái no sé cuánto.

—Alzheimer —corrige Alfonso.

—Se olvidaba todo. Y estaba cada día más flaco. Parecía tallarín.

—Volvamos a su teoría, señora —dice Faúndez—. ¿Por qué cree que se trata de un parricidio?

—Es por lo que vi. Yo entré al departamento con uno de los carabineros. Le ofrecí un tecito. Era lo menos que podía hacer. Después él me contó los detalles.

—¿Qué detalles? —pregunta Alfonso.

—Encontraron varios frascos vacíos de Diazepam.

—Creen que cuando la abran en la morgue van a encontrar la droga adentro.

—El padre quería que ella siempre estuviera cerca. Y a la tontita le gustaba salir. No se daba cuenta de que él se estaba poniendo senil.

—Cuando don Edmundo era más joven, dormía con ella.

—Siempre durmieron juntos.

—Tenían relaciones. Una comadre mía vio a la tontita en el consultorio. El viejo la llevó para hacerse un aborto.

—No fue así, Irene. Lo que yo escuché es que, después que enviudó, cuando la tontita tenía como doce años, la mandó operar. Le sacaron el útero. Eso se hace mucho con las tontitas, no ves que si no las pobres parirían una vez al año. Si se meten con cualquiera. Como no saben, los cabros se aprovechan de ellas.

—Los mismos chiquillos del bloque han contado que cuando el viejo salía, la Nanita les hacía cosas. Ellos le compraban dulces y se aprovechaban de ella.

—Medio puta, la pobre.

—Yo creo que la mató, porque según el carabinero, el viejo llamó a su hermana de un teléfono público. No hablaba con ella en meses. Le dijo que quería mucho a su hija, que echaba de menos a su mujer y que no se preocupara por nada.

—La hermana no hizo otra cosa que preocuparse. Se vino desde Chillán. Llegó cuando el espectáculo ya había terminado.

—Cuando Carabineros entró, el viejo estaba desnudo, abrazado al cadáver en descomposición. ¿No le parece eso un poco raro?

—Hay gente así, Gladys.

—Disculpe, ¿esto cuándo va a salir? ¿Esas fotos las van a publicar?

Ponle color

—A ver, veamos cómo va esta cosa. ¿Qué hora es?

—Las cuatro.

—Tenemos tiempo. El cierre es a las siete. En mi época, Pendejo, era a las doce, una de la mañana. Se trabajaba hasta tarde. Como hombres. Más que reporteros, ahora parecemos secretarias. Por eso la profesión está tan mala. Una vez que llegaron los universitarios y el oficio pasó a ser carrera, todo se fue a la mierda. Lo peor que le pudo pasar al periodismo fue que lo oficializaran. Mientras más inculto era el reportero, más posibilidades tenía de sorprenderse. Y de aprender. Ya, veamos, pásame ese vaso de café.

De un balazo a quemarropa en el corazón murió la peluquera Irma González Cornejo, de 45 años, a manos de Emma Cáceres de Alfaro, la esposa de su amante, Esmeraldo Alfaro Castro. Éste resultó con heridas en la región púbica, inferidas por su cónyuge con un arma cortopunzante. El hecho de sangre ocurrió anteayer en el número 33 del pasaje María Teresa, en la comuna de Santiago.

—Mal, todo mal, Pendejo. No me gusta nada. Mano de universitario que hace sus tareas. Lo pudo haber escrito el huevón de la imprenta.

—Pero contesté las preguntas básicas, ¿no?

—Y yo me limpié la raja después de cagar. ¿Y? Media huevada. Con eso no basta. No te me pongas chúcaro, cabrito. Aquí vas a aprender aunque tenga que darte correazos en los dedos.

—Disculpe.

—Nada de disculpas. Mira, cámbiate de asiento y yo le voy a meter un poco de mano. Después sigues tú, imitándome. Pongámonos un poquito *Clarín* para las cosas, ¿te parece?

—Nunca lo he leído, don Saúl.

—Y cómo te atreves a trabajar en un diario, entonces.

—No había nacido.

—Mira, Pendejo, vamos a titular esto bien. A lo Gato Gamboa, con humor y precisión. Al final, eso sí, una vez que esté listo. No todavía. El título y la bajada van a responderte todo lo que quieras. Vas a leer el titular y aunque seas tarado vas a entender todo lo que pasó. Tus profes van a poder satisfacer las respuestas a sus cinco preguntas maracas. Nosotros nos vamos a preocupar de la historia. Solamente de eso. ¿No quieres ser escritor? Entonces mira.

Una iracunda y celosa esposa, indignada porque su marido había pisado la raya y abusado del acuerdo que ambos tenían respecto a sus «entretenimientos» femeninos fuera del hogar, decidió por fin terminar con el sádico pacto que había entre los dos y asumir su condición de mujer.

—¿A qué hora fue? Revisa tus apuntes.

—A las siete y media de la mañana.

Cuando el reloj marcaba las siete veinticinco de la mañana y la temperatura todavía descansaba, Emma Cáceres de Alfaro, su mano temblando y sus ojos repletos por el deseo de venganza, tocó a la puerta de la modesta casa número 33

del desarrapado pasaje María Teresa, en la calle San Diego a
la altura del 1500.

El que abrió la puerta fue Esmeraldo Alfaro Castro,
su cónyuge por la Iglesia y el Estado durante más de veinte
años. Emma Cáceres no se sorprendió de verlo desnudo, pero
no estaba preparada para sentir el embriagador aroma de sexo
y mate hervido que salió a recibirla. Tampoco imaginó ver los
jugos de su rival resbalar del miembro aún erecto del único
hombre que jamás había conocido.

—Disculpe, don Saúl, pero eso no me consta.

—Es para darle realismo y color. Ella me dijo
que nunca se había metido con otro. Si sale libre, me la
sirvo bien servida. No estaba nadita de mal la comadre.

—Me refiero a eso del olor y el...

—¿Olor a parrillada crees que había?

—En la Escuela nos enseñaron que nunca se
podía escribir sobre fluidos u olores corporales. Que
eso agredía al lector.

—Que se vayan a lavar la canoa los culeados. A
veces no te entiendo, Pendejo. ¿Puedo seguir? ¿O vas a
seguir interrumpiéndome con mariconadas?

—Siga.

—Si la mina casi se lo corta, porque ésa era su
intención, ella misma me lo confesó, entonces el infeliz
tiene que haber tenido la corneta medio parada. ¿Cómo
vas a cortar una diuca suelta, que cuelga? Díme.

—Puede ser.

—Es. Uno tiene los datos y rellena los espa-
cios. Mira.

Emma Cáceres empujó a su marido y con un cuchi-
llo vasto y filudo, que no por casualidad medía 18 centímetros,
se lanzó contra el adúltero miembro viril. Un rápido reflejo de

Esmeraldo Alfaro le salvó su orgullo, pero no su estómago, el cual fue rebanado por la vil mujer. Los intestinos desbordaron el surco rojo de la herida que le partió el abdomen y cayeron al piso de madera recién encerado.

—El piso era de baldosas.

...y cayeron al piso de baldosas recién encerado. Los gritos de Alfaro despertaron a la peluquera Irma González que yacía desnuda y teñida en la cama de dos plazas. La rival adúltera sólo atinó a taparse la cara con su almohadón de plumas antes de que Emma Cáceres le disparara, con un re-vólver calibre 22, directamente sobre su pezón izquierdo color frambuesa.

—Ya, Pendejo, me aburrí. Sigue tú. Explica bien eso del acuerdo que había entre marido y mujer. Mira que eso me interesa muchísimo. Hay muchos ma-trimonios por ahí que tienen un contrato parecido. Par-tiendo por mí.
—¿Cómo?
—Cuando crezcas, te cuento. Ahora sigue tú. Y ponle color, Pendejo. Ponle harto color, eso es lo que quiero. No te reprimas y usa tu imaginación, que para eso está: para ponerse en el lugar del otro y ver lo que uno no vio.

Foto portada

Domingo, once de la mañana, calles vacías, olor a misa. Un tal Galíndez maneja la camioneta. El Camión y Faúndez están en sus respectivas casas. Escalona y Fernández, de turno. El Chacal se lo explicó claro y Tejeda, el editor con la caspa como granizo fresco, se lo reafirmó. Durante los turnos se reportea lo que haya. Lo que te pide tu editor de turno.

La mañana ha estado lenta. Asaltaron una botillería en la calle Santa Rosa, anoche, cero muertos, poca plata. Foto del local. Versión igual a la de los pacos. Conferencia de prensa, exigua asistencia, de sindicato de taxis-colectivos: anuncian rebaja de tarifas por temporada de verano.

Alfonso baja la ventana y relee el parte policial. Varios ahogados, en tranques, Cartagena, ríos. Ninguno en Santiago, todos en forma rutinaria, nada digno de transformarse en historia, nada que merezca viajar hasta allá y justifique el esfuerzo.

—No sé cómo vamos a rellenar esas páginas. Ojalá que no nos den mucho espacio. Volvamos al diario. A lo mejor el cable trae algo. ¿La Roxana está de turno?

—No, pero el Jefe dejó cosas guardadas. Pasemos a la Vega a comprar fruta. Te invito a un borgoñita, Fernández. Galíndez, métete por la Panamericana y ahí salimos a Santa María.

—Vale.

La camioneta deja las derruidas casonas de El Llano e ingresa a la autopista de la Panamericana. El viento del verano deja todo limpio; las siluetas de los edificios del centro se perfilan diáfanas y equilibradas. La radio toca tangos al mediodía. Goyeneche canta *Tinta roja*.

—Gol.

—¿Qué? —dice Alfonso.

—Tenemos materia prima. Galíndez, estaciónate, rápido.

Un carabinero está desviando el tránsito. En la pista de la izquierda, la última, yace un cuerpo tapado con diarios. Mirando en dirección contraria, hay un taxi con el parabrisas totalmente destrozado y lleno de sangre.

—Tenemos exclusiva, Fernández, los únicos buitres somos nosotros. Este huevón está fresquito. Andamos con suerte.

Un hombre joven, 31 años según su licencia de conducir, identificado como Francisco Fernando López Olate, murió trágicamente al ser arrollado durante varios metros, y a alta velocidad, por un camión primero, y después por un taxi. El sangriento incidente ocurrió a las 11:23 de una cálida mañana dominical a la altura del Paradero 3 de Ochagavía, a metros de una pasarela peatonal que atraviesa esa vía de alta velocidad que es la carretera Panamericana.

La causa de la muerte de López Olate no fue la fuerza del impacto del camión Pegaso, sino una circunstancia de índole más moral. Francisco Fernando murió por un gesto amable, de ésos que dicen que no cuestan nada. Pues bien, a

Francisco Fernando le costó la vida. En su gesto humano se le fue la humanidad. Pero queda el gesto.

López Olate fue arrollado al cruzar la calzada para rescatar el camioncito de plástico de un niño que había caído desde la pasarela y estaba a punto de ser destrozado por los vehículos, a vista y paciencia del chico que gritaba con horror desde la altura.

—¿Tienes todos los datos, los nombres? ¿Qué más te han dicho los pacos? Yo ya tengo fotos de la abuela y del pendejo. Quiero armar una foto con el camioncito. ¿Te fijaste que es del mismo color que la camioneta? Y del Pegaso que escapó. Que no se te vaya una, huevón, mira que esto te lo va a leer mañana el Jefe.

Francisco Fernando, oriundo de la populosa comuna-dormitorio de San Bernardo, manejaba una camioneta pick-up Ford roja cuando vio el camioncito tirado en el pavimento. Quizás pensó, y en ese caso acertó, que era un reciente regalo de Navidad. Su impulso caballeresco, originado en su condición de padre, hermano, tío e hijo, fue tomar el camioncito de plástico rojo y ponerlo a salvo para que el niño, que estaba con su abuela arriba en la pasarela, pudiera recuperarlo cuanto antes.

López Olate detuvo su camioneta en forma correcta sobre la berma y encendió sus luces intermitentes. De su radio emanaba música sacra. Cruzó la calzada y recogió el camión, pero justo entonces otro camión, también rojo, marca Pegaso, gigantesco, repleto de cemento, lo golpeó de lleno, lanzándolo varios metros por el aire. Un taxi que venía sobrepasándolo por la izquierda recibió el cuerpo ya destrozado de López, quien cayó, como un ángel, arriba de su parabrisas, que se rompió en mil pedazos. En medio de su infortunado vuelo, López soltó el camioncito, el cual también voló hasta depositarse, sano y salvo, sobre la berma.

El primer impacto le reventó el cráneo y el otro golpe lo remató y lo llenó de astillas de vidrio. El camión rojo, marca Pegaso, cargado de cemento, continuó su viaje como si nada hubiera pasado. El taxi, conducido por Osvaldo Campos, 40 años, pasó encima del cuerpo, giró y se detuvo en medio de los aterrados gritos de la abuela y el niño, que contemplaban toda esta escena desde un palco privilegiado.

—Fernández, tenemos problemas. La foto no sirve. Esta huevada puede ser portada color. Es demasiado buena pero estamos mal.

—¿Qué pasa? No tienes rollos.

—Imbécil, cómo se te ocurre. Fíjate en el cuerpo.

—¿Qué?

—Los diarios.

—Están empapados de sangre, si sé.

—Es el *Extra.* Fíjate, dos portadas del *Extra,* salta a la vista la típica gráfica rococó. No podemos publicarlo. Portada color y nosotros publicitando a la competencia. El Chacal me lo mete hasta el fondo.

—Toma otro ángulo. Consíguete el camioncito y ponlo frente al taxi.

—El fotógrafo soy yo. Yo diseño el mono, ¿entendiste? No tienes derecho ni a voz ni a voto. Ahora apúrate, anda a comprar unos *Clamor* y yo armo la toma antes de que lleguen los del Médico Legal.

—¿Cómo?

—Hazme caso, yo sé. Confía. Corre, que te conviene.

Alfonso corre por la berma hasta una de las salidas de la carretera. Ya en la calle, ve un quiosco a media cuadra; sigue su trote hasta llegar, sin aliento, al local. Compra tres ejemplares y corre de vuelta. Desde lo alto ve el cuerpo, el taxi, los carabineros, la camioneta amarilla y la larga fila de autos atochados uno detrás del otro.

—Conseguí tres. Los últimos.

—Esto merece gran angular. Ahora mira, yo distraigo a los pacos, tú anda donde el cadáver y tapa los diarios con el nuestro. Fíjate que las portadas miren hacia mí. Y deja algunos de los que están más empapaditos a la vista porque eso le da color. Ya, un, dos, tres, te fuiste.

Alfonso se acerca al cadáver y ve como las gotas de sudor de su propia frente caen sobre las hojas de los diarios que, en vano, tratan de cubrir el cráneo destrozado del muerto. Cierra los ojos ante la visión de la esponjosa masa cerebral sobre el pavimiento hirviendo.

—¿En qué chucha me he metido? —piensa en voz alta.

Alfonso cumple las órdenes de Escalona en forma automática. Tira las páginas sobrantes sobre la sangre que está al otro lado del cuerpo.

—Aléjate —le grita Escalona.

Alfonso se hace un lado y mira como el fotógrafo, casi acostado en el suelo, enfoca y dispara una y otra vez. Muy cerca de su lente, las ruedas del camioncito de plástico están dando vueltas mirando al cielo. Detrás de Escalona, Alfonso divisa a una señora mayor de la mano de su nieto, de pantalones cortos.

—Esto es portada color, Fernández. Nos van a amar. Lo único capaz de levantar esta foto es que se muera el Papa. Y eso, huevón. Esta fotito va a vender más que una goleada del Colo. Te anotaste un punto.

—Me anoté más que eso, Escalona.

Todos los días muere alguien

Los días pasan, calurosos y polvorientos donde no hay pavimento, las casas apenas se sostienen y la única agua potable del sector sale de un grifo para refrescar a los niños que vagan por ahí. Santiago es una ciudad muy grande para siquiera intentar conocerla. Todos los días —todas las noches— muere alguien. Da lo mismo, la morgue siempre está repleta, los pacos llenan informes: atropellos, suicidios, estocadas, asesinatos, venganzas, violaciones, incendios, lo que sea. La sangre riega los barrios más pobres y se queda pegoteada en las cunetas. Monreros, lanzas, timadores, sicópatas, travestis, de todo hay en esta podrida viña del señor. Todas las noches son iguales y, cada vez que amanece, surge un nuevo día y hay dos o tres páginas en blanco que llenar, ojalá una portada a color, porque la gente pide que le ilustren sus historias, quieren saber qué pasó, de qué se salvaron, quieren satisfacer sus deseos, sus temores, dar gracias a Dios porque eso que leen les ocurrió a otros y no a ellos.

Faúndez, Escalona, el Camión y Fernández, «el Cuarteto de la Muerte», entran y salen de los distintos sitios del suceso. Preguntan, interrogan, fotografían, anotan, recorren calles y callejones, poblaciones y asentamientos, cités y bodegas. Se los ve en Huechuraba y en la calle Exposición, mirando cómo sacan a un ahogado del canal Las Perdices, el incendio de un hogar de ancianos por Vivaceta, un parricidio en la población Tejas de

Chena, un choque múltiple en Diez de Julio, un descuartizado en la vieja estación San Eugenio, dos muertos abrazados dentro de un auto en un mirador del cerro Calán.

Saúl Faúndez abre una cerveza bajo el toldo de un pequeño quiosco al lado de un paradero de micros, al final de La Pintana. El polvo es compacto y la cordillera, imponente y cercana, es de roca viva. Escalona fotografía el cadáver de un chofer, Estanislao Céspedes, 31 años, que murió de un punzazo en el pulmón. Se lo infligió un pasajero delirante que luego escapó. El chofer manejó cuadras y cuadras desangrándose y cuando llegó al final de la línea, expiró sin alcanzar a apagar el motor.

—Otro consejo, Pendejo, y escúchame bien porque no me sobra saliva y prefiero gastarla en otras cosas. Métete por la raja tu universidad y tus notas y esas malditas pirámides invertidas. Si te veo escribiendo una, te pateo hasta alisarte las bolas, ¿me entendiste? ¿Cuántas veces hay que decirte las cosas, por la puta? Si la gallada quiere información, para eso escucha la radio, escucha al chico Quiroz. Quiero que tú escribas lo mejor que puedas. Quiero lo más parecido a la literatura. Rasca quizás, pero literatura al fin y al cabo, ¿me entiendes?

Faúndez se estira, su vientre aumenta aun más y baja la guardia. Pide otra cerveza. Fernández sorbe una mineral.

—Quiero un punto de vista, una mirada. Ése es el secreto, Pendejo. Si tienes eso, lo tienes todo. La primera frase es la más importante, es cierto, pero quiero algo más que el qué, quién, cómo y no sé qué chucha más. Quiero que dejes caer una sensación, una atmósfera, un miedo. Que el lector entre, enganche y se identifique. En Santiago todos los días muere alguien.

Ocurre todos los días. Ya no es novedad. Ésa es tu misión: lograr que el fiambre ése parezca el primero. Pica la cebolla, Pendejo, pero pícala fina. Que te llegue a dar vergüenza. Así se mide si lo que uno escribió está funcionando. Si quieres ser escritor, como me han dicho por ahí, viniste al lugar adecuado. Vas a encontrar material. Tanto, que te va a sobrar.

Faúndez deja la cerveza y camina hacia unos enjutos sauces que se alzan a orillas de una acequia. Más allá, al otro lado de una cancha de fútbol de tierra, las antenas de televisión elevan el chato paisaje de las mediaguas. Faúndez se baja el cierre y comienza a mear. El arco de su chorro es elevado y cae en el agua que fluye entre las piedras. Alfonso Fernández lo imita.

—Consejo tres: por sensacionalista que seas, recuerda que eso te pudo ocurrir a ti. No sólo ser asesinado. Asesinar, también. O violar. Nunca se sabe. Cuántas noches a uno no se le ha pasado la mano. El ser humano es muy débil, muy frágil, Pendejo; la rabia puede traicionar tus principios más sólidos. Nunca juzgues y ten piedad; no te olvides de que nadie nace queriendo ser pato malo. Sucede. Uno propone y Dios, supongo, dispone. La única diferencia entre tú y ese asesino es que tú lo pensaste y él lo hizo. O a él lo pillaron. Nadie está a salvo y todos, de alguna manera, tienen la razón. Que no se te olvide, Pendejo. Cuando volvamos, me voy a ir a otra parte. Una cita con una dama. Tú vas a escribir todo lo que nos ha tocado ver hoy. Sabes que espero lo mejor de ti y no tengo ni tiempo ni energías para que me vengas a defraudar.

Remojar el cochayuyo

El día está flojo y la víspera estuvo peor. Ningún hecho de sangre digno de reportear. El único muerto fue un electrocutado al que se le cayó la radio dentro de la piscina de plástico.

Faúndez deja su taza de café y revisa unas hojas que están sobre el escritorio del detective Vega.

—¿No tiene nada para mí?

—Roxana despachó esto hace poco. Llegó recién. Nos golpeó. La brigada de Temuco no alcanzó a avisarnos cuando ya Roxana se lo había contado al mundo.

—Así es ella. ¿Algo bueno?

—No tan malo. Un araucano, Rubén Paillán, estudiante de ingeniería que trabaja de noche en uno de esos minimercados que hay en las bombas de bencina, mató a un chico de sociedad que andaba de vago, perdido.

—¿Racismo?

—Algo así. Y resentimiento. El cabro parece que era un sicópata en potencia. Ex marino mercante.

—Como el Camión.

—No dejaba al indio tranquilo. Su misión en la vida era acosarlo. Temuco está que arde. La ciudad tomó partido.

—Alfonso, acuérdate de contactar al corresponsal. Que te mande algo. Tú después le pones color.

—Vale.

—Bueno, mi detective, lo dejo. Ya que no me tiene nada, tendré que arreglármelas solito.

—Hacemos lo posible.

—Lo sé —le dice Faúndez con simpatía antes de tirar su vaso de café al basurero—. Ya, Pendejo, nos vamos.

—Pero Escalona y el Camión no han vuelto.

—Nos vamos a pie. Tomemos un poco de aire. Detective, si ve a mis muchachos los manda de vuelta.

—Si no los encerramos antes.

—Me haría un favor.

Faúndez y Fernández saludan al guardia de la entrada de La Pesca y salen a General Mackenna. Una brisa tibia baja desde la parte alta de la ciudad. Al frente, en la Cárcel, hay día de visitas.

Caminan lentamente rumbo al barrio chino.

—Estoy cansado, Pendejo. Me tocó una larga noche.

—¿Problemas?

—La huevona no acababa nunca; no me gusta dejarlas a medio camino. Tuve que recurrir a mis dedos. A la comadre no se la servían hacía tiempo. Hay maridos así. Yo, sin ir más lejos, pero eso es otra historia.

—...

—¿Te acuerdas del derrumbe del Metro?

—La semana pasada, ¿no?

—Le tocó el turno a una de las viudas de los obreros sepultados. La de la María Caro. Tú andabas conmigo, ¿te acuerdas?

—Perfectamente. La de los niños chicos.

—Le devolví la foto, le di mi pésame, la consolé y le hice el favor. Después no quería que me fuera. Y eso que el pobre finado todavía no estaba frío. Puta, su cama estaba pasada a él. Pero la mujercita necesitaba consuelo. Así que la consolé.

—Un hombre tiene que hacer lo que tiene que hacer.

—Exactamente. Es la ley de la vida, Pendejo. Uno no puede hablar hasta estar ahí o ponerse los zapatos del otro.

Al llegar a Bandera, Faúndez inspecciona el quiosco y compra una cajetilla de cigarrillos. Cuando dan la luz verde, cruzan la calle hacia la Estación Mapocho y el puente Independencia.

—¿Ves a esa mina?

—¿La de lila? ¿La de la peluca?

—Estás mirando un monumento nacional, Pendejo. Fíjate cómo camina.

—¿Quién es?

—Betsabé Trujillo, Premio Nacional de Arte. Una de las grandes putas de este país, te digo. Algunos de los picos más importantes han pasado por esa concha. Y algunos de los peores, también. ¿Qué edad crees que tiene?

—¿Cuarenta y cinco?

Faúndez se apoya en un farol y enciende un cigarrillo. La mujer, de tacos altos y un llamativo sombrero antiguo, se bambolea en dirección al centro.

—No es mucho mayor que yo. Es increíble cómo las mujeres envejecen más que los hombres. Compáranos. La pobre es una abuela con un pasado y yo estoy como membrillo. En mi mejor momento. ¿Estás de acuerdo?

—Un lolo, don Saúl. Con más vitalidad que muchos compañeros míos.

—Aparte de la próstata, todo perfecto.

Faúndez calla un instante y deja pasar una micro antes de seguir su historia:

—Recién se lo pude meter, Pendejo, cuando ya estaba entrando en su decadencia. Me la tiré en ese hotel que está ahí. El Bandera. Con mi primer sueldo de *Las Noticias Gráficas*. Me vine corriendo hasta el Hércules y no salí hasta que la maraca apareció. Me hizo esperar toda la noche. Tuve que sacar número. Se culeó como a tres clientes antes que me tocara a mí. Pero valió la pena. Claro que ya no. Ahora tendría que pagarme a mí. Ya no patina. Administra, no más.

—¿Un prostíbulo?

—Por desgracia, no. Y eso que partió con la propia Tía Carlina en Vivaceta. Es un negocio en decadencia ése, ahora que todos ustedes se tiran a sus pololitas. La Betsabé está a cargo del topless El Peloponeso del Caracol Bandera, aquí en la otra cuadra. ¿Sabes cómo le dicen en el ambiente?

—No sé.

—La Drácula. ¿Adivinas por qué?

—Te lo chupa tan bien que te saca sangre.

—Bien, Pendejo, bien. Así me gusta —y le palmotea la espalda—. No, no es por eso, pero me gustó igual. Está bueno. Estás aprendiendo rápido. ¿Quién lo hubiera dicho?

—¿Por qué le dicen la Drácula, entonces?

—La Trujillo estaba mal, ¿ya? Vieja. Tetas caídas, las carnes sueltas de tanto darle. Esto fue antes de lo del topless. El barrio chino se había ido a la mierda y la pobre se ganaba sus pesos en los cines de la periferia.

—¿Haciendo qué?

—Ejerciendo su oficio. Cuando uno es profesional, es profesional. Se dedica a lo suyo. No se iba a dedicar a cuidar niños.

—Cierto.

—La Betsabé Trujillo llegó a un acuerdo con los del cine Alessandri de la Estación Central. Terminó viendo más películas que la María Romero. Entraba a las once de la mañana y cuando veía a algún tipo solo, se iba a sentar a su lado, lo tocaba y, si el tipo accedía, llegaban a un acuerdo.

—¿Acuerdo?

—O lo pajeaba o se lo chupaba. Una transacción comercial digna y limpia, como cualquier otra. No te vengas a hacer el cartucho, Pendejo. Si la huevona era puta. Claro que tenía sus exigencias. No permitía que los huevones acabaran en su boca.

—Sano hábito.

—A lo mejor, pero personalmente me parece una mala educación por parte de ella. No tolero las minas que lo escupen. Me siento rechazado. No creo que sea el único. Esa maña de la Drácula fue un mal cálculo, porque fue lo que la condenó. Causó su fin.

—¿Cómo? Si está viva.

—Le arruinó su fama. Porque una cosa es ser conocida y respetada en el ambiente y otra, muy distinta, es saltar a la primera plana del diario. Se metió en un escándalo más o menos y, como ya no era un lirio, cagó. Nunca se recuperó. El sobrenombre la destrozó. Hay apodos que tienen ese poder. Socavan a una persona.

—¿Pero qué pasó?

—El mito es así. No me consta pero eso dicen. Cuando el río suena, piedras trae.

—No siempre.

—Casi. La huevada es que la Trujillo llega a un acuerdo con un cliente, ¿ya? Es la matiné. Poca gente en la sala. Pleno invierno, un frío de los mil demonios. El tipo es un lolo, un colegial del barrio alto, hijo de un conocido empresario. Se lo empieza a chupar. Parece que la Trujillo no estaba bien. Dicen las malas lenguas que estaba dura, llena de pepas. De pronto se oye un grito pavoroso. El colegial comienza a gritar como un becerro cuando lo van a degollar, pero como era una película de terror, nadie se dio cuenta. La Trujillo tenía los dientes muy afilados. Y eran suyos, no falsos. Verdaderos colmillos. Se enrabió tanto con el colegial que le mordió la pichula hasta casi sacarle el cabezón. El cabro comenzó a desangrarse. Después la muy puta se levantó y le susurró: «Te dije, lolo, que no acabaras adentro».

—El cuentecito... ¿Será cierto? Cuesta creerlo.

—Moraleja, Pendejo: nunca hay que mentir en ese tipo de cuestiones. Cuando uno dice la puntita, es la puntita no más. ¿Te queda claro?

Una de las palmeras de la Avenida La Paz tapa el letrero azul con amarillo que dice *Yerbas Buenas*. En letras más pequeñas está escrito *yerbas deshidratadas* y el nombre de su dueño: *Belisario Peralta, yerbatero. Desde 1948*.

—Éste es el mejor local de Santiago, Pendejo. Tú, que crees ser un experto en la vida capitalina, tienes que conocer el boliche de don Belisario.

La yerbería es un local chico y oscuro, anexado a una bodega importadora de plátanos que huele a fruta podrida. Un grupo de peones carga un carretón empujado por un caballo pardo. Adentro casi no hay espacio. Decenas de mujeres esperan su turno. Un gran afiche con el diagrama de las dolencias del cuerpo humano adorna una de las paredes. Otros más pequeños publicitan sahumerios. Varias de las mujeres leen *El Clamor*.

—Nuestras lectoras —dice Alfonso.

—Nos debemos a nuestro público, Pendejo. No te olvides de eso.

Belisario Peralta es un hombrecillo de pelo blanco y mejillas rosadas que perfectamente podría trabajar de viejo pascuero para la temporada de Navidad. Tal como en el aviso que sale publicado todos los días por canje, don Belisario luce un delantal blanco y un estetoscopio.

—¿Es médico?

—No, pero cura bastante más, te digo.

—Don Saúl, qué gusto —le dice el viejo, limpiándose las manos—. Hace tiempo que no se daba su vuelta. Su señora anduvo por aquí buscando algo para las várices.

—Y le hizo muy bien. Dejó de quejarse.

—¿Sabe quién más se dio su vuelta por acá? La señorita Roxana. Qué encantadora, ¿no? Una gran profesional, además.

—Una gran profesional, es cierto.

—Le di una tisana para adelgazar. Y otra para darse tinas que la relajen.

—Entiendo.

—¿Y el joven?

—Le presento a mi delfín. Alfonso Fernández, un gran cabro.

—Un gusto, joven —le dice—. ¿Y en qué lo puedo ayudar, don Saúl? ¿Alguna dolencia o malestar?

Faúndez baja la voz y se acerca al yerbatero:

—Problemas allá abajo.

—¿Impotencia?

—Ojalá. Me ahorraría varios problemas. Más bien es la próstata Usted sabe, la edad.

—Y lo he sufrido en carne propia —contesta don Belisario susurrando—. Tengo exactamente lo que necesita. La tisana número 20, para la próstata y la vejiga. La preparé esta mañana. Está compuesta de puras yerbas chilenas. Le lleva caña de hinojo, encino, huingán, manzanilla, oreganillo, pingo pingo...

—¿Pingo pingo?

—Sí, es excelente. Y también le puse la yerba de la plata fina, que es realmente milagrosa. ¿Sabe cómo la tiene que hacer?

—La hiervo y me la tomo.

—Dos cucharadas del preparado para dos litros, don Saúl. Lo hierve por un minuto. Nada más. Le puede decir a su señora. Doña Berta sí que sabe. Se lo puede tomar caliente o frío. Y las veces que lo desee.

—¿Y sirve?

—Por favor. Me extraña la pregunta. Me ofende, don Saúl. Esto le combate eficazmente el ardor de la próstata, el escozor al orinar, las inflamaciones en el bajo vientre, la orina turbia y la falta de fuerzas cuando hace pipí.

Saúl Faúndez toma el paquete y se da vuelta. Todas las mujeres lo están mirando fijo. Después empiezan a cuchichear entre ellas.

El Pasaje Rosas es una suerte de conventillo multicolor con entradas a ambos lados. Una por Avenida La Paz, no lejos del «Yerbas Buenas», y la otra por calle Salas, en el corazón de la Vega Central.

Faúndez —con un paquete de plástico en la mano— y Fernández caminan por el pasaje. La vereda es tan angosta que no deja espacio para autos. Los bares clandestinos se ubican uno tras otro, dejando a veces espacio para ínfimos locales de aliños, frutos secos y racimos de ají cacho de cabra que se secan al sol. Casi al llegar a Salas, tres pionetas duermen su borrachera al aire libre. Otro, tambaleando, se apoya en la pared.

—¿Número? —le grita Faúndez.

—Ocho —le contesta el hombre.

—¿Ocho qué? —pregunta Alfonso mientras cruzan la calle.

—Ocho cañas. De vino litreado. Los huevones cargan un camión o le llevan las bolsas a una vieja, y con la plata se vienen aquí al pasaje. Puta, a las cuatro de la tarde algunos ya se han mandado catorce o quince cañas al pecho.

Frente al pasaje se ubica el restorán Los Chacareros. En la ventana está pintada la oferta del día: causeo de patitas, porotos granados, ajiaco.

—¿Quieres almorzar acá?

—Aún es temprano. A lo mejor podemos tomar algo más allá.

—Conozco un local. Los mejores desayunos de Santiago.

La cocinería «Rosita» se ubica en plena Vega, entre los puestos de frutas, las carnicerías y un local especializado en aceitunas y pickles que expele un implacable aroma a vinagre.

—Qué se le ofrece, casero.

—Yo, una maltita con huevo. ¿Y tú, Pendejo? ¿Una con harina tostada? Eso te hace bien.

—No gracias. Paso.

—Cómo que vas a pasar. Toma algo. No seas ofensivo. Yo invito.

—Tengo mote con huesillo —ofrece la mujer.

—Jugo de huesillos, nada de mote. Y nada de huesillos.

—Mañoso le salió el cabro, casero. ¿Algo más? ¿Una cazuelita de pava?

—Eso por ahora, mi amor.

Faúndez enciende otro cigarro. Lo fuma pausadamente, disfrutándolo. La mujer regresa con los vasos.

—¿Desde cuándo que no remojas el cochayuyo, Alfonso?

—¿Perdón?

—Quiero saber. Me preocupo. ¿Desde cuándo que no te echas una cachita?

—No sé.

—¿No lo sabes o no te acuerdas? ¿Ayer, la semana pasada?

—Más.

—¿Te has cepillado a esa Nadia? Es tu polola, ¿no?

—Yo no soy muy bueno para hablar de estas cosas, don Saúl.

—¿Te incomoda?

—Un poco.

—O sea, no te la has tirado. Cuando uno lo inserta, habla no más. Como los homicidas. Si mataron, terminan soltando la pepa.

—Quizás.

—Perdona que me meta, pero la tal Nadia ya está en edad de merecer. De hecho, yo creo que le gusta el que te dije. Se le nota en cómo camina. Que la cabra es coqueta, es coqueta. No es tan buena, pero se sabe sacar partido. Los deja locos. El mismo Chacal le quiere hacer el favor.

—Llama la atención, es cierto.

—Contéstame. ¿Te la has comido?

—Casi.

—¿Cómo que casi?

—Casi. Se puso nerviosa. Dice que no le gusta.

—Cómo que no le gusta. O sea, lo ha hecho. Si no, cómo sabría que no le gusta.

—Está un poco traumada. La primera vez le fue mal.

—Tú te estás traumando, Pendejo. Tus bolas deben estar azules. No me vengas a decir que estás enamorado de ella porque, y perdona que me siga metiendo, esa huevona no es de fiar. No puedes pasearte como puta y después rezar en misa. Esa Nadia a lo mejor no lo hace contigo, pero tampoco es Sor Teresita. Y yo sé de estas cosas, Pendejo. Ten cuidado. Vas a tener que solucionar esto pronto. ¿Te has metido alguna vez con una puta?

—No, señor.

—No me digas señor.

—No, nunca.

—Conozco un lugar por aquí cerca. Unas amigas muy cariñosas.

—En serio, don Saúl, no se preocupe. Estoy bien.

—Qué vas a estar bien. Aunque te conozco poco, ya te conozco, Pendejo. Ya sé lo que te pasa. Pero se te va a quitar. Te lo prometo.

Los Tomates asesinos

Alfonso ve pasar de largo los locales donde funcionan las famosas parrilladas. El cielo está muy despejado y la cordillera, seca pero imponente, se alza como una suerte de reinterpretación de la famosa caja de fósforos Andes. El paisaje es explícitamente chileno, con álamos y sauces, vacas pastando y árboles frutales a la espera de ser saqueados para aumentar las arcas de los exportadores.

La camioneta avanza soplada por la carretera Panamericana rumbo al sur. Es un día de semana, antes del mediodía y el tráfico es mínimo.

—Camioncito, para por ahí, mira que tengo que echarme la corta.

—¿De nuevo, Jefe?

—Esto le pasa a uno cuando ha usado más la pichula que el cerebro en la vida. La huevada se resiente. Es lógico. Mal que mal, el cabezón también es humano.

La camioneta se detiene. Faúndez se baja a la berma, ordena su guayabera gris perla y camina unos metros hacia la acequia que corre detrás de unos arbustos.

—Podríamos aprovechar de almorzar por acá —le dice Escalona al Camión—. Un poquito de campo no le hace mal a nadie.

—Le tengo ganas a una sandía, compadre.

—Si en Paine no encuentras una buena, ¿dónde?

Faúndez regresa y se sube el cierre. Los cuatro vuelven a la camioneta. El Camión señaliza e ingresa una vez más al camino.

—¿La próstata, Jefe?

—Supongo. Señal de que uno envejece, cuando debería ser al revés.

—Mejor hacerse ver.

—No me interesa que un tipo me ande manoseando la diuca, Escalona. Además, es bueno mear harto. Botas las enzimas que te hacen mal. ¿No es así, Pendejo?

—No lo sé, don Saúl. Me imagino que sí.

—Qué vas a saber vos de problemas de pico. Todavía no aprendes a usar bien el tuyo. Esa Nadia parece que es una calienta-huevas.

—Tenemos que conseguirle una minita. Yo tengo varias —señala el Camión.

—Pendejo, disculpa la confianza, pero me preocupo. Ya que no te estás comiendo a la Nadia, al menos espero que te estés pajeando lo suficiente.

—¿Disculpe?

—¿Tú sabías que los tipos que no descargan su semen terminan envenenándose? La leche se te sube al cerebro y te carcome las neuronas. A veces es bueno, porque te carga de energía y hasta te purifica. Te deja como a mil, a punto a estallar, como si hubieras aspirado mucha pichicata. Pero al final, te hace mal. Por eso los curas son como son. De tanto hacerle el quite al sexo, terminan inflados de moco.

Las moscas que circundan la choza se toman en serio. Atacan a todos los que deambulan por ahí. Ni siquiera la bolsa de plástico llena de agua con vinagre que cuelga de una de las vigas sirve de amedrentamiento. La cantidad de animales sueltos tampoco ayuda. Gallinas, patos embarrados, una serie de perros quiltros, conejos con los ojos colorados. Faúndez patea un cerdo y lo hace chillar.

El sol cae recto sobre la tierra y el aire está tan espeso de polvo y temperatura que no se mueve. La choza está en una suerte de parcela-población, trozos mínimos de tierra miserable ubicados a ambos costados de la carretera Panamericana, a escasos kilómetros del pueblo de Paine.

—Oye, chica, ¿está tu madre? Llámala. Díle que somos del diario.

Según los partes policiales, Paine, la capital de la sandía, sede del festival de esa fruta roja y del grupo Los Chacareros de Paine, se está transformando en un foco de delincuencia juvenil. Una banda de chicos descarriados, autodenominados Los Tomates, justamente por dedicarse a recoger tomates, está tiñendo de sangre el fértil suelo de esta bucólica zona del Valle Central, cuarenta kilómetros al sur de la capital del país.

En efecto, alrededor de medio centenar de niños entre doce y dieciséis años se encaminan aceleradamente y sin freno por la senda del delito, la corrupción y el vicio. Hace dos semanas atracaron y agredieron a Daniel Quiñones Bello, comerciante de 52 años que tiene un puesto de menestras y frutas a un costado de la carretera Cinco Sur, a la altura de Linderos. Las diligencias efectuadas por la Decimoséptima Comisaría de la Policía de Investigaciones indican que tres muchachos, todos miembros de la pandilla Los Tomates de la cercana localidad de Paine, se confabularon para robarle a Quiñones. El hecho delictual ocurrió alrededor de las 21 horas, en momentos en que anochecía, cuando los tres chicos, el mayor de 16 y el menor de 12, llegaron hasta el local y procedieron a distraer al comerciante simulando la compra de frutas y bebidas. Mientras Quiñones atendía a dos de ellos, un tercero, identificado como Marcelo Pinilla Sazo, de 14 años, esgrimía una botella de vidrio de un litro de gaseosa y la estrellaba contra el cráneo del comerciante, haciéndole perder momentáneamente el conocimiento, ocasión que aprovecharon para despojarlo del reloj, treinta mil pesos, una cifra no aclarada de dólares y varios kilos de guindas corazón-de-paloma.

—¿Señora Sazo?

—Sí, dígame.

—¿Usted es la mamá de Marcelo Pinilla?

—Así es.

—Buenas tardes. Saúl Faúndez, para servirla. De *El Clamor.*

—¿De *El Clamor?* ¿En serio?

Tres días después del asalto, el cuerpo de Marcelo Pinilla Sazo apareció muerto junto a la vía férrea en lo que se considera un accidente, aunque distintas versiones aseguran que se trata de un homicidio perpetrado por integrantes de la propia pandilla Los Tomates.

—A mi hijo lo mataron, señor, y lo hicieron aparecer como un accidente.

Sara Sazo, madre del extinto Marcelo Pinilla, está curtida por el tiempo, le faltan algunos dientes y posee una mirada que denota esfuerzo. Sara Sazo se ve bastante mayor de los 36 años que tiene. Madre soltera pero hija del rigor, trabaja como empleada doméstica y vendedora en una de las ramadas que se levantan junto a la ruta que lleva al sur. La señora Sara reconoce que Marcelo no era un chico ejemplar, pero también enfatiza que no era más que un niño.

—No pudo ser un accidente. A Marcelo lo empujaron. O lo mataron a golpes y después lo dejaron a la orilla de la línea para que todos creyeran que fue un accidente. Pero a mí, señor, no me cuentan cuentos. Marcelo se crió con los trenes. Pasan por aquí todos los días. Desde chico que juega en la línea. ¿Cómo justo ahora le iba a pasar algo?

—¿Y qué hay de los antecedentes de Marcelo? —pregunta en forma inesperada Alfonso.

—Dos veces estuvo detenido allá en Santiago, en San Miguel.

Escalona se acerca a la mujer y sin pedirle permiso comienza a disparar su máquina.

—Señora —le dice—, ¿se puede poner más a la sombra? La luz está mejor ahí.

La mujer, que viste un gastado delantal, se coloca bajo una parra con uva que aún está verde. Escalona sigue fotografiando. La mujer está tomada de la mano de una niñita chica, con el torso desnudo, que exhibe un ombligo protuberante.

—¿Estamos hablando del Centro de Diagnóstico y Prevención Delictual? —le pregunta Faúndez mientras toma algunos apuntes en su libreta.

—Sí. Claro que las dos veces se fugó. Con ayuda de los otros Tomates.

—¿Y por qué cree que sus amigos lo mataron? ¿No eran tan unidos?

—Por plata. Y drogas. Parece que Marcelo se gastó la parte que les tocaba a los otros en pasta base. Marcelo era drogadicto, estaba mal. La firme es que lo mataron como venganza. Y para mandarles un mensaje a los otros cabros. Esos Tomates son terribles.

—Gracias, señora, creo que tenemos bastante con esto.

Faúndez y Alfonso se acercan al Camión, que está sentado arriba de una banca bajo un inmenso sauce.

—¿Estamos listos, Jefe? —pregunta antes de lanzar un grueso escupitajo al suelo.

—Aquí sí. Ahora quiero ir a la ramada y hablar con el huevón que golpearon. Y al pueblo. A ver si los pacos nos dan pistas para hablar con alguno de los Tomates.

—Vale.

Escalona se acerca a ellos.

—¿Listo? ¿Agarraste tus monos?

—Estamos mal, Jefe, necesito un poco más de tiempo. ¿Cómo vamos a ilustrar esto si no tenemos la foto del cadáver del chico? Necesito que esta vieja suelte la lágrima. Puta la huevona fría. No le entran balas a la vieja culeada. Ni una jueza es tan cara de palo. Déme un par de minutos y le consigo algo bueno. Fernández, ven. Acompáñame.

Escalona y Alfonso regresan a la choza. Golpean la puerta.

—¿Sí?

—Señora, disculpe. ¿Pero no tendría alguna fotito de Marcelo? Para que pongamos en el diario.

—Sí, pero es del año pasado.

—Perfecto. ¿Me la puede traer?

La mujer desaparece dentro de la choza.

—Ahora, Fernández, fíjate bien. Vas a ver cómo trabaja un maestro.

La mujer sale a la luz. En su mano tiene una pequeña foto en blanco y negro, algo ajada, de un niño muy inocente abrazado a su perro. El chico está con pantaloncillos de fútbol y sonríe con todos sus dientes.

—Era bonito el cabro, señora. Simpático.

—Aquí todos se morían por él. Era bueno para las bromas.

—¿Y a usted la hacía reír?

—Sí, mucho. Antes que se metiera en problemas, era mi regalón.

—Pero me imagino que incluso al final, cuando andaba en malos pasos, seguía siendo su regalón.

La expresión de la mujer se vuelve más severa, sombría. Su voz comienza a desvanecerse.

—Sí, claro. Marcelo era mi favorito. Por eso me preocupaba tanto por él.

—Y en esta foto, ¿qué edad tenía, señora?

—Es más antigua de lo que pensaba. Debe tener un par de años... Yo creo que el Marcelo tenía sus doce, algo así.

—Doce años, un niñito. Una guagua.

—Sí —dice la mujer con algo de emoción. Su pera comienza a tiritar.

—¿Y usted lo quería?

—Mucho, sí.

Se produce un silencio. La mujer no puede hablar. Sus ojos comienzan a llenarse de lágrimas.

—Si era el mayor. El primero que tuve.

—Cómo habrán sido sus cumpleaños...

—...

—¿Y ese perro? ¿Su mascota? ¿Cómo se llamaba?

—Peluso.

—Morir tan joven, no hay derecho. ¿Y usted vio su cuerpito, señora? ¿Tuvo que reconocerlo?

La mujer no resiste más y comienza a llorar. El dolor es patente. Alfonso se da vuelta. Escalona agarra la cámara, enfoca y, mientras dispara, sigue hablando:

—Qué impotencia debe sentir, señora. Me imagino. Una vida así, desperdiciada... Una muerte tan inútil, violenta... Y usted sola, a cargo de todo, sin nadie que le ayude. Tome este pañuelo... Sáquelo todo para afuera, desahóguese, así, perfecto... Eso. Ahora, ¿podría moverse un poquito para el lado? Perfecto. Así me gusta.

Trescientos metros más allá del puesto de menestras de Ramón Quiñones se ve una ramada de paja repleta de sandías y melones. Detrás del improvisado local, hay un bosque pequeño y motudo que deja entrar el sol en lonjas que caen diagonalmente sobre el pasto y un par de mesas de picnic. Escalona y el Camión están sentados con sendas sandías a medio terminar. Entre ellos, un gran tarro de harina tostada. El Camión come su sandía con cuchara y escupe las pepas lejos. Escalona está descalzo tratando de airearse los pies.

—Estamos hedionditos.

—Prefiero el olor a pata al olor a ala.

En el suelo, sobre el pasto, descansa Alfonso. Está dormitando, su cabeza apoyada sobre el tronco de un pino. Tiene la polera levantada y sus manos descansan protegiendo su vientre.

Faúndez regresa de mear. Con un pañuelo se limpia el sudor de la frente. Un chico de unos doce años sale de la ramada y les lleva dos cervezas de litro y cuatro vasos. Faúndez se sirve una y la espuma es tanta que se derrama sobre la mesa de madera. Se toma el vaso al seco y con el mismo pañuelo limpia la espuma que le quedó sobre el labio. Después eructa tan fuerte que llega a producir eco.

—Perdona, Pendejo.

Satisfecho, Faúndez se toca la panza, enorme e hinchada.

—Eres flaquito, lisito —dice mirando a Alfonso,

que se incorpora del sueño—. Así era yo, igualito; no creas que siempre tuve esta guata. Pero ya te va a llegar. Ya te va a llegar. La cerveza te caga, Pendejo. Te traiciona. Lo único que podría llegar a envidiarte es tu pinta, ser así flaco, moverse más fácil. Eso y que no tengas que mear a cada rato.

Alfonso acomoda su polera, se tapa el ombligo y se levanta. Se acerca a la mesa y toma otro trozo de sandía. Se sienta sobre la mesa, sus pies arriba del escaño.

—¿Y? ¿Me vas a perdonar, Fernández? —le dice Escalona con la boca llena.

—Sí, o sea, tú sabrás... Tú sabes más que yo, pero...

—¿Pero qué? —le pregunta Faúndez, sentándose.

—Supongo que hay modos y modos.

—Sí, le podría haber pegado para hacerla llorar. Escalona es un artista, Pendejo. Quiero que eso te quede claro y que lo respetes como tal. Es mucho más artista que tú y desde luego más que yo. ¿Quién sino Lizardo Escalona es capaz de revelar el alma del hampa y de sus víctimas a través de su lente? En serio, no estoy exagerando. Estoy haciendo justicia. Algún día, Pendejo, Escalona juntará sus mejores fotos —y puta que tiene buenas fotos— y hará una exposición en el Bellas Artes y los críticos tendrán que abrirse de patas. Porque los rostros de Escalona expresan todo lo que las víctimas y los victimarios son incapaces de expresar, ¿me entiendes o no? Da lo mismo, lo importante es que Escalona es capaz de ver más allá y entender. Porque si uno es capaz de hablar, por lo general, no mata. ¿Tengo razón, Escalona? ¿Sí o no?

—Así es, Jefe. Muchas gracias, es usted muy amable. Debería anotar todo esto.

—Te lo mereces, Escalona. No regalo cumplidos porque sí. Y deberían pagarte mucho más. Ahora, cuéntale algunos de tus principios.

—¿Sí?

—Estamos en confianza. Fernández es uno de los nuestros. O debería tratar de serlo.

—Mira, es muy simple: todos tienen que verse atractivos porque eso es lo que atrae, lo que vende.

—Vender en el sentido de seducir —aclara Faúndez—. Eso, a la larga, se transforma en venta.

—La gallada con buena pinta tiene mejor suerte. Las puertas se les abren más fácilmente. Los feos siempre son rechazados, hasta que logran ser aceptados a la segunda o a la tercera.

—La pura verdad, Escalona. La primera vez que te vi, puta que me asusté.

—El secreto está en los ojos. Y las sombras sobre la cara. El sueño de todo editor es un asesino pintoso con ojos que asusten. Pero, por desgracia, no todo el mundo es atractivo. Como el Camión.

—Vos, poh.

—La gente que no es atractiva necesita tener algo más. Como esta vieja. Ahora bien, si a la vieja le agregas lágrimas y sollozos y dolor, se vuelve atractiva. Distinta. Te engancha. Miras la foto y algo te pasa.

—Dices: qué le pasó a esta vieja culeada. Por qué está así. Caes en nuestras redes.

—Puede ser —dice Alfonso terminando su sandía—. Pero lo que no entiendo es por qué la gente acepta que le tomen fotos. O sea, que terminen posando y acepten los flashes y hasta esos plumavit. Si a mí me pasara algo ni siquiera parecido a lo que les pasa, me encerraría en mi pieza y taparía las ventanas con frazadas.

—Porque les gusta. Por eso.

—No puede ser. Algunos ni siquiera han sido condenados.

—No seas ingenuo, Pendejo. Si alguien llega a La Pesca, no es porque sea un pobre inocente. Por mucho que no haya hecho nada, alguna culpa está pagando.

—Ya, pero, ¿y los parientes? No sé si me gustaría aparecer en el diario si mataron a mi hijo o para que todos sepan que mi hermano es un violador.

—Se nota que vienes de otro mundo, Fernández —le dice Escalona—. Se nota que no entiendes éste. Que te falta comprender el engranaje humano. La mayoría de la gente quiere aparecer. Validarse.

—Pasar a la historia.

—Trascender.

—Exacto —sentencia Faúndez—. Mira, a los ricos, por ejemplo, les fascina la idea de ser famosos o tener poder. Por eso no hay artista o político que no pose para una foto. Mira la vida social, no más. Se pelean por aparecer porque saben que la gente, los mortales, los ratones que han perdido, los van a mirar con envidia. Es tal la inseguridad que tienen, que necesitan confirmar que existen a través de un tercero: nosotros. La prensa, para servirles. Eso sólo lo puede hacer una foto y, en menor grado, una nota. Abren el diario, ven su imagen en medio de la pompa y dicen «salí en el diario, existo». Los menos histéricos, los que no dan entrevistas ni posan para las fotos, así y todo les gusta que su nombre aparezca en tinta en la lista de los empresarios más ricos o en un reportaje sobre, no sé, los más inteligentes.

—Nos pusimos densos —opina el Camión, aburrido.

—Por eso las minas posan para esas fotos de novias. Quieren decirles a sus compañeras: «Miren, chiquillas, lo logré, me agarré un hombre y no me lo va a quitar nadie».

—Los pobres, en cambio, están cagados —sentencia Escalona—. No existen. Ahí entramos nosotros. La sección policial es la única parte donde los pobres aparecen con foto, nombre y apellido. Donde les damos tribuna y escuchamos sus problemas

—Nuestras páginas son como la vida social de los pobres, Pendejo. Se hacen famosos aunque sea por un día. Esta gallada después recorta los artículos o los enmarca. Aunque uno los haya tratado mal. Te puedo contar mil casos. Así funciona la cosa, pasando y pasando. No nos aprovechamos de nadie. Así que no vengas a hacerte la mina o a sentir pena. Lo que nosotros hacemos por ellos es legitimarlos. Les damos espacio.

—Los tratamos como estrellas.

—¿Quién sino nosotros los pondría en la portada?

El Hoyo

Once y media de la mañana, sector carnicería del matadero Franklin. Calor quieto, en suspensión. Fernández y Escalona terminan de entrevistar a un empleado con una cotona salpicada de sangre. No queda claro si la sangre es humana o animal. Alfredo Guerrero Cepeda, 28 años, empleado del local 32, carnicería «Bambi», fue testigo del hecho. A su lado reposan unos cuartos de novillo, a la espera de ser despostados. En un balde de lata un montón de intestinos frescos y viscosos atrae a una horda de moscas danzantes.

Un par de horas antes, cuando el local estaba atestado de clientes, llegó a la carnicería Mauricio Bustos Gómez, 36 años, empleado, quien solicitó al jefe de Guerrero, Héctor Barraza Jara, 47 años, dueño de la carnicería, quinientos gramos de asiento. Barraza procedió a entregarle cuatrocientos gramos de tapapecho. Bustos reclamó e intentó sacar la carne de la romana. Barraza, visiblemente alterado, lo increpó y antes que nadie pudiera hacer nada, tomó un afilado cuchillo plateado y le rebanó la mano derecha a la altura de la muñeca. Bustos cayó desmayado; la mano —que se movía como si estuviera despidiéndose— cayó sobre el aserrín. Los clientes intentaron linchar a Barraza, pero éste se encerró en el freezer hasta que llegó la policía.

—¿No sabe nada más, entonces? —pregunta Fernández, que anda con camisa blanca de manga corta y una corbata tan vieja que llega a ser moderna.

—¿Le parece poco?

—Está bien. Gracias.

Fernández y Escalona salen del local. Caminan en forma pausada, leve. El suelo está emplastado de sangre y grasa; el olor a fruta podrida es intenso y se tiñe con la bosta de los burros y la orina fresca de las yeguas.

—¿Agarraste buenos monos?

—No te preocupes, Fernández: soy tus ojos. Tranquilito. Aprende a confiar. Te podré cagar de mil formas, pero nunca te dejaré sin fotos, ya te lo he dicho. Tomé apaisadas y color... Y el título, ¿ lo tienes?

—*Carnicería sangrienta.* ¿Te parece? Había pensado *Mano en la masa,* pero eso si hubiera ocurrido en una panadería.

—Vas a llegar lejos, Fernández. Estás aprendiendo.

—De ti, Escalona, de ti. No todos tienen mi suerte.

—Algún día me lo agradecerás.

—¿Y el jefe?

—Se siente mal. Achacado. La caña. Además, el olor de la carne lo enferma. Dice que se le pega a la piel, se le mete a los poros como el polvo de Carrascal abajo. La sangre le recuerda a su viejo. Claro que ése era matarife de Lo Valledor...

—¿Y qué fue de él?

—Apurémonos será mejor, no ves que se puede emputecer.

Llegan a la estrecha calle principal y la imagen remite a Bombay: autos mal cilindrados, micros repletas, vendedores de helados Panda, lustrabotas. Franklin está convertido en un mercado persa ambulante y la muchedumbre les bloquea el paso. Cientos de comerciantes informales que se confunden con los mendigos vociferan sus camisetas estampadas, bolsos para gimnasia, buzos de plush, cientos de zapatillas fosforescentes traídas de contrabando desde Taiwán y Paraguay. Un carro destila vinagre y las aceitunas parecen pasas de tanto esperar al sol. Escalona se detiene frente al carro de una mujer con rasgos indígenas que vende bolsitas de polvos, sahumerios, uñas de gato. Fernández huele el denso aroma de la pimienta, el comino, el legendario aliño Negrita. Escalona compra dos bolsitas de polvillo blanco.

—¿No se supone que es ilegal? Yo pensaba que los ratis se ponían. O la OS-7.

—Es óxido de zinc.

—¿Para las mermeladas? ¿Para que no se echen a perder?

—Para las patas, saco de huevas. Ése otro es el ácido sórbico. ¿No te enseñaron química? Esto es para apalear los hongos. ¿No ves que tengo problemas? Es para el olor.

—Habérmelo dicho, Escalona. Te hubiera comprado un kilo.

Frente a El Rey del Tallarín está estacionada la camioneta amarilla. Fernández la toca y es como una caldera. El sol se refracta en sus ojos.

—Con mi primer sueldo, sin falta me compro esos anteojos oscuros que vi la otra tarde en la Galería España.

—Vas a parecer rati.

Fernández ve al Camión que sale del angosto local comiendo a mordiscos medio melón calameño. Un fluido anaranjado le chorrea la abultada camiseta blanca, manchándola de color y pepas.

—Camioncito, ¿y el Jefe?

—Se sentía como las huevas. Feroz mona. Se

fue aquí cerca, a los Baños Anatolia. Dijo que nos encontráramos más tarde. A almorzar. Propuso El Hoyo.

—¿Algún crimen más? —pregunta Fernández

—Un asalto en Colón. Otra panadería. Lo está cubriendo la Roxana.

—*Mano en la masa.*

—Yo me voy a los Baños —informa Escalona—. Después paso a mi casa que está al lado y me echo una siestecita.

—Si Faúndez no está, el que manda soy yo. Te quedas aquí, vestido.

—No te vengas a hacer el choro conmigo, cabrito.

—Nos vamos a Colón. Y tú, Escalona, vas a estar ahí para atestiguarlo. Un cambio de ambiente no nos vendrá nada de mal.

Fernández se fija en unos cargadores raquíticos, sin camisa, que descienden de un camión acarreando unos corderos recién faenados. Los ojos rojillos de los corderos parecen mirarlo. La sangre fresca les empapa las espaldas y los pantalones de saco de harina.

—Pero después nos vamos a almorzar a El Hoyo —sentencia Escalona con algo de rencor—. Mira que le toca al Chico Quiroz pagar la fianza.

—Se me quitó el apetito.

—Pero más tarde, Fernández. Si uno no comiera cada vez que siente asco, nos moriríamos de hambre.

—Camión, ¿estamos listos?

—Usted manda, Jefe.

—Así me gusta —pero después se ríe y toda su autoridad se escurre por la puerta de la camioneta.

El Hoyo se fundó en 1912 y tiene historia en abundancia, pero uno de los herederos se las dio de moderno y un buen día refaccionó el frontis transformándolo en una suerte de iglú con ladrillos en forma de huevos. Pintó el edificio de cal, le puso un techo de tejas falsas, cerró todas las ventanas e intentó legitimarse como si estuviera en un mall. Pero la remodelación llegó hasta ahí no más. Adentro quedó históricamente igual, una cantina con vigas a la vista, ventiladores pegoteados de fritanga y barriles negros en vez de mesas, donde la gente de la Estación Central puede tomarse un vaso de chicha o comerse un causeo de patitas bien picante.

La camioneta amarilla de *El Clamor* se estaciona en la calle Gorbea y los tres reporteros caminan en fila hasta la esquina de San Vicente. Fernández escucha el pito del tren que viene entrando a la Estación Central un poco más allá, al otro lado de la calle Exposición.

El contraste con el exterior es grato; el olor a chicha de Villa Alegre y al orégano de la plateada los cubre de inmediato. Se agradece la falta de ventanas y la poca luz. A pesar de la cantidad de hombres presentes, la mayor parte dueños de negocios cercanos, algunos camioneros recién descargados, la temperatura es baja y el murmullo constante. Escalona saluda a un veterano garzón de cotona verde y los tres son conducidos a un comedor privado lleno de afiches de gaseosas y cervezas.

En una mesa, picando charqui seco y trozos de queso de cabeza, la diminuta presencia del Chico Quiroz se hace sentir de inmediato. El Chico está transpirando copiosamente y la gomina del pelo se le deposita en el cuello. Cuando los ve entrar, el Chico levanta los brazos en un gesto mussoliniano. Uno de los botones de su empapada camisa color caqui salta y cae dentro del vaso de un invento bautizado como *terremoto:* pipeño fresco y helado de piña. Cada vaso siguiente es una *réplica.*

—Cada día más gordo, Chico.

—Y cada día más cachero, también.

El Chico saca el botón del helado de piña que se está derritiendo en el vino blanco, lo lame y se lo guarda en el bolsillo delantero que tiene miles de lápices. En la mesa tiene un aparatoso teléfono celular que dice *Radio Libertador.* El Chico Quiroz besa en la mejilla a Escalona y al Camión, pero saluda en forma fría y sospechosa a Fernández.

—Es nuevo. Es el hijo perdido de Faúndez.

—¿Uno de los tantos?

—Está haciendo la práctica con nosotros.

—Las huevadas que va a aprender con ustedes tres.

—Más que con vos, Chico —dice el Camión.

—Alfonso es de los buenos, respétalo —aclara Escalona mientras se amarra una gran servilleta blanca al cuello—. Va a terminar quitándote la pega. Acuérdate.

—¿Se supone que tengo que pagarle?

—Un trato es un trato —le contesta el Camión ajustándose los testículos dentro de su pantalón—. ¿O quieres que llame a tu editor?

La *fianza* del Chico Quiroz consiste en lo siguiente. La mayoría de los reporteros policiales no cuenta con movilización propia y pocos pueden apoyar su trabajo con un presupuesto digno. Buena parte de los cronistas rojos debe movilizarse en micro, en metro o simplemente a pie. Como la mayoría de los crímenes ocurre en la periferia, el proceso es largo y engorroso. Algunas radios y diarios más pequeños admiten el sistema de vales: el reportero toma un taxi al sitio del suceso, re- portea, consigue una cuña con declaraciones de alguno de los afectados y regresa al centro en otro. El profesio- nal anota sus gastos y sus respectivos medios se ven en la obligación de cancelarlos a fin de mes. Como los taxis no otorgan recibos (las radios chicas no tienen conve- nios con la compañías de radiotaxis), el acuerdo se transforma en un asunto de fe. Claro que la pura fe no basta para mover montañas. Un periodista no puede ex- ceder un límite máximo diario establecido. Lo que los jefes no saben (o saben pero se hacen los desentendidos porque, en rigor, no pueden hacer nada al respecto) es que esa cifra, que *siempre* suma lo máximo posible, no se gasta en taxis sino en comilonas en restoranes, bares, prostíbulos, garitas o picadas como El Hoyo. A veces, cla- ro, al reportero radial no le queda más remedio que to- mar un taxi, pero por lo general lo comparte con algún colega y la diferencia queda para él.

Con Saúl Faúndez y *El Clamor,* el juego posee otras reglas. En la camioneta hay espacio para dos per- sonas más, apretadas, en el asiento de atrás. El viaje (ida y vuelta) es gratis y se aprovecha de cultivar «la cofradía del intercambio informativo», pero al final nada es del todo gratis y un-trato-es-un-trato, por lo que Faúndez, puntillosamente, anota en su libreta lo que le pudo ha- ber costado al reportero el periplo en cuestión. Sus pa- sajeros habituales son tipos como el Chico Quiroz de radio Libertador o el canoso Senén Villalón de la Pa- namericana. Roxana Aceituno, de la agencia Andes, via- ja gratis y es considerada «uno de los muchachos», aun- que ella también paga. A su modo.

Cada tanto, por lo general a comienzos de mes, Saúl Faúndez se comunica con cada uno de ellos, les di- ce lindezas, amenaza con extorsionarlos, los insulta bien insultados y después termina organizando una comida, un almuerzo, una celebración a cargo de ellos. Lugares no faltan: la Casa de Cena, el Costa Verde al final de Carlos Valdovinos, el Sol y Mar de San Pablo si se trata de mariscos, Las Tres B si la idea es ahorrar. La *fianza* consiste en gastar el 80 por ciento de lo que se estafó al medio. Faúndez dice que vigila las cuentas porque, mal que mal, los almuerzos son un rito. No cumplir es provocarlo e insultar al sector, a la profesión y al mismísimo Colegio de Periodistas, del que todos son miembros, cuotas atrasadas quizás pero socios de carnet en mano, aunque ninguno de ellos jamás pisó una universidad.

Saúl Faúndez es poderoso. Tiene un aura que sobrepasa su físico, su séquito y sus contactos. Entrar en guerra con Faúndez es una muy mala idea. Pocos colegas están dispuestos a disputarse o contradecir al Peligro Amarillo, como lo apodan. Como bien dice el canoso Villalón, «les tengo menos miedo a los patos malos que a Faúndez; por lo menos con ellos uno sabe qué representan, en qué están».

—¿Me están pelando?

Todos se dan vuelta y bajo el dintel Saúl Faúndez aparece en toda su gloria. La luz que se cuela de la cocina lo despega del fondo y su imponente garbo transforma su silueta. Faúndez se queda ahí un instante, inspeccionando el lugar como si fuera un guardaespaldas encargado de la seguridad.

—Siéntese, Jefe. ¿Qué va a pedir?

—Qué me recomiendas, Chico. ¿Cuánto piensas gastar en mí?

Faúndez se acerca, le revuelve el pelo a Fernández, deja su carterita de cuero en la mesa y se sienta en la otra punta, al frente del Chico Quiroz, de espaldas a la entrada.

—A ver, Chico, demuestra cuánto me quieres. Pide por mí, pero no te equivoques. No me pidas algo que sea barato, pero tampoco algo que no me guste. Deposito, una vez más, mi confianza en ti.

El Chico Quiroz se queda pensativo, compungido.

—Veamos lo que hay en la carta —dice Fernández, intentando brindarle algún apoyo. El resto se ríe.

—En El Hoyo no hay carta-menú, Pendejo. Aquí cada uno sabe a lo que viene. Como en las casas de putas.

—Pero ahí te muestran lo que uno se quiere comer.

—Cierto.

Faúndez se sirve un vaso de chicha y con sus dedos gruesos coge unos trozos de queso de cabeza. Luce recién afeitado, limpio, una piel tan rosada que llega a brillar de sana.

—¿Cómo estuvo el vapor, Jefe?

—Celestial. Debería volver más a menudo. Con lo mal que trato a este pobre esqueleto, de vez en cuando hay que sacarlo a pasear y dejar que se ventile.

Entra el mozo y el Chico lo llama para que tome el pedido. Algunos piden cazuela de pava, arrollado huaso, un par de réplicas. El Chico Quiroz mira a Saúl Faúndez por unos instantes y después le pide al mozo una lengua entera, pelada, con papas cocidas y pebre.

—¿Te parece? —le pregunta.

—Una sin hueso. Bien, muy bien. Tú sabes, no hay nada más rico que un poquito de lengua de vez en cuando.

—¿Y? ¿Muchos lengüetazos anoche, Jefe? En la mañana ni hablaba. Parece que le dieron como caja.

—No sabes nada, huevón. No sabes lo que me

fue a pasar. Todavía me duele la diuca. En la que me fui a meter... Eso me pasa por caliente, no más. Por gil. Si mientras más envejezco, más chucha de mi madre me pongo.

—Eso es verdad. Cada día uno se calienta más. Yo pensé que esto se iba a quitar. Tirarse a la vieja en la mañana ya no basta —opina el Chico mientras disecta una prieta que expulsa sus jugos sobre un par de papas cocidas.

—Ya pues, Jefe, cuente. Estamos en confianza.

El mozo sigue repartiendo los platos. Frente al Camión, un plato de porotos granados humea e impregna la mesa de un fragante aroma a albahaca.

—Bueno, ya, pero nada de andar publicando la huevada, miren que los conozco. No son capaces de cerrar la jeta, lo cuentan todo como si fueran minas.

—¿Pero qué pasó?

—Después de despachar, me fui al centro y me junté con el Negro Soza, del *Extra*, y nos tomamos unos borgoñas y picoteamos unas pichanguitas hasta que llamaron a mi compadre, tenía que partir para Vivaceta, un atropello múltiple, no ven que el socio pitutea para la radio Sensación. Medio entonado, decidí irme, mejor, no me iba a quedar solo, así que pagué la cuenta y me enfrenté a la noche. Estaba fresquita. Caminé un poco y me fui rumbo a la Estación Central, por la Alameda. Ahí pensaba tomarme un colectivo a la casa. Pero, viejo caliente, se me ocurrió meter la nariz donde no debía...

—La pichula será... —grita Escalona.

—Déjame contar el cuento completo, ¿quieres? ¿Quién es el narrador aquí?

Faúndez parte la lengua en dos, la llena de mayonesa, mostaza y chancho en piedra. Después se sirve un largo vaso de chicha que está del mismo color de su piel.

—El asunto es que me metí a ese pasaje donde estaba el cine Alessandri. Está lleno de topless...

—¿Se acuerda de la mina a la que le tajearon las tetas? Ahí fue.

—Cállate, Escalona. Es *mi* cuento. No te voy a soltar la bajada de título así como así. ¿Dónde iba?

—El topless.

—Correcto. Fui a echar un vistazo, a ver cómo estaba la mercancía. En eso estaba, mansito, mirando esas fotos que ponen de las minas, cuando sale del subterráneo una tipa extraña que me pega una mirada que me caló entero... Yo la miré alejarse y vi que se detenía: se quedó en el pasaje mirando una tienda de ropa interior que estaba cerrada. También caché que me miraba, sabía perfectamente que le había echado el ojo, que la tenía en la mira...

—Eso ocurre... Hay minas así...

—...la mina dijo que se llamaba Magnolia y ya no era un lirio, tenía sus años y sus historias a cuestas. Tenía facha de cabrona retirada, pero más flaca, muy flaca, con los huesos a la vista...

—Son las mejores, tiran mejor que esas modelos de la tele...

—Córtala... Te lo voy a advertir sólo una vez más...

—Perdone, Jefe.

—La cosa es que igual me gustó, con su pelo teñido de negro y su vestido rojo... La invité a tomar algo y llegamos a El Chiflón del Diablo, ahí a la entrada de Chacabuco... Pedimos unos tintolios y nos largamos a chupar... y a comer... pernil, longanizas de Chillán... un valdiviano a medias... La mina resultó ser vendedora de matute, traficaba cosas robadas, viajaba en bus a Iquique y traía radios, tragos y su resto de coca, para vender y para pichicatearse ella sola... Yo le conté lo que hacía y sentí cómo su sapo empezaba a palpitar, casi como si me aplaudiera: más que asustarse, la comadre no quería más. Resultó ser fanática de *El Clamor,* no se perdía mis crónicas... Recordamos el degollamiento múltiple que ocurrió en el Cerro Blanco; según ella, la víctima era clienta suya...

—Ya puh, Jefe, no la alargue más... ¿Escupió la diuca o no?

—Terminamos en una pieza en El Túnel, en Bascuñán Guerrero. El dueño es un coreano que me debía un favor. La Magnolia ésta estaba muy borracha y no digamos que olía a flores, pero yo estaba muy caliente y si hay algo que me mata es el olor a panty mojado...

—Rico.

—La minita era de ésas que se lo tragan todo y que son buenas para hablar; se recitó todo el glosario coa, no paraba, era como si mi pedazo de huachalomo le hubiera activado no sé que chucha de mecanismo... Tiramos no sé cuántas veces y seguíamos tomando; la Magnolia andaba con sus motes, así que también, por qué no, y dale que dale, como huaraca, y me llenó el cabezón de jale y después lo lamió todo hasta que quedé insensible...

—Como el Stud 2000 —le grita el Camión.

—Así que dale que suene, a patadas y combos, se notaba que hacía tiempo que a la mujercita no se la afilaban como Dios manda. Todo bien hasta que me pidió que se lo metiera por el chico. Me agarró la corneta y la masajeó con vino y Crema Lechuga para que entrara más fácil...

—Por el chico, como a usted le gusta.

Faúndez vuelve a su plato de lengua. La corta en tajadas muy delgadas.

—Por qué no te pides más chicha, ¿o piensas

seguir con esas réplicas culeadas? Pídete un trago de hombre, maricón.

Nadie habla. Faúndez sigue comiendo. Todos esperan atentos. El Camión interrumpe el silencio:

—¿Qué pasó, Jefe? Un cuento tan largo tiene que tener final...

—Nos quedamos dormidos, ¿ya? O sea, muertos, como troncos, cambio y fuera... No sé con qué soñé, pero de repente comencé a sentir algo raro. Hasta que, de puro desesperado, abrí los ojos y el hachazo cayó de inmediato entre mis dos cejas... Estaba empapado... lleno de sangre, pensé... algo viscoso... tibio... que no me dejaba levantarme... Así que me toco y noto que sí, estoy mojado, cubierto de algo, pero es algo grueso, como espeso... y el olorcito, puta la huevada.

—Te cagaron, Faúndez.

—Me cagaron ¿Cómo supiste?

Alfonso Fernández se sienta atrás, sube la ventana y huele el jabón y el eucaliptus que emanan de Faúndez. Las casas de la calle Gorbea son todas iguales, chatas y provincianas, y el sol cae tan a plomo que ni siquiera hay sombras. Escalona está totalmente borracho pero Faúndez, a pesar de los dos litros de chicha, se ve firme.

—Al diario, mira que tenemos que llenar un par de páginas. ¿Cómo estuvo el asalto?

—Bueno, Jefe.

—¿Algún muertito?

—No para tanto.

—¿Y lo del carnicero?

—Puede ser portada.

—Bien. Nos vamos con eso.

La camioneta llega a la Alameda. El tráfico es insobornable: no se mueve. Fernández mira la entrada del hotel El Túnel. Al lado hay una tienda de artículos de cumpleaños atendida por un montón de coreanos.

—Sabe, Jefe —le dice Escalona—, estaba pensando en lo que le pasó.

—¿Y?

—Que la vida tiene sus vueltas. Sus sorpresas. Uno nunca sabe lo que va a pasar.

—Así es, pues, Escalona. No sólo la lluvia moja.

—¿Habla por experiencia?

Vida de Santos

—¿Te llevo?

—No, en serio. No voy para mi casa.

—¿A dónde vas? —insiste Juan Enrique Santos. Su imponente dentadura forma una sonrisa afable,
de verdad.

—A la Plaza Ñuñoa. Al cine.

—¿Qué vas a ver?

—Una de la mejores películas del año. Es parte del festival de la Católica.

—Yo voy hacia allá. Me queda en el camino.
En realidad voy a Pinto Durán. No me cuesta nada pasar a dejarte.

Alfonso se sube al auto sin demasiadas ganas.
Huele a pino químico. Santos saca el cassette de rock
argentino de la radio y lo esconde en la guantera.

—¿Entrenan de noche?

—Sí, hace menos calor, pero se llena de poli-
llas.

—¿Y por qué no vas en radio-taxi? O sea, vas
por el diario, ¿no?

—Sí, claro. ¿Crees que es muy entretenido
cubrir un entrenamiento? Son básicamente todos
iguales.

—Deben ser. De fútbol, la verdad es que entiendo poco.

—Increíble.

—¿Qué?

—O sea, no sé, pero el fútbol es como el aire. A todo el mundo le gusta. Yo juego todos los sábados en una liga.

—Yo nunca jugué. No juego y dudo que alguna vez juegue.

—Los que mejor lo pasan son los buenos para la pelota —comenta Juan Enrique.

—Me lo dices a mí.

Juan Enrique maneja con fluidez, aunque por momentos sus virajes son tan excesivos que pareciera que va a perder el control. La luz ya se ha escondido y el verde de los árboles adquiere el barniz del sol.

—Supongo que si tuviera auto yo tampoco tomaría radio-taxi

—Sabia idea. Personalmente, no tolero hablarle a gente que no me interesa. Para mí, la independencia vale oro.

—¿Y tu sección no tiene...

—No es mi sección.

—*Deportes,* digo, ¿no tiene chofer y camioneta?

—Un orangután que maneja un tarro. Mira, si puedo evitarlos, mejor. No sé si me entiendes. Yo dudo que trabaje alguna vez en un diario como éste. O sea, a mí no me gusta mucho escribir, no es lo mío, pero si escribiera, me gustaría que por lo menos mis amigos o mi familia me leyeran. Y nadie decente lee *El Clamor.* No sé tú, huevón, pero cuento los días para que esta práctica en este diario cuafo termine.

—Es cansador, sí.

—Puta, la gallada es muy última. Deja mucho que desear. Mi polola me quiere desinfectar cuando llego a su casa. No me deja meterme a su piscina sin ducharme. Y eso que estoy en *Deportes* y paso todo el día en el estadio. Te compadezco, compadre, porque a vos sí que te tocó. Ese jefe tuyo es patético.

—Pero es divertido.

—A mí no me podría hacer reír.

El semáforo marca rojo. Santos detiene el auto y con el dedo aprieta el botón para que bajen ambas ventanas. Dos quinceañeras, de shorts y poleras sin mangas, cruzan la calle.

—¿Y la Nadia? Simpática, la mina. Loca como ella sola, pero ella sí que te hace reír.

—Por ahí anda.

—Esa mina no se cambiaría por nada.

—¿Cómo?

—Que se adora. No quiere más consigo misma.

—Puede ser.

—¿Tú y ella...?

—Sí y no —le dice en forma seca Alfonso—. Depende.

—¿Y vas a ir al cine con ella? ¿Se van a encontrar ahí?

—No, voy a ir solo.

—¿Me estás hueveando?

—No.

—¿Solo?

—Sí, solo.

—¿Y no te da miedo? O sea, plancha. Vergüenza.

—No, qué tiene. La película es buena, no tengo nada que hacer y quiero verla.

—Sabes, Fernández, es raro porque, a pesar de que vienes de la Chile y todo, eres como distinto... pero a veces no sé, siento que eres igual a ellos.

—No entiendo.

—Es como si te mimetizaras. Es tal tu deseo de

pertenencia, que te estás convirtiendo en uno de ellos. Casi como si pertenecieras a ese mundo.

—Pero si pertenezco.

Lo queda mirando un rato y agrega:

—Cada día más.

Media Naranja

El motel está ubicado casi al final de Vicuña Mackenna, entre La Florida, la comuna del futuro con sus casas pareadas y pequeños jardincitos, y Puente Alto, un pueblo de provincia, dependiente de una sola industria —la Papelera—, que nadie sabe cómo ni cuándo terminó integrándose al Gran Santiago.

—Odio todas estas comunas nuevas. Estas calles recién pavimentadas apestan a arribismo —comenta Faúndez—. Puedo ser anticuado, pero para mí esto no es Santiago. Yo me quedo con el casco viejo.

—Todos quieren venirse para acá, Jefe —le dice Escalona—. Yo mismo estoy postulando a un subsidio. Mejor aire y mejor ambiente. Bueno para los niños.

—A los niños hay que criarlos en el centro. Cerca de las tentaciones. Así no te salen viciados. Cuando lo único que tienes es sol y flores, te desvelas pensando en la alcantarilla.

A través de radio Libertador suena *De cara al viento,* de Luz Eliana.

—Esta huevona ahora es evangélica, creo —comenta el Camión.

—Puta, si no me cuido, capaz que hasta a mí me agarren. Los evangélicos y los mormones nos van a cagar. En treinta años más van a infiltrar la Democracia Cristiana. Si ahora los curas nos tienen agarrados de las huevas, imagínense vivir bajo el yugo de esos chuchas de su madre.

—Ni Dios lo quiera, Jefe.

La canción termina y el animador da paso a un flash informativo:

«Gracias, Ernesto. Efectivamente, y tal como lo había-mos anunciado anteriormente, Carabineros y personal de la Brigada de Homicidios ya se encuentran aquí en el motel pare-jero Media Naranja, ubicado en la comuna de La Florida, don-de una camarera encontró los cuerpos sin vida de una pareja que ingresó al recinto en horas de la madrugada. La identidad del hombre ha sido confirmada como Álvaro Rojas Pedraza, de 44 años. El nombre de la mujer, que fue baleada dentro de sus órganos genitales luego de haber sido penetrada por el cañón de la pistola, aún no ha sido entregado por los detectives. Trascen-dió que la mujer no es la cónyuge legal de Rojas Pedraza...»

—Obvio, Chico culeado.

«Al parecer, la tragedia de sangre fue un pacto suici-da y contó con el beneplácito de ambas víctimas. Rojas, que lle-gó al motel Media Naranja en un automóvil Peugeot, se quitó la vida disparándose en la boca. Eso es todo desde el sector poli-cial. Más informaciones en cualquier momento. Informó Rober-to Rodolfo Quiroz.»

—Puta la huevada.

—Va a estar bueno. Camión, apúrate. ¿Cuánto tiempo crees que eran amantes, Pendejo?

—No sé. ¿Harto?

—Mucho. ¿Sabes cómo lo sé? La fórmula fun-ciona así: donde hubo violencia, hubo intimidad, Pen-dejo. Acuérdate de eso. La violencia es proporcional al grado de intimidad que hubo. Mientras más violento un crimen, más intimidad hubo entre los dos.

Todos callan y escuchan durante un rato la tanda comercial.

—Alfonso, no te comas las uñas.

—Disculpe.

—Lo digo por ti, no por mí.

—¿Usted cree que nos golpearon, don Saúl? ¿Podremos encontrar un ángulo distinto de lo que ya dijeron?

—No te compares con la radio, Pendejo. Una cosa no tiene nada que ver con la otra.

—Seguro que la Roxana se fue de boca y ya lo sabe todo Chile —reclama Escalona.

—No te metas con la Roxana. Hace su pega. No todos los crímenes pueden ser nuestros.

—Pero sería bueno, Jefe. Además, podríamos pautearlos. Dejar los más fuertes para los días en que no hay noticias.

El Media Naranja se esconde detrás de una larga y alta muralla color caqui. Para ingresar, se atraviesa un portón móvil ubicado en una ínfima calle transversal. El portón, sin embargo, está abierto. Pasan por alto la caseta de la oficina que está pintada, tal como el resto de la estructura, de un intenso color naranja. El motel está compuesto por bloques perpendiculares, cada uno con un garaje del que cuelga una cortina negra, estampada con gajos de naranjas, que llega más abajo de la altura de la patente de un auto.

Santiago es la ciudad con más moteles por habitante en el mundo. Quizás Estados Unidos los inventó, pero están a la orilla del camino y su función es, más que nada, ser un lugar de descanso para luego poder continuar el viaje. En Santiago, en cambio, los moteles están dentro de la ciudad y exudan sexo ilícito y adúltero. La mayor diferencia que tienen con los llamados hoteles galantes, por ejemplo, es que a estos últimos se llega a pie. Los moteles, en cambio, que son más caros, fueron diseñados pensando en los automóviles y, por eso mismo, casi siempre se ubican en lugares suburbanos o, al menos, fuera del paso habitual.

El Media Naranja se inauguró hace tres meses y eso salta a la vista. El sitio es desmadradamente inmenso y los jardines están sobrecuidados, lo mismo que los árboles, que son, claro, naranjos que tapan estratégicamente cada puerta.

El Camión divisa el furgón de Carabineros y varios autos de Investigaciones. Se dirige hacia allá.

—Está bonito este local. Habría que ver cómo es por dentro —comenta Faúndez.

Los cuatro se bajan de la camioneta. Alfonso sigue a los demás de cerca. De un auto sale una pareja con anteojos oscuros; la mujer se tapa con la mano. El motel está totalmente vacío con excepción del contingente policial y periodístico.

—El Chico la anduvo alumbrando —dice el Camión—. Puta madre, miren. Está todo el ganado.

—Buitres, huevón. Buitres.

En efecto, detrás de la pieza-cabaña en cuestión se ve a buena parte del sector policial al acecho: dos de los canales de televisión; el Chico Quiroz; el móvil de radio Caupolicán con la dupla Galvarino Canales padre y Galvarino Canales hijo, ambos con gruesos anteojos de carey negro; y el Indio Béjar, con una gorra de béisbol que dice *Última Hora*. Incluso está Waldo Puga, reliquia viviente de *El Universo,* muy empaquetado en un elegante terno negro con rayas blancas, su bisoñé resistiendo heroicamente el luminoso sol de mediodía.

—Puta madre, además está ese cubano enano del *Extra* —informa Escalona—. Estamos cagados.

—El Petete vale oro —le aclara Faúndez—. Siempre nos hace favores.

—A ti te va a hacer el favor.

—¿Perdón? ¿Escuché mal? Más respeto. No te salgas de tu lugar, Escalona. Como ando de buena, porque anoche me lo chuparon bien chupado, voy a dejar pasar ese dardo. ¿De acuerdo? Pero la idea es que no se repita. ¿Estamos de acuerdo?

Después de distintos saludos, algunos protocolares, otros sentidos, Faúndez comienza a husmear.

—¿Algún otro dato, Chico?

—No todavía. Parece que la mina era muy cuatiquera. Un encargado del motel escuchó feroces quejidos.

—O sea, se mandaron feroz cacha y después se mataron.

—Última vez, nadie se enoja.

—Acuérdate de nuestra deuda, Chico. Cualquiera de estos días te cobro la fianza.

—Cuando quieras, Saúl. Siempre es un agrado y un honor compartir contigo.

—Te encuentro toda la razón.

Escalona está hablando con los carabineros que vigilan el acceso a la pieza. Faúndez y Alfonso se acercan. El Indio Béjar se incorpora.

—¿Cómo que no dejan entrar?

—Lo siento, son órdenes.

—Necesito fotos.

—Nada de fotos.

—Estamos haciendo nuestro trabajo —insiste Escalona.

—Nosotros también. Ahora, si fueran tan amables, podrían echarse para atrás y despejar el lugar.

Un carabinero entra a la pieza y cierra la puerta.

—¿Quién está cargo? ¿El Inspector Tapia?

El joven carabinero mira su libreta.

—El Inspector Diógenes Salgado.

—Ah, pero es muy amigo mío. ¿Lo puede llamar? Dígale que Lizardo Escalona, de *El Clamor*, está acá.

Faúndez se aleja un paso junto a Béjar.

—Bonito jockey, Indio. ¿Ideas del nuevo gerente?

—Así es. Les doy cuatro meses. Los vamos a comer vivos.

—¿Me has visto las huevas?

—Todo a su tiempo. Pero como muestra de mi amistad, Faúndez, te soplo una: no hay fotos porque la mina es de plata. Conocida. Parece que estaba casada con un importante gerente de banco. Banco al que ustedes le deben algo de plata.

—¿Nosotros no más?

—El gremio, digamos.

—¿Y el galán?

—Es el contador de la familia. Hombre de confianza. Por eso mismo esta huevada la van a parar. No va a ir más allá de lo que dijo el Chico al aire. El resto va a ser puro relleno. Lo van a tapar.

—Nada nuevo bajo el sol.

Faúndez ve que el Inspector Salgado ha salido y conversa ahora con Escalona. Sonríen. Faúndez se acerca a ellos. El Inspector Salgado es bajito, se peina para el lado como lo podría hacer Robin, el chico maravilla, con treinta kilos de más. A pesar de haber sobrepasado los treinta, el hecho de que al Inspector no le salga barba es más una carga que una bendición.

—Inspector, qué gusto. Cada día más joven. ¿Pacto con el Diablo?

—Con el Subprefecto, no más.

Ambos se ríen de buena gana.

Está claro que el Inspector Salgado se sabe seductor. Todos los reporteros lo miran y él disfruta ser el centro de la atención.

—Permiso —dice Escalona.

Antes de alejarse, le guiña el ojo a Faúndez y se escurre tras la horda de reporteros que comienzan a preguntarle cosas al Inspector. Es tal la masa de periodistas que, de pronto, Salgado desaparece y lo único que queda de él es su voz.

—¿Conseguiste todos los datos, Pendejo?

—Sí.

—¿Seguro?

—El nombre de la señora no lo entregaron. Pero pude fijarme que en el interior del auto había una carpeta que decía Banco de la Costa.

—Nada de mal. Ahora ven, acompáñame. El dueño me va a mostrar su mejor pieza.

Ambos caminan por un sendero tapado de naranjales. Al final, un tipo calvo, de cara pecosa y anteojos bifocales, los espera.

—Adelante. Ésta es nuestra *suite de luxe*.

—Olor a azahar.

—Lo traemos de Sevilla. Viene en spray. Todas las piezas huelen igual.

—Estupendo. Por lo general todos los moteles huelen a desinfectante o a zorra.

El tipo calvo queda pálido y no sabe qué responder. Alfonso prefiere mirar la tupida alfombra color nácar.

La pieza es grande y tiene dos ambientes y un amplio baño con techo de vidrio, un jardín secreto al aire libre con sillas de lona anaranjadas, jacuzzi externo y una tina con dimensiones de piscina para niños.

—En verano, como ahora, pueden disfrutar el sol con total privacidad. Muchos de nuestros clientes aprovechan de asolearse tal como Dios los echó al mundo.

—Se me podría quemar la diuca.

—Bueno... Y en la noche el jacuzzi les permite ver las estrellas.

—Si el smog los deja. ¿Puedo mear? Ando con problemas. No soy capaz de aguantarme —le dice Faúndez bajándose el cierre.

El dueño y Alfonso pasan al sector del living, donde hay un gran sofá tapizado con una tela llena de ramas verdes y naranjas brillantes. También hay una mesa con una fuente de frutas frescas y ejemplares del *Playboy* en español. En una esquina, un frigobar y un equipo de música que está apagado. El único ruido que se oye es el chorro de Saúl Faúndez chapoteando en el agua de la taza. Alfonso no dice nada. Faúndez parece no terminar nunca. Finalmente, tira la cadena y sin lavarse las manos entra al living, pero sigue hasta la anaranjadísima pieza, con una cama redonda al centro, también color naranja. Faúndez se lanza de espaldas a la cama y rebota. Se queda mirando su reflejo en el espejo del techo.

—Está buena —dice—. Durita pero blanda. ¿Y esta tele? ¿Dan huevadas porno?

—Tenemos circuito cerrado, sí.

—¿Dan o no dan?

—Tenemos una amplia selección.

—¿A qué se refiere con amplia? ¿Cosas raras? ¿Sadomasoquismo?

—Mi socio es norteamericano. Piensa que en el sexo no hay que limitar las opciones ni la imaginación.

—Puta, sabio el gringo. ¿Podemos mirar?

—Por lo que pasó, decidí cortar la transmisión. Usted sabe que no es legal.

—Y si uno quisiera traer a una menor, ¿puede?

—Somos muy discretos. Solamente le exigimos el carnet al que paga. Tenemos dos reglas estrictas: no más de tres personas y nada de animales.

—Totalmente de acuerdo. Oiga... su nombre, ¿cuál era?

—Sanz, Fidel Sanz.

—Usted sabe, cuando uno tiene *sucursales* y...

—Disculpe, tenemos un solo establecimiento. Hemos pensado abrir...

—Amantes. Amigas. A eso me refería con *sucursales*.

—Por supuesto. Claro.

—¿Usted es extranjero?

—Viví mucho tiempo afuera, sí.

Saúl Faúndez se da vuelta en la cama, saca una almohada y se la coloca bajo la pera.

—Entonces sabe que aquí, como en cualquier otro país, no hay nada peor que la mala publicidad. Me imagino que, con este doble suicidio y tanta prensa, debe estar aterrado de que le pueda afectar su negocio.

—Así es. Ya en la radio mencionaron el establecimiento.

—La sección policial es colindante con la de los avisos de los saunas y los moteles. Quizás porque tenemos bastantes cosas en común. Ambos son terrenos donde lo que se mueve es la pasión, dígame que no.

—Sí, sí.

—Cada vez que leo mis crónicas, señor Sanz, veo su avisito con la Media Naranja. No es malo. Uno se fija. Llama la atención. Pero hay formas y formas de llamar la atención.

—Así es, claro.

—Vi a un colega redactando que la sangre y la masa encefálica saltó a las paredes.

—Pero eso no es cierto.

—Como no nos dejan ingresar a la pieza, es lógico que mis colegas tengan que recurrir a su imaginación. Usted tiene que entenderlo. Yo mismo no sé lo que voy a escribir esta tarde.

—Ojalá no escribiera demasiado.

—Bueno, siempre hay formas de obviar ciertos temas, usted me entiende. Tampoco es una noticia tan trascendental. No es un atentado, un crimen en el Metro, algo que escandalice a la sociedad. Es decir, y no sé si me estoy dando a entender, si uno llegara a un cierto acuerdo yo podría escribir, no sé, que en un motel al sur de la capital ocurrió un lamentable hecho de sangre y terminar ahí. No sé, estoy pensando en voz alta. ¿Qué opinas tú, Alfonso? ¿Crees que podríamos responder a la gentileza del señor Sanz pasando por alto algunos detalles de mal gusto?

En la radio está sonando *Esta noche la paso contigo*, cantada por los Ángeles Negros.

—*Mañana me iré, aaaa-mor mío...* —canta Faúndez.

El Camión acelera y cruza Walker Martínez con luz amarilla. Saúl baja el volumen.

—A ver, cuenta. ¿Cómo tomaste las fotos?

—Después que Salgado dio su pequeña confe-
rencia, volvió a la pieza y abrió las cortinas de la ventana que daba hacia el otro lado. Yo tenía el teleobjetivo
listo y agarré a los muertitos. Olvídate cómo le quedó
la zorra a esa huevona.

—Como le queda a la Roxana cuando acabo
adentro.

Todos se ríen menos Alfonso, que cuenta las invitaciones de cartulina que les pasó el dueño del motel.

—¿Y qué le hiciste al tira para que te abriera las
cortinas? ¿Le chupaste la corneta?

—No sigo tus prácticas, Camión. Salgado y yo
hemos ido juntos a la iglesia.

—¿Qué crees que hacen en los confesionarios?

—Una vez me pidió si podía irme un sábado a
San Beca, donde él vive, a tomarle fotos a la primera
comunión de su hija. Puta, estuve en su casa hasta como las doce. Me comí como seis lomitos.

—Lo que hacen los contactos, Escalona.

—Hoy por ti, mañana por mí.

El Camión señaliza y agarra la Circunvalación.
A ambos lados de la avenida cientos de obreros cons-
truyen inmensos malls y supermercados.

—¿Y, Pendejo? ¿Cuántas invitaciones nos pasó
el ahuevonado ése?

—Doce, don Saúl.

—Pásamelas.

Faúndez las toma y separa ocho para él.

—Así me gusta —dice—. Que a uno lo traten
con respeto. Total, qué me cuesta no nombrarlo. Mal
que mal, están empezando. Veamos, Escalona, toma
una para que invites a tu vieja. Camioncito, aquí hay
dos, pero no lleves a tus maracas. Trata de subir el nivel.

Y ésta, Pendejo, es para vos. Anda a echarte tu cachita como Dios manda. A lo mejor, con esto, esa tal Nadia te lo suelta.

—Gracias, don Saúl.

—De nada, Pendejo. Para eso estoy, ¿no? Para ayudarte y darte el ejemplo.

Dedo en la boca

El profesor Christián Uribe Ceballos, 39 años, casado, dos hijos, dueño del preuniversitario Amanda Labarca de la comuna de Maipú, salió de la oficina donde preparaba el currículum académico para el próximo año escolar y se dirigió al supermercado a comprar vituallas, puesto que por esos días estaba «viudo de verano».

—Saca *vituallas*. Muy complicado. Y siútico.

—¿Abarrotes?

—Comida —le dice Celso Cabrera, el editor nocturno al que le falta un ojo y tiene en su lugar uno de vidrio que no deja de observar todo lo que pasa—. Además, te estás alargando. Esto es un tabloide, no un diario de vida. ¿Lo de viudo de verano es necesario?

—Quiero que entren de a poco. Que los sorprenda tal como lo sorprendieron a él.

—Déjame seguir. Además no escribas frases tan largas. Agotan y enredan.

Uribe, que además de ser profesor de castellano es aficionado al judo, manejó su automóvil Peugeot por las descongestionadas calles de la histórica comuna de Maipú. La noche estaba clara, nueva y sutil.

—¿Cómo que *sutil*? ¿Qué quieres decir?

—Que era reciente, había anochecido hace poco, todavía no estaba del todo oscuro.

—*Tenue*. Pon *tenue*.

La noche estaba clara, nueva, tenue; el profesor tomó la calle Pajaritos, bajó las ventanas y disfrutó del aire fresco mientras duró su excursión hasta el supermercado Economax, ubicado en la misma calle, a la altura del 4900.

—¿Entonces? No te puedo dar tanto centimetraje. Estos incendios forestales del sur están llenando la página.

—Don Saúl me dijo que le metiera color.

—¿Faúndez está acá? No lo veo. El editor nocturno soy yo.

En efecto, Celso Cabrera era el editor nocturno, además de tener a su cargo la columna dominical *Recuerdos de un Pato Malo*. Años atrás, mientras viajaba por el mundo con la llamada beca Rolón-Collazo, Cabrera escandalizó a los lectores de *El Clamor* con su célebre columna/diario de vida llamada *La Decadencia de Occidente*, que despachaba desde el lugar del globo donde estuviera en ese momento.

El aspecto de Cabrera contribuía a su aura de maldito y no era sólo el ojo de vidrio lo que asustaba. Quizás era ese pelo azabache, imposiblemente negro y lacio, que le daba un impostado aspecto juvenil a un rostro maltrecho y abusado, donde una notoria cicatriz le partía en dos una mejilla y subía hasta separar una de sus espesas cejas.

Cabrera era un símbolo de *El Clamor*, tan ligado a su lema de masivo y popular como el color amarillo o la trompeta del logotipo. Fue descubierto por el viejo Leonidas Rolón-Collazo años atrás, más de treinta en rigor.

El encuentro ocurrió en el barrio chino, calle

Bandera al llegar a Mapocho, en El Zepelín. Rolón-Collazo, festejando su etapa de rebelde y bohemio, estaba con un granado grupo de amigos —periodistas, escritores, actores— tomando y arreglando el mundo cuando se produjo una gresca afuera. Fue tan grande que, sin querer, algunos de los participantes de la rosca ingresaron al local en medio de gritos, insultos y golpes que se fusionaron con los bongós de la orquesta tropical. El violento rebaño incluía todo tipo de fauna nocturna: dos prostitutas, un cadete naval, un cafiche boliviano, un travesti con la nariz quebrada y Celso Cabrera, delincuente habitual, lanza del sector, que por ese entonces no tenía más de veinte años.

La música se detuvo y hasta los suspiros quedaron suspendidos. El cafiche boliviano, en un abrir y cerrar de ojos, le tajeó la mejilla, pifiándole el paño a Cabrera. En medio de ese río de sangre amoratada que burbujeaba en su cara, Celso tomó una navaja filuda, oxidada, y le dio un solo puntazo en el corazón al cafiche. Rolón-Collazo estaba a un lado y, dicen, las miradas de ambos se toparon. Cabrera entonces levantó la navaja para rematarlo y extrajo el arma con un sonido parecido al de un corcho que sale de una botella de vino envejecido.

—Tome —le dijo a Rolón-Collazo pasándole la viscosa navaja—. Sé quién es usted. Si van a publicar algo, al menos digan la verdad.

Celso Cabrera desapareció entre la multitud alcoholizada de la calle Bandera y, dicen, saltó al río Mapocho. No fue detenido hasta seis meses después, cuando mató en defensa propia a uno de los pocos negros que circulaban en Chile, en una hospedería de la calle San Pablo abajo. Cuando el entonces jefe de crónica roja averiguó que lo iban a «pasar al frente», de La Pesca a la Cárcel Pública, le informó a Rolón-Collazo. En ese entonces, Ortega Petersen recién se estaba incorporando al diario. Lo fueron a ver a la cárcel; se hicieron amigos, encontraron más de un tópico común. A pesar de la cicatriz, Cabrera tenía pinta de sobra, era una especie de Jorge Negrete, moreno hasta llegar a molestar y con dientes intensos, intachables. El Chacal lo puso en la portada y siguió dándole por una semana. El pueblo lo amó sin vuelta, porque Cabrera era inteligente. Leía y opinaba de política y economía. Era un galán y las mujeres, organizadas por *El Clamor,* le llevaban novelas y revistas. Profesoras se ofrecieron para enseñarle más materias. Al año de estar en prisión, comenzó a escribir su columna dominical *El Interior del Infierno.* Cuando salió libre, ocho años después, Rolón-Collazo le ofreció integrar la planta del diario. Lenka Franulic lo entrevistó y Hernán del Solar le prologó su novela *Barrio bajo,* editada por Zig-Zag, comparándola con *El río* de Alfredo Gómez Morel. Según Tito Mundt, Celso Cabrera fue el primer ex presidiario que obtuvo un carnet de socio del Colegio de Periodistas. Saúl Faúndez dice que eso es una falacia, que casi todos los reporteros tienen su ficha de antecedentes manchada.

—Bueno, y, ¿qué pasó con el profe? La edición de Santiago cierra a las once y media, huevoncito.

—¿Cómo?

—¿Estás en la luna? Aterriza. ¿Qué pasó con el profe?

—Compró cosas, tres bolsas con mercadería. Al llegar al auto, las dejó en el suelo y comenzó a abrir la maleta. Ahí lo atacaron.

—¿Quiénes?

—Los pacos dicen que...

—¿Hablaron con testigos? ¿Tienes declaraciones que sirvan?

—Hablamos con todos. Llegamos al poco rato. Don Saúl escuchó todo por la radio. Interceptamos la señal. Estuvimos en el sitio del suceso antes que la Be-Hache.

—Y Faúndez, ¿dónde está?

—Tenía algo que hacer. Me dejó redactado esto.

—¿Una mina?

—No tengo idea.

—Bueno, ya, me da lo mismo. ¿Quiénes lo atacaron?

—¿A don Saúl?

—Al profesor.

Fue abordado por tres individuos jóvenes, uno portando un arma de fuego corta y los otros cuchillos. Al parecer, los tres vestían chaquetas de cuero y tenían el pelo largo.

—¿Hippies? ¿Estos thrashers que hay ahora?

—No lo sé.

—Da lo mismo. Y córrete para el lado. Necesito espacio para leer.

Se supone que pretendieron robarle dinero o lo que había comprado. Lo que sí está claro es que los tres delincuentes juveniles encontraron tenaz resistencia por parte del profesor. Esto hizo que el sujeto que llevaba el arma de fuego le disparara a quemarropa, impactándolo en el ojo izquierdo. Los otros le asestaron varias heridas con sus cuchillos.

—Patos malos, los huevones.

—Pero ahora viene lo mejor, don Celso.

—Cabrera.

—Lo del dedo.

—¿Cómo?

—Bueno, me falta escribirlo. Cuando llegaron los peritos, al revisar el cuerpo ocurrió algo.

—¿Qué?

—Después de desnudar y medir el cadáver, lo dieron vuelta y justo ahí algo salió de su boca. Cayó al suelo con el movimiento. Era un dedo.

—¿Qué?

—Un dedo en la boca. Encontraron un tercio de dedo. El profesor, al parecer, trató de defenderse y mordió al victimario. Le cercenó un dedo a la altura de la primera falange. Murió con el dedo en la boca.

—¿Y los otros reporteros? ¿Estaban?

—Parece que no. Se fueron. Lo que pasa es que don Saúl aprovechó de entrar al supermercado a comprar algunas cosas para un malón al que estaba invitado.

—¿Te das cuenta de lo que me estás diciendo, cabro concha de tu madre?

—En realidad, no sé si era una fiesta. Yo creo que era para su casa. Creo que su señora ha estado medio enferma.

—No me mientas. Me dan lo mismo Faúndez y su supermercado. ¿Acaso no te das cuenta? Me tienes aquí perdiendo el tiempo, relatándome huevadas sobre lo sutil que está la noche o lo amable que era el occiso culeado. He matado por menos, ¿te queda claro? Mírame, no tengo buen carácter. Supongo que eso ya lo sabes. Ya te tienen que haber hablado de mí. ¿Te han hablado?

—Un poco.

—Deberían haberte advertido, entonces. ¿Cómo crees que me entretenía en la cárcel? Almorzaba cabritos como tú. Y me quedaron gustando.

—...

—Un dedo en la boca. Tenemos titular, ¿no te

das cuenta? Tenemos portada. A lo mejor, golpeamos. ¿Qué chuchas te enseñaron en la Escuela? El único lugar donde se puede aprender algo es la calle. Y la cárcel.

—La cárcel.

—Sólo he matado a culeados que me sacaron los choros del canasto, así que manéjate con cuidado cuando te toque conmigo.

—Es un buen caso, entonces —le dice Alfonso después de una pausa contaminada de miedo que se alargó innecesariamente.

—Esto va a dar para mucho. Faúndez estaba curado, ¿no? No se dio cuenta. Díme la verdad. Faúndez es muy zorro como para que se le escape algo así, como para que se lo dé a alguien tan huevón como tú.

—El hijo de don Saúl estaba enfermo. Por eso me hice cargo.

—No eres sapo. No delatas. Me parece bien. Capaz que sobrevivas con el culo intacto. Pero ten ojo. Muchos te van a querer limar. Te lo digo porque sé. Cuídate y ándate tranquilo por las piedras. Otro día podemos hablar más. Hay muchas cosas que te podría enseñar.

Tinta negra

El reloj despertador quiebra el silencio de la mañana como una roca atravesando un vidrio. Alfonso abre los ojos: el sol que se desparrama por su pieza quema. Rápidamente salta de la cama, apaga el ruido de la campanilla, enciende la radio y se coloca un pantalón de buzo, una polera deforme y sus viejos mocasines argentinos. El locutor informa que son las siete y media de la mañana. Antes de salir, agarra unas monedas y las llaves y cierra la puerta de un portazo. En el espejo del ascensor nota lo enredado que está su pelo. Intenta peinarse pero se detiene en el quinto; una mujer, con una bolsa para el pan, lo queda mirando fijo.

El aire abajo está húmedo, denso y fresco, como cuando uno abre la puerta del refrigerador después de haber sudado en la cama. La ciudad aún tiene algo de silencio y la falta de tráfico confirma la ausencia de escolares y universitarios. Sí hay enfermeras caminando rumbo al hospital de la Católica. Alfonso cruza la calle y se acerca, corriendo, al quiosco. De todas las portadas, la más notoria es la de *El Clamor*. La tinta roja de las letras gruesas saltan de la página. *¡Tenía el dedo en la boca!,* dice a lo ancho de la página. Y el pequeño epígrafe: *Mientras lo asesinaban, mordió a su victimario.*

Alfonso saca unas monedas de su bolsillo y compra dos ejemplares de *El Clamor*.

—Dicen que con las huellas dactilares van a

atrapar al asesino —le informa el dueño del quiosco mientras le revisa el vuelto.

—Es una gran historia, ¿no?

—No he parado de vender *El Clamor*. Se me van a acabar.

—¿Sí?

—Es que es un buen caso. Llama la atención.

Alfonso mira los otros diarios. El único que puso el caso en la portada es el *Extra*. Dice: *Cobarde asesinato en supermercado de Maipú: lo mataron con las bolsas en la mano.*

Alfonso cruza de nuevo la calle; sus manos sujetan firmemente los diarios. En el ascensor, a solas, abre uno y va a las páginas del final, antes de *Espectáculos* e *Hípica*. El artículo es de página completa: la foto, a lo ancho de la página, posee una inspiración neorrealista. Debajo del título y la bajada, entre paréntesis, está su firma. Sus iniciales, mejor dicho. Apenas dos letras: *A* y *F*. Lee el paréntesis una vez más: *(Por A.F.; fotografía de Lizardo Escalona).*

El ascensor llega al décimo. Alfonso sale y baja un piso. Saca las llaves. Sus manos están teñidas de tinta negra. Las huele. Entra al departamento, deja los ejemplares en la mesa y va al baño. Enciende la luz. Con las dos manos se refriega la cara hasta quedar teñido. Después coge una tijera del botiquín, vuelve al comedor y comienza a recortar el diario.

Estamos tan orgullosas

Alfonso está tirado en el sofá, a pie pelado, con el control remoto en la mano; en el suelo, envueltos en toalla Nova, dos cuescos de durazno. El Canal 7 emite la última edición de su noticiario. El locutor termina de informar sobre el caso del dedo en la boca del profesor Christián Uribe. Suena el teléfono. Alfonso lo deja sonar un par de veces antes de atender.

—¿Aló?

—Mijito, lo he estado llamando todo el día. ¿Dónde estaba?

—En el diario, mamá.

—Acaban de dar lo del dedo en la tele. Y vi su artículo. Lo recorté y todo. Estamos tan orgullosas.

—Déjeme bajar el volumen.

Alfonso aprieta el botón del *mute* y se sienta en posición de loto en el sofá.

—¿Lo leyó? —le pregunta sin muchas ganas.

—Varias veces. Qué caso más espantoso.

—Pero nadie habla de otra cosa. Golpeamos, ¿se fijó?

—¿Cómo?

—Que fuimos los únicos que hablamos del dedo. Le gané a la competencia. Eso me va a significar mucho, mamá. Con esta nota suben mis bonos. La próxima vez creo que voy a poder firmar con mi nombre. Con todas sus letras.

—No se olvide de colocar el Ferrer, mi amor. Tenemos ese acuerdo.

—Trataré.

—Y ese jefe suyo. Qué hombre tan horroroso. ¿Cómo lo trata?

—Bien. En el fondo, es divertido. Me cae cada día mejor.

—No me gusta nada que esté metido en ese ambiente. La otra noche soñé que se quedaba ahí. Que se acostumbraba.

—Acostumbrarme, jamás.

—¿Y ha comido bien?

—Almuerzo en el diario.

—¿Y qué cenó?

—Duraznos.

—Ay, por Dios, qué le cuesta prepararse algo y...

Alfonso aleja el fono de su oreja y cierra los ojos.

—No me voy a morir de hambre —la interrumpe con algo de violencia—. Sé arreglármelas solo.

—Sin nosotras, mi amor, usted no es nadie.

—Voy a tener que cortarle, mamá.

—Su abuela le manda cariños.

—Igualmente —dice sin mucha convicción mientras se levanta hacia la ventana.

—Tu hermana se compró un auto.

—¿Qué? ¿Cuándo?

—El sábado. Es un Renault, pero no una Renoleta. Cuatro puertas. Azul. Yo no entiendo mucho de autos, pero se ve fino. Nuevecito. Los asientos estaban cubiertos de plástico.

—¿Tanto gana?

—Ahorra.

—Sí, pero igual. Me sorprende.

—Ay, Alfonsito, si la pobre no hace nada. Puede ahorrar. Yo estoy feliz. Así podemos dar paseos. O ir a Santiago a visitarlo.

—Casi nunca estoy.

—Ya que a la pobre no la invitan, quizás con esto salga más. Dios lo quiera. Es tan responsable la Ginita.

—Todos lo somos, mamá.

—Y cuénteme, qué es de esa Nadia. ¿Todavía la ve?

—Sí.

—He leído sus notas. Firma a cada rato. Más que usted.

—Parece que se va a ir a Viña —dice Alfonso en forma seca—. Va a pasar la mitad del verano allá. Cubriendo el Festival.

—Mejor que esté lejos de usted. Quedo más tranquila. No quiero ser abuela. ¿Va mucho para allá?

—Nunca. Además, estamos medio enojados.

—¿Pero qué pasó?

—No, nada.

—Dígame.

—No.

—Alfonso...

—Que me rayó mi crónica con tinta roja.

—¿Cómo?

—Que marcó mis errores. Como si fuera mi profesora. Según ella, lo hizo para ayudarme, pero me molestó porque esto de la escritura es subjetivo, no sé si me entiende. Además, ya me lo había corregido mi editor.

—Me alegro, Alfonso. Qué quiera que le diga. A ver si por fin se le abren los ojos. Esa niñita le tiene envidia. No quiere dejarlo crecer porque sabe que usted, mi amor, va a llegar muy lejos.

—Mamá, es tarde. Me tengo que levantar temprano.

—Su abuela vuelve a Santiago los últimos días de enero, así no va a estar tan solito.

—No estoy tan solito.

—Claro que se va a quedar solamente unos días porque después se va a las Termas del Flaco con sus amigas de San Fernando.

—Cuánto me alegro —dice Alfonso tirándose de nuevo al sofá.

—Y su tía Esperanza se va a quedar hasta mediados de febrero en Concepción. A lo mejor después se va unos días a Arauco con la Ivonne. Las clases en el Liceo no parten hasta la primera semana de marzo.

—No me diga.

—¿Y usted no se va a dar una vuelta por acá? ¿Un fin de semana?

—Tengo turno. A lo mejor más adelante. Realmente tengo sueño, mamá.

—Cuando esté la Nadia acá, le apuesto.

—En serio, tengo que cortarle.

—Pucha, uno los cría y así la tratan.

—Buenos noches, mamá. Que descanse.

—Adiós, mi amor. Y llámeme, pues. No sea ingrato.

Alfonso cuelga el fono con fuerza. Va al refrigerador, coge un yogur y regresa al sofá. Con el control remoto sube el volumen.

El 777

El 777 es un bar ubicado en el segundo piso de una casa de madera que no por casualidad se ubica en el 777 de la Alameda Bernardo O'Higgins. Que esta casa aún exista después de innumerables incendios y terremotos supera lo que comúnmente se denomina buena suerte. Y lo que ya roza con lo milagroso es que ningún constructor la haya demolido para levantar una torre como las que hay en el resto de la cuadra.

Quizás por su ubicación o por el hecho de que funciona toda la noche, el 777 atrae como un imán a lo más radical de la bohemia santiaguina. En el 777 uno se topa con actores y ladrones. Unos y otros se llevan bien, se complementan. Es gente que acostumbra vivir de noche.

—Además —le explica Celso a Alfonso—, tienen algo muy importante en común: si son buenos, te roban el alma sin que te des cuenta. Así que ojo con tu billetera.

Es casi la una de la mañana. Alfonso y Celso Cabrera suben la escalera larga y sinuosa que une la Alameda con el bar.

—Puta la huevada larga.

—Escalera al cielo —le comenta Alfonso.

—Al infierno, huevón.

El bar tiene algo de casa de fundo abandonada. Son varias piezas unidas por puertas ausentes. Las mesas y las sillas son estilo fuente de soda de barrio.

—Antes, cuando los diarios cerraban al alba, todos iban al Hércules, a El Bosco, al París de Noche. Ahora sólo va quedando el 777 —dice Cabrera.

Esta noche los ambientes están poco mezclados y no cuesta distinguir a los actores cesantes de los ladrones con suerte.

En una de las mesas más aisladas, rodeada de cervezas, humo y jovencitos con aspecto de poetas suicidas, una mujer mayor, enorme y arrugada, brilla gracias a su turbante plateado.

—¿Sabes quién es? Es Fatale.

—¿La de la columna *Femme*?

—Exacto. Guillermina Izzo De la Sota, quizás la más romántica y glamorosa de todos nuestros colaboradores.

Se sientan en una mesa con vista a la oscuridad de la Alameda.

—Un jarro de borgoña, por favor.

Cabrera enciende un cigarrillo y tira el fósforo al suelo.

—Gran local éste, Celso. Me siento como en tu novela. Oye, todo eso que cuentas, ¿es verdad?

—Me acabas de honrar con esa pregunta. Si te lo creíste, es verdad. Claro que es verdad.

Una mujer posa una gran jarra trizada en la mesa. Los trozos de chirimoya giran como peces en medio de una tormenta.

—Me cuesta creer que algo así existe a un par de cuadras de mi casa.

—Faúndez venía mucho. Después de los estrenos. Cuando era crítico teatral.

—¿Qué?

—Durante años fue el crítico de *El Clamor*, pero se aburrió. No toleró el ambiente ni las vendettas ni el comidillo. Se quedó con lo policial. Prefirió la sangre de verdad.

—Increíble. No me lo hubiera imaginado.

—No se lo comentes. Incluso esa Guillermina fue amante de él.

—¿Sí? Cuéntame más sobre ella. Me parece total.

—Puta, veamos —dice Celso mascando un trozo de chirimoya hinchado de vino—. Guillermina debe ser mayor que este local. Ha publicado muy poca poesía pero es considerada una de las grandes poetisas de este país. No tanto por su obra sino por su vida. Fue la musa de todos los grandes. Amó y pegó. Acuchilló a una puta que trató de quitarle a su hombre. Golpeaba a los poetas mediocres por no estar a su altura. Ahora vive gracias a una pensión de gracia del gobierno. Y a las columnas.

—Nunca la he visto en el diario.

—Se niega a ir. Vive a dos cuadras de *El Clamor*, en un conventillo cerca del Cerro, pero camina veinte cuadras hasta el Correo Central. Ahí las deposita. Se demoran, con suerte, dos o tres días. Siempre utiliza el mismo sobre y papel: *Encuentro de escritores y poetas latinoamericanos*. Parece que en los años cincuenta organizó un congreso internacional y le sobró papelería.

—¿Nunca se casó?

—Pero ha tenido mil amantes. No me extrañaría que uno de esos chicos sea el elegido de esta noche. Cuando toma mucho, hay que ir a dejarla porque queda muy mal. Ven, vamos a saludarla.

Alfonso y Celso caminan por un suelo de madera que vibra con cada paso. Antes de que lleguen, Guillermina Izzo posa sobre ellos su mirada turquesa, detiene con un gesto la conversación con los poetas y alza su boquilla con el cigarrillo hacia el cielo.

—Celso Cabrera, el terror de la noche. No

confiaría ni mi alma ni mis llaves a tu subrepticia aunque atractiva figura.

—Guillermina, tanto gusto de veros —le dice besándole la mano como si ella fuera parte de una dinastía real en extinción—. Y un inmerecido honor, como siempre.

—¿Y este chico tan guapo e inexperto? Has subido en la escala social, veo.

—Yo mantengo mis gustos arrabaleros, Guillermina. Él es Alfonso, joven reportero estrella. Ahijado de Saúl Faúndez...

—Ese animal en la cama y en la página.

—Así es. Y está a su altura. Va a dar que hablar.

—Acércate, chico. Saluda.

Alfonso imita a Cabrera y le besa la mano, entremedio de los anillos.

—¿Escribes, muchacho?

—No aún, señora.

—Eres oriundo de provincias, ¿no? —le dice con una voz pastosa con olor a pisco.

—Sí.

—Lo noté en tus ojos. Tenemos muchas cosas en común. Tal vez demasiadas. Pero ahora quiero pedirte un favor.

—Claro.

—No me juzgues así como me ves esta noche. Decrépita, vieja, deshecha. Trata de recordarme como no me conociste, muchacho. Cuarenta años atrás, ya estarías embobado, hechizado por mí, imaginando desesperadamente cualquier treta con tal de acostarte conmigo. Ahora, en cambio, te doy asco, te apabulla mi fama y quieres huir porque sabes que colecciono carne joven. Pero algún día no demasiado lejano tu lozanía te abandonará, muchacho, y saldrás a la noche en busca de lo que ya perdiste.

Los hombres oscuros

La noche está más añeja que la mayonesa que cubre los completos de las vitrinas del Portal Fernández Concha. Saúl Faúndez sale a la puerta del local y se tambalea al pisar la vereda.

—Está pesado el calor esta noche. Va a temblar, cabrito. Acuérdate.

Alfonso y Faúndez han estado tomando toda la noche. Nada de vino o pipeño. Nada de cervezas. Trago duro, destilado.

Alfonso empuja la pesada puerta metálica del bar La Sangre y la Esperanza, y de inmediato comienza a sudar.

—Fíjese en la niebla, don Saúl. Está entrando como si estuviéramos en el mar.

—Está bien raro. El calor a esta hora, la humedad, la niebla. ¿Estás seguro de que estamos en Santiago?

—No —le dice Alfonso riéndose—. No tengo ni la más puta idea de dónde estamos.

Un taxi, con las luces apagadas, avanza por el empedrado de huevillo de la angosta calle curva. Un fósforo que enciende el chofer ilumina el interior del auto. Le hace una seña a Faúndez.

Alfonso divisa la luna fundiéndose detrás de la niebla que se cuela por los techos góticos del barrio. Faúndez habla, en murmullos, con el taxista hasta que éste decide encender el silencioso motor y partir.

—Caminemos, mejor, Pendejo. Así bajamos el trago.

—¿Y el taxi?

—Quería llevarnos a casa tomando el camino largo del vicio. No fue tan fácil decirle que no. Eso es lo malo de andar a esta hora. Uno es capaz de decirle que sí a cualquier cosa.

Fernández levanta el cuello de su chaqueta y entierra las manos en el fondo de sus bolsillos. Ambos están vestidos de oscuro.

—Ahora está refrescando. Huele la niebla. Es gruesa, ¿te fijas? Áspera.

—Se me está enfriando el sudor.

Por donde caminan no hay autos ni buses, sólo árboles añosos y muros coronados con trozos de vidrio y alambre de púas. La vereda, mojada y humeante, es irregular como una dentadura sin frenillos.

—Tomé mucho. Me va a doler la cabeza mañana. Ya siento el hacha.

—Tienes que hacer lo que hago yo, Pendejo. Cuando llegues a tu casa, te tomas un vaso entero de agua, después dos aspirinas con un segundo vaso de agua e inmediatamente después te zampas el tercero. Pero hasta el final, ¿ah? Te vas a sentir como pecera pero amanecerás como nuevo.

El par camina en silencio, el ruido de sus zapatos imitando los latidos del corazón. Las baldosas están agrietadas y hay desniveles; cuesta caminar. Faúndez se balancea a veces, pero nunca pierde el equilibrio ni el rumbo. El ambiente huele a pasto regado, jazmines maduros y tierra demasiado seca.

—¿Dónde vives?

—En una de las torres San Borja.

—No es tan lejos. A esta hora, nada es tan lejos. Se puede caminar.

—Sí.

—Te acompaño. Por último, tomo un taxi ahí.

La luz de los faroles es tan débil que apenas ilumina el transpirado follaje.

—Y ahí en las torres, ¿vives con tu vieja?

—Con mi abuela y mi tía Esperanza, que es profesora.

—¿De?

—Ah, de Educación Cívica, creo. En el Liceo Uno. No hablo mucho con ella.

—¿A ella se le mató el marido?

—Sí.

—¿Y es buenamoza?

—Don Saúl, no creo que le convenga. Las viudas en mi familia no salen con hombres.

—¿Y tu madre? ¿Por qué no vives con ella?

—Es de Viña. Somos de allá. Pero ahora estoy en Santiago. Por eso vivo acá, con mi abuela, pero ahora no está.

—¿Está en Viña?

—Sí —le responde Alfonso muerto de la risa.

—¿De qué te ríes?

—No sé, estoy curado, creo. Es como... no sé, tonto.

Alfonso sigue riéndose. Su eco retumba en los vidrios de las casas.

—En realidad, don Saúl, si uno lo piensa, no hay nada más patético que hablar de uno mismo. Como que... como que todo se vuelve aun más penca de lo que es. Como que cuesta justificar por qué uno vive así o asá. Uno no más vive.

—Así es: uno vive no más.

Una horda de gatos araña el plástico de una bolsa de basura que expele vapor y un lechoso olor a garbanzos rancios.

—¡Fuera!

Doblan en una esquina con un letrero que dice *Talabartería,* escrito con herraduras. Una cuadra más allá aparece la Avenida Independencia.

—¿Y tu padre, Alfonso?

—No me gusta hablar de él.

—Pero a veces uno tiene que hablar de las cosas que no quiere —le dice e intenta ponerle un brazo sobre el hombro. Alfonso se retira y aumenta la velocidad de su paso.

—No sé si hoy. No me siento muy bien. Creo que estoy hablando más de la cuenta. No me quiero arrepentir después.

Las luces de los faroles de la avenida se pierden dentro de la tupida neblina. Es como si la ciudad se hubiera dado una larga ducha caliente. La temperatura ha descendido en forma violenta y la brisa ahora es un viento constante y matón.

—¿Y a qué se dedica?

—Es médico. Creo que lo echaron del hospital.

—¿Vive acá?

—Dicen que sí. Antes vivía en Talca, pero no me consta. Tampoco me interesa demasiado.

—¿Y cómo se llama?

—Alfonso Fernández, como yo, lo que es una pesadilla. Me retuerce las tripas saber que tengo un doble recorriendo las calles.

—¿Nunca se ven? ¿No te llama?

—Ya te dije que no —le grita empujándolo contra la pared—. ¿Eres sordo acaso? Basta. ¿Qué más quieres saber, por la puta?

—Disculpa.

—Perdón, perdón —le dice Alfonso—. Discúlpeme, don Saúl. No sé lo que... Lo que pasa es que...

Alfonso se tapa los ojos y respira profundo:

—No me gusta hablar de él. Ni de mí. Me acuerdo de demasiadas cosas. Él se fue cuando yo tenía cinco o seis años.

—¿Te pegaba?

—Ojalá.

Alfonso camina unos pasos y se detiene. Se devuelve adonde está Faúndez.

—Nunca me ha tocado. No le intereso, no me pesca. Tampoco me ha enviado plata, llamado, nada. Si no fuera por mi madre...

—Las madres siempre se hacen cargo.

—Por eso ella me pide que firme Ferrer. Fernández Ferrer. Dice que con eso cancelo mi deuda, todos sus sacrificios. Mi abuela quiere que anule el Fernández.

—Tú sabes, Pendejo, que vas a seguir siéndolo aunque no lo quieras.

—Lo pienso todos los días, don Saúl. Cada vez que me levanto. Me aterra pensar que me puedo convertir en él.

El sol comienza a dejar ver su luz. Alfonso y Faúndez cruzan el puente y se internan hacia el centro por 21 de Mayo.

—¿Un café, Pendejo?

—Lo he visto dos veces. Cuando murió su madre, mi abuela. Yo tenía dieciséis. Después lo vi de nuevo un par de años atrás. Acá en Santiago.

Alfonso se detiene y guarda silencio. Mira a Faúndez a los ojos. Habla:

—Estaba en Providencia, después de clases. Había trabajado haciendo unas encuestas y recién me habían pagado, así que andaba con plata. Entré a una librería y me instalé ahí a hojear libros cuando me fijo que alguien me está mirando. Es mi padre. Es tal el shock que no sé qué hacer. Él me saluda como si me hubiera visto ayer, me pregunta qué estudio, qué hago, qué ando buscando. Le dije que andaba comparando los precios de los diccionarios. Entonces el tipo llama al vendedor, le pregunta si tiene el de la Real Academia y me lo compra sin fijarse en el precio. Paga con efectivo, decenas y decenas de billetes, y pide que lo envuelvan. El cajero le pregunta si es para hombre. «Claro», le dice, «es para mi hijo.» Cuando el paquete está listo, salimos, me lo entrega, me pasa su tarjeta y me da la mano. Ah, y me guiñó el ojo. Nunca más lo he vuelto a ver.

—Chucha, ah.

—Tal cual.

—¿Lo llamaste?

—El teléfono estaba fuera de servicio.

Caliente como una tetera

El reloj marca las doce y el cañonazo del cerro Santa Lucía remueve los cimientos de los edificios cercanos. Una bandada de palomas asustadas roza el parabrisas de la camioneta que avanza por Victoria Subercaseaux rumbo al paso bajo nivel.

—Ya se nos fue la mañana —reclama Faúndez—. La Pesca nos está quitando demasiado tiempo. Mucha burocracia y poca calle.

—Pero las fotos salen buenas, Jefe —señala Escalona.

—En mis días uno se las arreglaba solo. No debía favores. Un hombre con deudas es lo mismo que un hombre asustado. Termina trabajando para otros.

La camioneta se interna por las rectas y angostas calles del cuadriculado de Santiago sur. Radio Sensación toca temas de la Nueva Ola. La gangosa voz de Buddy Richard interpreta *No voy a llorar.*

—Hay dos cosas que un hombre no debe tolerar: ser amenazado y amenazar. Quiero que te grabes eso, Pendejo.

Los cuatro se quedan en silencio y absorben los lamentos de Lucho Barrios. Las casas de fachada continua son todas iguales: chatas, polvorientas, dejadas de la mano de Dios.

—Yo por hoy llego hasta aquí, Pendejo —dice Faúndez después de un largo rato—, necesito un poco de libertad. Tú sigue a la mueblería y entrevista a los

testigos. Que elucubren por qué el karateka lo mató.
Yo tengo que cumplir una diligencia.

—¿Algún problema, Jefe?

—Que estoy más caliente que una tetera, ¿te
parece poco? Si no me echo un polvo luego, me voy a
tener que meter a un baño a corrérmela.

Faúndez abre la guantera y revisa una serie de
fotos en blanco y negro. Todas de varones muertos. Cada una tiene un clip adjunto que sujeta en su lugar el recorte de prensa correspondiente al caso. Detrás de cada
foto, en letra roja, está escrita la dirección de la viuda.

—¿Dónde estamos, Camioncito?

—Copiapó al llegar a Nataniel.

—Veamos. La más cerca sería... Espérame un
poquito... Ah, perfecto, doña Yolanda Regular viuda de
Prieto, el contador que fue arrollado por una lancha.

—El de la calle Curicó —recuerda Alfonso.

—Exacto —replica Faúndez—. Puta el jetón
con mala cueva. Que una lancha vuele desde un camión y te agarre por la espalda es como mucho.

—Es que la media velocidad con que frenó,
también —agrega el Camión.

—Esta mina vive por la calle Chiloé.

—¿Por el gimnasio de la Federación de Box?

—Más allá, pero por la misma calle. Anda a dejarme primero.

—Vale —contesta el Camión.

—¿Como a qué hora lo paso a buscar?

—Cuando terminen y partan al diario. Si es
cosa de meterlo y sacarlo. Con eso me basta.

Alfonso y Escalona se miran e intentan repri-
mir la risa.

—Alfonso.

—¿Sí?

—Tú me entiendes, ¿no? Son necesidades bio-
lógicas. ¿Puedo confiar en ti?

—Yo me hago cargo. No hay problema.

—Entonces te vas a la mueblería y después a
eso del baleo en La Legua. Si lo haces bien, puedes firmar con todas tus letras.

—¿El segundo apellido también?

—Puta, huevón, si la mina me lo suelta puedes
agregar hasta el número de tu carnet.

Los Buenos Muchachos

—¿Así que piensas abandonarnos, Celso?

—Después de tantos años metido en una celda, cuesta volver a encerrarse en este valle, amigo. Necesito más aire del que sopla acá. Cada tanto, al menos. Al final, y tú, Faúndez, lo sabes mejor que yo, un criminal siempre vuelve al sitio del suceso.

—Así es, Cabrera. Así es. ¿Y a dónde piensas arrancarte?

—Estuve hablando con el Chacal y Rolón-Collazo. Se les ocurrió una buena idea: que repitiera mi numerito de *La Decadencia de Occidente*.

—Gran columna. Una de las mejores que se han publicado en este país, Celso.

—Pero ahora quieren que sea en Asia. *La Decadencia de Oriente*. Una suerte de segunda parte. La idea es que me vaya a meter a los peores tugurios del sudeste asiático. Y Japón y China y la India y el Medio Oriente, también. Me han hablado muy mal de Turquía, por eso quiero partir en Estambul.

—Tienes que hablar con el Camión. Ese huevón qué no hizo en Tailandia.

—¿Sí?

—Si fue marino mercante. Parece ballena, pero es lobo de mar.

El local se llama Los Buenos Muchachos, está al final de Ricardo Cumming, cerca de Mapocho, y es de ese tipo de locales que fusiona parroquianos, gente del barrio alto que baja y turistas extranjeros en busca de folclor.

—¿Por qué elegimos este local? —reclama Leopoldo Klein con su vozarrón grave—. ¿Alguien tendría la decencia de ofrecerme una explicación? No tolero la algarabía de burócratas enfiestados.

—¿No toleras la qué? —le pregunta secamente Celso.

Klein tose hasta ponerse rojo y agrega:

—¿Por qué no fuimos a la Casa de Cena? Ahí sí que uno se siente cómodo. Me tratan de usted. Saben quién soy.

—Deja de reclamar —lo amenaza Cabrera.

—Tejeda reservó la mesa —explica Faúndez—. Le hicieron un descuento.

—Espero que tengan la gentileza de llegar pronto —agrega Klein—, porque yo no tengo toda la noche. Como ustedes saben, tengo la virtud de levantarme al alba a escribir mis apuntes y completar mis archivos.

Los Buenos Muchachos tiene capacidad para más de mil personas en varios salones. De un tiempo a esta parte se ha legitimado como centro de eventos donde legiones de oficinistas organizan despedidas o celebran cumpleaños, promociones o aumentos de sueldo.

—Faúndez, hombre —continúa Klein—, ¿a qué hora dijeron que iban a llegar?

—Mira, Leopoldo, agradece que te invitaron. ¿Pagaste tu cuota?

—Conozco a López Suárez desde la matanza del Seguro Obrero —le responde antes de comenzar a toser una vez más. Es una tos densa, de fumador tuberculoso. Pareciera que la figura pequeña y veterana de Klein fuera a partirse en dos.

La mesa es muy larga y el mantel rojo recuerda una alfombra por la cual han pasado demasiados dignatarios importantes.

—¿Y Escalona? —pregunta Celso.

—Marcando tarjeta. Con su mujer y los cabros. Los iba a llevar a una función de títeres a El Llano.

—Marido ejemplar ese Escalona.

—Algo bueno que tenga.

Faúndez está en la cabecera más cercana a la pared, justo debajo de unas espuelas. Cabrera, Klein y Fernández apenas logran ocupar la décima parte de la mesa. Un mozo se acerca a ellos y les pregunta qué desean ordenar.

—Estamos esperando a un grupo numeroso.

—¿Algo para tomar mientras tanto?

Leopoldo Klein lo interrumpe:

—Yo voy a pedir. No puedo esperar toda la noche. ¿Tiene algo que no sea parrillada? Me parece un verdadero insulto gastronómico.

—Como entrada le puedo ofrecer un ceviche de cochayuyo con erizos.

—Sobre mi cadáver. ¿Me quiere matar?

—Yo quiero uno —dice Celso—. Ideal para mantener dura la pichula cuando más hace falta.

El mozo lo mira y trata de desentenderse.

—No le haga caso, es un ex recluso —le explica Klein—. A mí me trae un consomé sin huevo y después una pechuga de pollo a la plancha con una papa cocida.

—¿Qué más tiene? —pregunta Celso jugando con el cuchillo.

—Tenemos arrollado de chancho con pebre, que está muy bueno. Y el charquicán con plateada acá es muy famoso, lo mismo que el chanchito campero con puré picante.

—Tráigame uno de ésos —le acota Celso—.
¿Faúndez?

—Yo quiero una cucharada de aceite de oliva
virgen.

—¿Y una ensalada de porotos verdes con palta, quizás?

—Nada de huevadas. Me trae el tarrito, me
trae la cuchara y listo. Esta noche quiero tomar y el aceite me cicatriza el estómago. Quedo protegido y listo para la foto.

—¿Y ese truco, huevón?

—Me lo enseñó la Roxana.

—¿Qué otras huevadas te ha enseñado?

—Ésas no las puedo mostrar en público.

La mesa se ha llenado y no hay un solo puesto vacío. En
la otra cabecera, a varios metros de Faúndez, está el fes-
tejado, don Florencio López Suárez, muy de traje y corbata. Su pelo canoso tiene un leve tinte a nicotina que
contrasta con el blanco rutilante de su placa dental.

Rolón-Collazo no está presente pero sí Ortega
Petersen, de jersey ceñido y bronceada de club de golf,
lo mismo que Darío Tejeda, que no deja de encender-
le cigarrillos a Guillermina Izzo, que los fuma con boquilla.

—Ya está borracho el tonto de Reinoso —critica Cabrera—. Se toma una Bilz y queda mareado.

—Un gran hombre —lo defiende Leopoldo
Klein.

—Si es un mono de taca-taca. ¿Cuánto mide?
¿Uno cuarenta? ¿Menos? Imposible tomar en serio las

críticas literarias de alguien que se puede parar bajo la mesa.

—Estás cada día más demente, Cabrera. Una cosa no tiene nada que ver con la otra.

—¿Realmente crees que los centímetros no importan nada?

—Nunca debieron dejarte salir de la cárcel, huevón.

—¿Tú crees que si Danilo...? ¿Cómo se puede llamar Danilo? ¿Alguien me lo puede explicar? Desde ahí ya estamos mal.

—Sigue, por favor —le pide Faúndez.

—Si el esponjoso del Danilo Reinoso no tuviera esa estatura de juguete, esa fofería, esa incapacidad congénita de enfrentar la vida, ¿tú realmente crees que sería crítico? Es porque no tiene otra cosa que hacer. Si tuviera una vida propia, dejaría de criticar a los demás.

—La crítica es un arte incomprendido —le replica Klein intentando cerrar la discusión.

—Los grandes críticos y los grandes escritores son aquéllos que, pudiendo estar en la calle, optaron por ingresar a la biblioteca y dedicarse a las letras. Desprecio a los que abrazaron la causa porque no les quedó otra. ¿Quién es Danilo Reinoso para andar opinando sobre los demás? ¿Qué sabe de la vida? Dedica su tiempo libre a inventar crucigramas, por la puta.

—No los hace mal —sugiere Faúndez.

—Cierto —replica Cabrera—, pero ésa es su cumbre. Le he insistido mil veces al Chacal que lo despida, pero el insecto es protegido de Tejeda. Lo que *El Clamor* necesita es recuperar su lugar de vanguardia de las artes.

Cabrera llena su vaso y se lo toma al seco. Su ojo de vidrio parece tornarse más brilloso.

—Tú, Leopoldo, y te lo digo no más porque estoy medio tomado, eres el mejor crítico de cine del país. Tus análisis de cintas pornos son las mejores de América Latina. Salud.

—Eróticas, no pornos.

—Uno te lee, Klein, y sabe perfectamente si se va a calentar o no.

—Trato de ser objetivo.

—Y lo eres. Donde te caes es con tu gusto por el cine europeo y las comedias musicales, pero no te voy a atacar más, porque te quiero, huevón culeado. Tú sabes que te quiero, ¿cierto?

—Me lo temía, sí.

—Tú y Faúndez eran los grandes. Notables críticos insobornables. Y al mando de Arístides Ceballos, que hizo de *El Clamor* la ventana literaria de este país. Que Danilo Reinoso publique en nuestras páginas es un insulto a la memoria de Ceballos y las prestigiosas firmas que han aparecido en este importante diario. Salud otra vez.

—Salud —responden los otros al unísono.

—Faúndez —le dice Cabrera—. Contéstame en forma sincera. Si alguno de los malditos publicara hoy, ¿cómo crees que sería evaluado por el fofo de Danilo Reinoso?

—No les daría la luz del día.

—A eso quería llegar. ¿Estás de acuerdo, viejo?

—Ahí sí. Reinoso vomita con Gómez Morel. Diría que *El río* es basura.

—Oye, Alfonso, ¿lo has leído? —le pregunta Cabrera.

—Es increíble. Envidiable. El Dickens del Mapocho.

Faúndez les llena los vasos a los cuatro. Se ven

tan absortos que parece que estuvieran a solas en la mesa.

—De acuerdo —dice Leopoldo—, veo tu punto, pero los tiempos han cambiado, Cabrera. Realmente dudo que hoy alguien como Méndez Carrasco, para nombrar a un amigo de todos, tuviera más cabida que antes.

—Menos. Tendría menos. Eso es lo que quiero decir, lo que les quiero explicar. Toda la gallada escribe para ganar premios. Todos usan el arte para entrar, no para quedarse fuera, que es donde hay que estar.

—Te encuentro toda la razón. Ninguno de estos nuevos iría a los bares y las casas de putas a vender sus libros.

—Yo vi a Juan Firula y al Paco Rivano vendiendo en una feria, en un carretón.

—Hoy todos andan buscando premios y becas. Me acuerdo como si fuera hoy de cuando Méndez Carrasco me dijo: «Después de la injusticia que cometieron con Nicomedes Guzmán, jamás aceptaría el Premio Nacional de Literatura». Nunca, claro, anduvo cerca siquiera de estar nominado, pero el muy culeado sentía que estaba optando por un código de ética superior.

—Eso es lo que se ha perdido.

—El populismo literario terminó qué rato. Es cierto. Ya nadie quiere imprimir sobre papel roneo.

—Una noche estábamos con Gómez Morel en La Unión Chica. «Cabrera», me dijo, «quien presuma de escritor, o desee convertirse en tal, jamás debe posar de héroe ni de víctima.» Ya estaba viejo, en las últimas, pero tenía su dignidad. Y me dio un consejo que sigo hasta hoy: «Trata de decir la mayor cantidad posible de verdades, aunque te perjudiquen. Desconfía de toda verdad que no duela».

Todos quedan en silencio. Faúndez vuelve a llenar las copas. La nariz de Leopoldo Klein está bermellón.

—Escuchaste, Pendejo. Ahí tienes una lección de vida.

Puerto (semi) principal

—La foto del ahogado en Cartagena. Eso se llama tener cueva, ¿no?

—Buena cueva para nosotros, no para el pobre huevón —le responde Escalona a Fernández.

—Sí, claro. Pero la foto va a quedar buena. Eso es lo que importa. El tipo se ahogó igual. No es culpa tuya.

—Espero.

—¿No estarás con dudas?

—Dudo que se publique. Creo que ni siquiera voy a presentarla.

—¿Pero por qué? Un cabro joven, símbolo del verano popular. El ahogado más bello del mundo. ¿Leíste ese cuento?

—No, pero tienes razón: era bello.

—¿Viste cómo las minas le miraban la pichula? —comenta el Camión.

—Es difícil verse bien cuando uno se muere —reflexiona Escalona obviando a Sanhueza—. Los que mueren tranquilos son los que mejor quedan para la foto. Ese cabro se dejó morir. O había tomado mucho. Eso se le nota en la mirada. Tenía una mirada tranquila.

—¿Su mirada?

—La mirada de la muerte. El ojo se fija en la última imagen que el tipo vio. Tengo cientos de fotos de ojos muertos en que, si uno se fija bien y abre su corazón, ve lo que vio el muerto.

—No te creo.

—Los trozos de piernas son una imagen menos fuerte que los ojos. Pero esas cosas no se pueden publicar en el diario porque impactan demasiado. Mientras más humana es la muerte, menos centímetros te dan en el diario.

—En otros países uno puede publicar lo que quiere —interrumpe el Camión sin entender—. Puta, en Ecuador los diarios te muestran los pedacitos, las tripas en el suelo. En Panamá igual. Eso sí que es periodismo, no como este país cartucho que todo lo tapa.

Alfonso, Escalona y Sanhueza están en el Liverpool, al frente de la entrada al puerto de San Antonio. En la mesa hay tres botellas de pisco vacías y varias de Coca-Cola.

—Hey, amigo, me trae otra —le grita el Camión al mozo.

—Yo no quiero más, Camión. Recuerda que tenemos que levantarnos temprano. Hay que estar en la morgue, ir al juzgado. Quiero entrevistar a ese salvavidas en Cartagena. Una nota humana, algo así.

—Invéntala —le contesta Sanhueza mientras mezcla otra piscola.

—Mira, si nos dejaron quedarnos a alojar es porque la noticia es buena, así que hay que cumplir. Reportearla hasta que no dé más jugo.

—Tiene razón el Camión. Es puro relleno, ¿no te das cuenta?

—¿Qué te pasa?

—Mochileros se agarran en El Quisco. Media huevada. Esto no es el caso de los sicópatas de Viña, huevón.

—¿Y para qué nos mandaron, entonces?

—Porque te lo ganaste.

Alfonso toma su piscola y piensa. Su cara está

roja por el sol de la tarde. Comienza a mordisquearse una uña.

—Yo creo que me están probando —confiesa—. Quieren ver cómo funciono en terreno. Sin Papá Faúndez. Ver cómo me las arreglo con ustedes.

—Te ponen a prueba hasta que se acostumbran —le dice Escalona—. Después se olvidan.

—¿Sí?

—¿Vos creís que les preocupa si les robo cargas de fotos? Cumplo. No perfectamente, pero algo es algo.

—¿Otro? —pregunta el Camión.

En el puerto está atracado un barco con bandera coreana, por lo que el bar está lleno de marineros orientales que hablan bajo. Un grupo de polacos está trenzado en una competencia de gallitos. Del wurlitzer sale una voz femenina que sigue una melodía peruana.

«...mi sangre, aunque plebeya, también tiñe de rojo...»

—Gran mujer la Palmenia —comenta el Camión.

—Y chuchas que ha sufrido la pobre —agrega Escalona—. Con eso de ser yeta.

—Yo una vez la vi cantar en vivo —confiesa Sanhueza.

—¿Sí?

—En Guayaquil, la axila del mundo. Me gasté un turro pero valió la pena. Le dije que también era chileno y que estaba de paso. Me regaló una flor.

—Eso es clase.

Los polacos gritan y se abrazan y besan al gordo que finalmente venció. Uno de ellos le pasa una botella de vodka y él se la toma al seco.

—Puta que me gustan los puertos, Fernández. Lo que tú tienes que hacer es viajar. Como yo.

—Quizás, Camión. Pero antes de irme hay un par de cosas que me gustaría hacer acá.

—¿Como qué?

—Como transformarme en alguien.

—¿Lo hueles?

—Es la harina de pescado —le contesta Alfonso tapándose la nariz—. La fábrica está al frente.

—Me encanta —le responde Sanhueza caminando por la costanera—. Aroma a mina. Necesito un hoyo pronto, huevón. Conozco una casa de putas. Está cerca del hotel. ¿Vamos?

—No creo.

—Acompáñame, Fernández. Si te gusta una, vale. Y si no, vas a pajearte al hotel. Estas maracas hacen precio. Además, nos dieron viático.

—Que pudimos gastar en un hotel mejor —comenta Escalona—. El nuestro es una pocilga. Por suerte no me toca dormir con vos. Te compadezco, Alfonso.

Alfonso le hace el quite a un montón de cabezas de pescados que están tiradas en el suelo. Desde el centro de la ciudad llega la melodía de una cumbia.

—Hay hueveo. Bien.

—Deberíamos habernos quedado en esa residencial de El Tabo.

—Aquí está todo pasando, huevón.

Frente a la estatua de San Pedro, Alfonso se detiene a amarrarse el zapato.

—Oye, Camión, ¿tú nunca te has casado?

—Estoy bien como estoy. No le rindo cuentas a nadie, tengo mi pieza, puedo partir cuando me dé la puta gana.

Sanhueza inhala y escupe un gargajo al mar.

—En Chile a las esposas no les gusta chupar pico. Prefiero pagar.

—¿Y no te sientes solo?

—Un marino nunca se siente solo.

—¿Y tampoco te has enamorado?

—No preguntes huevadas, ¿quieres? Pareces mina.

Las luces de los barcos se reflejan en el mar, que está calmo y muerto. La noche está como una cocina caldeada donde ha hervido durante mucho tiempo un caldo de choros.

—Prefiero gastar mi plata en trago y no en leche para un pendejo que después va a pensar mal de mí.

Sanhueza enciende un Liberty con furia. Apaga el fósforo con sus dedos.

—Ya, me voy. Nos vemos.

El Camión se pierde dentro de la noche. Escalona y Fernández caminan hacia el hotel.

—Extraño personaje —comenta Fernández—. Como que uno no sabe lo que piensa.

—Yo creo que uno sí sabe exactamente lo que piensa. Ése es el problema.

—¿Y tus hijos, Escalona?

—Durmiendo, espero.

—¿Tú crees que te joden?

—A mí no pero a Faúndez sí. Es la cruz que carga. El Nelson es el ancla que lo amarra y lo hunde, huevón. No puede partir porque el cabro nunca se le va a ir. Aunque tenga sesenta años, va a tener una edad mental de cuatro. Lo va a tener al lado suyo hasta el último día de su puta vida. Y eso él lo sabe. Me lo ha dicho.

Las piezas del hotel Colonial no tienen ventanas ni ventiladores. Tampoco baño privado, sólo un lavatorio y un pequeño espejo saltado. Las fonolitas del techo guardan la temperatura del día, por lo que el calor se deja sentir.

Alfonso abre los ojos con el portazo. El Camión, incontrolablemente borracho, enciende la única ampolleta que cuelga del techo.

—¿Qué hora es?

—Las cinco. Tempranito aún pero ya descargué la pila. Dos veces. Y me dejó chuparle la zorra. No cualquier puta te deja, pero hice que la maraca acabara con los toquecitos de la sin hueso —dice mientras juega con su lengua y desenfunda su pistola Luger.

—Estaba durmiendo. ¿Puedo continuar?

—Sigue, huevón. Huevada tuya. ¿Qué me dices a mí? ¿O me vas a pedir que te lea un cuento, concha de tu madre?

Alfonso vuelve a cerrar los ojos pero el ruido que hace Sanhueza al desvestirse recuerda un temblor en una hojalatería.

—Silencio.

Sanhueza lanza sus pesados zapatones contra la pared. Uno cae cerca de la cabeza de Alfonso. Después comienza a cantar fuerte, desentonado, borracho:

—*Yo me alejé de ti, puerto querido, y al retornar de nuevo te vuelvo a contemplaaaar... La Joya del Pacífico te llaman los marinos...*

—Por favor —le suplica Alfonso.

—Puta la huevona —y sigue—: *Mas yo quisiera cantarte con todito el corazón, Torpederas de mi ensueño, Valparaíso de mi amor...*

Alfonso se incorpora y antes de hablar se enfrenta al espectáculo del Camión completamente desnudo, la marca de su camisa contrastando con el quemado severo de los brazos y el cuello. Sus tatuajes saltan a la vista en forma grotesca e inhumana y adquieren vida con cada inspiración. De entre sus piernas parece colgar una prieta recocida y aceitosa.

—Está bien. El recital se acabó —dice con una sonrisa etílica antes de darse vuelta y abrir la llave del lavatorio.

Alfonso se tapa con la almohada unos instantes, hasta que escucha el ruido del agua chapoteando y cayendo al suelo.

—¿Me puedes decir qué chuchas estás haciendo? —le grita.

—Lavándome la coyoma. No quiero que se me llene de quesillo. No sé cuántos chinos culeados la llenaron de chuño antes de que se lo enchufara yo.

Las bolsas del supermercado

Amanece nublado pero con calor. Fines de enero. La ciudad, vacía. Sospechosamente vacía. Fernández lee los diarios en la oficina de prensa de La Pesca. Luchito, un viejo fotógrafo de *La República*, de los de antes, de ésos que usan cámaras con fuelle, lee un libro amarillento. Se ríe solo.

—Qué lee, don Luchito —pregunta Fernández.

—*Cachetón Pelota*, de Armando Méndez Carrasco.

—Chucheta el viejo culeado, pero bueno —agrega Faúndez, que viene entrando con su típico jockey—. Poeta de alcantarilla ese Méndez Carrasco, mejor que el Bukowski que me prestaste, Pendejo. Yo le di algunos datos para *Chicago chico*. Él me apoyó para que escribiera mis memorias, algo así como lo que hizo Vergara con *El Inspector Cortés*. Tenía su pequeña editorial: Juan Firula, editor. Quería publicarme. *Prensa amarilla, memorias de la cloaca*. Pero yo era demasiado joven. Qué memoria iba a tener a esa edad.

—El Cachetón Pelota era un cafiche. Yo lo conocí. Tengo fotos de él —dice Luchito.

—Acuérdame, Pendejo. Te voy a prestar alguno de sus libros. Te voy a traer *Mundo herido*.

Fernández lee un crujiente ejemplar de *El Clamor*. Ve su nombre al comienzo de un artículo:

Sangre y arena

Mochileros veraneantes se tajean por caleta de pitos.
Dos muertos en pleno balneario.
(El Quisco, por Alfonso Fernández, enviado especial.)

El primer párrafo parte así:

Los bañistas que llegaron a tenderse ayer a la popu-
lar playa de El Quisco no encontraron las huellas del crimen;
la arena, se sabe, absorbe rápido la sangre. Los recuerdos, en
cambio, se disipan con menos facilidad. Cuando Nemo Fa-
jardo, diecisiete años, melena a lo Jim Morrison y collar de
conchitas alrededor del cuello, llegó con su mochila al balnea-
rio, el sol recién estaba comenzando a ponerse. Antes que ama-
neciera, su mochila flotaría en el agua y su cuerpo inerte reci-
biría los rayos de ese sol que tanto anhelaba.

—Pendejo, ¡tenemos pega! ¿Dónde está Escalona?

—Está abajo, tomándoles monos a unos monreros que agarraron en el Persa.

—¿Cómo te fue ayer? ¿Llegaste muy tarde?

—Alcanzamos a meter el artículo al cambio.

—Lo vi. Me gustó. Está bueno. Pero no aga-
rres papa, aún te falta mucho.

Camioneta amarilla, por la Costanera hacia arriba. Viajan rumbo a Las Condes. El Camión está muy quemado por el sol.

—¿Crimen en el barrio alto, Jefe? Me gustan

ésos —comenta Escalona limpiando su lente gran angular.

—Siempre y cuando podamos publicar algo, huevón.

—¿Y qué pasó ahora?

—No está muy claro. Una empleada hizo la denuncia. Encontró a un cabrito desconocido muerto en el living. Sin pantalones. Con la cara dentro de una bolsa de supermercado. Asfixia. Quizás estrangulamiento.

—¿Se lo echaron?

—No sé, a lo mejor.

—Suena a crimen de maracos. ¿Un mostacero quizás?

—Puede ser. O un extranjero. Es uno de esos apart-hoteles de lujo.

La camioneta llega frente a un departamento de lujo de la calle Napoleón. Hay una patrulla de Carabineros y dos autos de la Be Hache. Todos se bajan menos el Camión.

—Ayer anduve medio saltón —le dice Alfonso—. Perdona.

—Cada uno es como es.

La Brigada de Homicidios ya está dentro del departamento. Los peritos están midiendo y fotografiando el cuerpo. Faúndez habla con el inspector a cargo.

En el pasillo, vigilando la entrada, hay un detective joven, el pelo muy corto, un terno sin corte ni caída. El detective tiene pecas y ojos tristes como perro San Bernardo.

—Somos de *El Clamor.* Mi nombre es Alfonso Fernández, soy nuevo. Estoy haciendo la práctica.

—Detective Hugo Norambuena, también soy nuevo.

—Se nota. O sea, no quise decir...

—Relájate. Llevo dos meses en la calle.

—Estamos a mano, entonces.

—Vale.

—¿Eres de acá de Santiago? —le pregunta Alfonso sin demasiado interés.

—Del sur, pero estudié acá. En la Escuela de Investigaciones.

—Yo soy de Viña.

—¿Tu nombre era...?

—Alfonso Fernández.

—Cualquier cosa, Alfonso, algún dato, díme no más. Me llamas a la Brigada y si puedo ayudarte, tú sabes, encantado. Los provincianos tenemos que defendernos.

—Viceversa. En serio. Una cuñita no me vendría mal. Sin contactos, no se llega a ninguna parte.

—Así no más es.

—Partamos ahora. ¿Qué se sabe? ¿Qué han averiguado?

—Está raro, pero sí fue violación. Eso está clarísimo. A la fuerza. Sangre, semen, pelos, no nos van a faltar pistas. Una mierda, compadre.

—¿Cuándo ocurrió?

—Hace más de treinta y seis horas, pero casi no hay descomposición. El departamento tiene aire acondicionado y lo dejaron al máximo. Parece freezer. El que lo arrendó pagó al contado y no quiso aceptar el servicio de aseo. Parece que su identidad es falsa. Después de un par de días, sospecharon e ingresaron.

—¿Y la identidad del occiso?

El joven detective revisa su libreta.

—Camilo Molina Vera, dieciséis años, de La Pintana.

—¿Qué hacía por acá?

—Trabaja en el Unimarc. Trabajaba, digo. Está con uniforme. Ven, pasa.

Alfonso ingresa al helado departamento. La vista panorámica de la ciudad es impresionante. Por todo el living alfombrado hay plantas y flores. No hay pared que no luzca extraños cuadros modernos llenos de colores y formas. Un adolescente está tirado en el suelo, sin pantalones ni calzoncillos, decúbito dorsal. Tiene rasguños de uñas en los muslos y rastros de sangre a la altura del recto. Su cara está cubierta con una bolsa Unimarc, pero se deduce que es muy joven. Viste la cotona usual que usan los chicos que ayudan con las bolsas en los supermercados.

—El que hizo esto es un chacal —comenta Norambuena.

Fernández se vuelve pálido, se siente mal. Corre a la cocina. Ve el típico carrito de supermercado y un montón de bolsas. Abre el refrigerador. Está lleno de champaña. Saca una mineral importada. La bebe.

—Fernández, ¿qué haces? —le pregunta, con un vozarrón poco acostumbrado, Faúndez.

Fernández lo mira; está mal. Débil. Camina hacia él, lo abraza y se pone a llorar. El detective Norambuena mira en silencio.

—¿Qué? ¿Era conocido tuyo? No entiendo.

—No, no. Para nada.

—Calma, respira hondo.

—No sé lo que me pasa. Demasiado. Hace días que siento que la muerte se me está acumulando adentro.

—Sucede, Pendejo.

—Lo que pasa es que... Yo antes, cuando estaba más chico, trabajé en un supermercado. En Quilpué.

—Veo.

—De pronto, sentí que yo era el que estaba ahí con la bolsa, que era yo y que, no sé, había tenido más suerte que ese pobre tipo...

—No cantes victoria antes de tiempo, Alfonso. Te lo digo en serio.

La celda de la noche

Por los parlantes sale la voz de Pablo Milanés. Alfonso apaga el fuego de la cocina y la tetera deja de sonar. Se sirve un café, lo revuelve y lo lleva a la mesa.

El departamento está vacío y casi sin luz. Un alto de ejemplares recortados de *El Clamor* descansa arriba de una de las sillas del comedor. Dentro del Diccionario de la Real Academia de la Lengua, Alfonso esconde los artículos que acaba de seleccionar.

Se levanta, va a su pieza, enciende la luz y se sienta frente a su mesa-escritorio. Enchufa su máquina de escribir. El ruido del aparato llena la pieza. Inserta una hoja blanca, la centra y tipea:

La celda de la noche
por Alfonso Fernández Ferrer

Mira un rato la hoja y después alza la mirada hacia el afiche de Hemingway. Observa las palmeras. Vuelve a tipear:

Era una de esas noches en que se podía sentir la sangre coagularse bajo las veredas. Hacía tres años que en la ciudad no llovía y la gente estaba con sed. Saciarlos no iba a ser fácil.

Relee lo escrito. Se saca los zapatos y los calcetines. Los tira lejos. Abre el frasquito de liquid-paper. Lo huele. Lo vuelve a cerrar. Lo coloca en la repisa. Apaga la máquina. Saca la hoja y la arruga. La lanza sobre la cama.

Alfonso se levanta y revisa su estantería. Saca *El gran Gatsby*, que venía de regalo con la revista *Ercilla*. Regresa al living y se sienta en el sofá. Comienza a leer. Avanza varias páginas. Deja el libro sobre la mesa y entra nuevamente a su pieza. Enciende la máquina. Se sienta. Coloca otra hoja. La centra. La mira.

En la cocina se sirve un vaso de licor de menta que encontró en la despensa. Le echa dos cubos de hielo. En su pieza recoge la hoja arrugada, la estira y la esconde en una carpeta que está sobre la mesa. Se sienta sobre la cama y se toma la menta. Hojea las obras completas de Borges, ediciones Emecé, tapa dura muy usada. Con un lápiz subraya el verso de un poema. Regresa a la máquina. Tipea:

El gasto del tiempo
por Alfonso Fernández Ferrer

Si no se hubiera enamorado de la forma que lo hizo quizás no valdría la pena ni recordarlo. Para todos no era más que un principito millonario, un ser despojado de la realidad, desconectado, engreído y vanidoso, incapaz de preocuparse por alguien más que su propio ser. Si alguna vez un hada se le hubiera acercado a ofrecerle transformarlo en cualquier otro ser humano, educadamente habría desechado la oportunidad. Era obvio: Sebastián no se cambiaría por nada. No tenía necesidad. Hasta que conoció a mi hermana, claro, y su vida se vino abajo.

Alfonso sonríe y apaga la máquina. Coge una postal con una foto del fuerte de Niebla que está sobre su cómoda y regresa a la mesa del comedor. Bebe un sorbo del café. Hace una mueca. Da vuelta la postal. La lee:

Inepto, ¿qué tal?

Te equivocaste, hermano, debiste venir. Casi te echamos de menos. Terminamos embarrados y hasta con nieve pero fue total. Claro que lo de «carretera» es un decir. Apenas le da para huella. Matamos corazones en Puerto Cisnes y el Pera se enfermó en Balmaceda. Las mochileras, tal como nos habían precavido, van a la pelea (¡¡¡pero no teníamos condones!!!).

Llegamos a Valdivia el martes. Ya estamos en El Diario Austral. Jefe buena onda. Cero rollo que llegáramos tan tarde en el mes. Me asignaron cubrir semana valdiviana (qué penita…). Los cuatro vivimos en una casa de estudiantes en Isla Teja con vista al río. Cómo nos cambia la vida… Lo único malo: hay que quedarse hasta fines de marzo para así poder cumplir nuestra cuota de práctica.

Espero que no te asesinen los malandras. ¿Cómo va lo de la Nadia? Aquí, las minas alemanas sobran. Vente. Te esperamos. Acá tb hay crímenes. ¡Y pitos!

Un abrazo,
J. Facuse y compañía limitada.

Alfonso guarda la postal dentro del Diccionario y lo cierra. Regresa a su pieza y lo coloca en su estante. Relee lo que escribió en la máquina. Se tira sobre la cama y saca del velador un libro muy ajado. Tom Wolfe, *El nuevo periodismo*, editorial Anagrama. Comienza a leerlo desde la página que estaba marcada con un envoltorio de chocolate Trencito.

Después de unos minutos deja el libro sobre la almohada, saca un cortauñas del cajón del velador y parte a la cocina. Abre el refrigerador. Saca un yogur de frutilla. Del lavaplatos toma una cuchara sucia y la limpia con toalla Nova. Saca el cassette y coloca un Maxell que dice *Nadia S.* y, en letra chica, *Los Prisioneros.*

Se acerca al teléfono y marca un número. Al tercer llamado corta.

Alfonso abre la puerta corrediza de vidrio y sale a la terraza. Se sienta en una silla de lona desteñida. Come el yogur. Lo deja en el suelo. Comienza a cortarse las uñas de su pie izquierdo.

Rondando tu esquina

—Te invito a algo para paliar el calor, Pendejo.

Faúndez y Fernández caminan por la vereda sombreada de San Antonio. Faúndez anda con una camiseta de seda negra y una guayabera color café-con-leche. Escalona y el Camión van rumbo al diario a procesar las fotos. Un joven meteorólogo se suicidó respirando gas de un tanque, como si fuera un buzo, hundido en su tina de la calle Miraflores.

La jornada, curiosamente, ha estado céntrica. Nada de arrabales ni poblaciones perdidas: un baleo en una casa de cambios, un asalto a una farmacia de la calle Puente, una veterana atropellada frente al Teatro Municipal.

—Además tengo ganas de mear. Esto de la próstata no perdona.

Casi al llegar a la Alameda, doblan a la derecha por un callejón que aspira a ser calle sin salida. Rosa Eguiguren corre justo detrás de los Almacenes París y sus pocos metros se ven atochados de bolsas de basura sin recoger y cajas sin mercancía. El bar está ubicado justo debajo de una suerte de techo que cubre toda la calle, lo que le da un aspecto extranjero. Como si por ahí arriba pasara un tren, un metro, una carretera.

—Esta callejuela es una de las más peligrosas de Chile. Aunque no lo creas, el cruce más peludo de Santiago, donde estadísticamente te acuchillan más, no es ni La Vega ni la Estación Central. Es aquí, Alameda con San Antonio, a este lado, y lo que rodea a la iglesia de San Francisco, al frente.

—¿Sí?

—Pasadas las veintitrés, tienes un setenta por ciento de posibilidades de salir tajeado. Años atrás, Compañía y Estado era «la esquina de la puñalada», pero las cosas han cambiado mucho, Pendejo. El Chicago Chico ya no existe. Ahora todo se parece a La Legua.

El bar es el único local de la calle y está mal iluminado; tiene piso de fléxit y una barra de metal oxidada. El boliche se llama Isla de Pascua, pero no posee parafernalia tropical. No hay moais a la vista y la música que se escucha es definitivamente peruana.

—Don Saúl, cuénteme más de *Prensa amarilla*.

—No hay nada que contar. Yo estaba todavía en *Las Noticias Gráficas,* que por ese entonces era el diario más temido. Todavía Rolón-Collazo no me había levantado para llevarme a *El Clamor.* Lira Massi me presentó a Méndez Carrasco. Puta el viejo chucheta. El asunto es que quería hacer algo como lo que ocurrió con Rivano y *Esto no es el paraíso:* un paco que escribía sobre pacos, desde adentro.

—Lo leí.

—Pero yo no estaba listo. Al final, Cabrera escribió algo semejante. Por el estilo, digamos. Lo que pasa, Pendejo, es que uno escribe para vaciar la memoria y yo recién estaba acumulando experiencias. Desde que Firula se murió, todo quedó en nada.

—¿La idea era escribir una novela? ¿Inventada?

Saúl Faúndez se detiene a escuchar a Lucho Barrios, que brota del wurlitzer. *Rondando tu esquina* inunda el local e interrumpe la conversación.

—Ninguna novela es del todo inventada —le dice sorbiendo el borgoña—. Las buenas, digo. Pero ficción-ficción, no. No era ésa la idea. Eso es lo que me carga de los escritores de novelas. Que no sepan exactamente lo que van a narrar porque aún no saben lo que les va a ocurrir a los personajes. Eso no es vida. Demasiada sorpresa, Pendejo, te destroza.

—¿Realmente lo cree?

—Lo creo. Mira, cuando escribo mis notas sé lo que pasó, tengo todo bajo control y tengo que hacerlo corto. Pero lo más importante, Pendejo: sé que voy a tener lectores. Escriba lo que escriba, sé que me van a leer mañana por la mañana. Aunque sea un cargador de La Vega o un matarife como mi padre. Un autor sin lectores no es un escritor. Es como una puta sin clientes.

—Yo no sé...

—Mira, yo no podría sentarme a escribir y saber que, a lo mejor, mi libro ni siquiera va a terminar impreso. O capaz que nunca lo termine porque me puedo bloquear o quedar sin inspiración o alguna mariconería por el estilo. No estoy para esos trotes. ¿Para qué? Me gusta lo que escribo. Sé que no lo hago mal.

—Bueno, porque... No se puede comparar. Son cosas radicalmente distintas. No sé, pero yo, personalmente, creo que la gracia de la literatura es que lo lleva a uno a lugares donde nunca ha estado, lo transporta...

—¿Y?

—O sea, tampoco sé... No sé, pero me gustaría hacerlo. Escribir, digo. Escribir literatura. Cuentos, novelas. Cuando yo escribo, y no es que lo haya hecho mucho, también siento que logro cierto control.

—De acuerdo, Pendejo. Te concedo que puedes tener razón, pero cada uno a lo suyo. Control tengo y bastante. Sé que una línea más o un adjetivo menos le pueden significar a alguien su vida. Tengo claro, y me gusta, eso de saber que hay gente que se ha suicidado por culpa mía y, por otro lado, que por omitir o callar he salvado familias, matrimonios, empleos, lo que sea. En ese sentido, cargo con más control o poder que nadie de mi especie jamás pudo soñar. Y lo otro... ¿qué fue lo que dijiste?

—La escritura como transporte. Como escape.

—Redundante. Ya escapé. El periodismo ya me sacó del lugar de donde deseaba salir. Por eso no me interesa la literatura. Para qué seguir viajando si ya llegué. Estoy agradecido de las palabras. Por eso mismo, no intento pedirles más.

No estaba muerto, andaba de parranda

—Ya no llega —concluye Alfonso con pesar—. Partamos solos. Él sabe el código de la camioneta. Aparecerá.

—Ocurre cada tanto —afirma Escalona—. Vámonos, no más. Para eso te tenemos a ti de periodista. Tú saca el barco de la rada.

El lugar es la sala de prensa de La Pesca. Los otros reporteros ya están en la calle recogiendo la noticia. El detective Aldo Vega termina de hablar por teléfono y se integra:

—Si resucita, lo pongo al día —promete—. No creo que esté muerto, a lo más andará de parranda.

Roxana Aceituno termina de pintarse las uñas. Tiene las piernas arriba del sillón. Sus sandalias de taco alto son amarillas, lo mismo que su vestido estampado de girasoles a lo Van Gogh.

—Espero que esté bien muerto, detective —dice con rabia. Después agrega para sí misma—: Si sale de parranda, por lo menos podría invitar.

—Nosotros partimos, detective.

—Alfonso, ¿puedo ir? Te puedo apoyar. La unión hace la fuerza.

—Roxanita, ¿usted en la calle? —le dice el detective—. No puedo creerlo.

—Muy bien —le responde Fernández—, pero te sientas atrás.

—Camioncito, mi amor, pon este cassette que me mata. Esta mujer es un genio.

Sanhueza inserta de mala gana la cinta; los mariachis no se demoran en entrar. Roxana Aceituno va de copiloto. Adelante. Fernández está atrás, mudo.

—¿Quién es? —pregunta Sanhueza.

—Paquita, la del barrio. La prueba viviente de que una hembra voluminosa puede ser atractiva.

—Eso nunca lo he dudado —le responde el Camión mirándola a los ojos.

Paquita, la del barrio, comienza a berrear con un acento innegablemente mejicano. Roxana se sabe todas las letras. La voz de Paquita y la de Roxana se funden en un coro ronco y vengativo:

«*Tú que me dejabas, yo que te esperaba, y que tontamente siempre te era fiel...*»

—Puta la huevona buena —interrumpe Roxana.

«*...desgraciadamente hoy fue diferente, me topé con alguien, creo que sin querer.*»

—Eso.

«*Tres veces te engañé, tres veces te engañé: la primera por coraje, la segunda por capricho, la tercera por placer.*»

—Así es.

«*Y después de estas tres veces, no quiero volverte a ver. ¡Me estás oyendo, inútil!*»

Roxana baja la ventana y grita de nuevo:

—¡Me estás oyendo, inútil!

Barrio Providencia, plaza Las Lilas, calles con nombres y olor a flores. Edificio nuevo, ladrillos rojos y balcones verdes, ocho pisos, el último termina en pirámide.

—¿Usted es el mayordomo del edificio? —pregunta Alfonso.

—Sí.

—¿Y no sospechaba nada? Parece que usted es bastante ingenuo. Como todos los hombres.

—Mire, señora...

—Señorita, hágame el favor.

—Verá, mucha gente entraba al 703. De noche especialmente. Y yo no estoy a esa hora.

—¿Me quiere decir que usted no sabía que eran traficantes? —lo interroga Roxana apoyándose en el mesón.

—No, que la señorita era azafata no más. Pasaban de la aerolínea a buscarla. A veces muy temprano.

—¿Y la otra mujer? La mayor.

—Dormía. Salía poco. Recibía muchas cartas. Y flores.

—¿Rosas?

Escalona le pide a Alfonso que se corra y se tiende en el suelo para fotografiar al mayordomo.

—¿Qué hace?

—Su trabajo. Sigamos. ¿Usted sabía que los chicos de las pizzas trabajan para ellas?

—Como le dije, de noche no trabajo. Y de día, ellas dormían.

—Pero diez pizzas en una noche —le grita Roxana—. Ni yo cuando me siento sola.

—Sobre gustos, señorita, no hay nada escrito.

—Pero diez pizzas cada noche. Todas las noches. Y seguían flacas. ¿No le parecía eso milagroso?

El tipo comienza a perder la paciencia. Roxana

está visiblemente alterada. Escalona se acerca tanto al mayordomo que su lente le roza la mejilla.

—Perdone, pero esta foto va a quedar para premio.

El mayordomo se da vuelta y aprieta el botón del ascensor.

—Disculpen, pero tengo cosas que hacer.

Alfonso lo enfrenta:

—¿Sabía que su nochero se acostaba con las dos? ¿Que lo amarraban con tiras de cuero?

—Ahora lo sé.

—Y tendrá que buscar nochero nuevo. Alguien de más edad. Menos curioso.

—Las buenas propinas corrompen a cualquiera.

—¿Quién descubrió el cadáver?

—La empleada, señor. Ella lo vio.

—O sea, mataron, escaparon y nadie se dio cuenta —le resume Roxana—. Puta el edificio para penca. Es mejor el mío, que funciona con citófono. ¿Cuánto se paga acá por los gastos comunes?

«Arrástrate a mis rodillas, te quiero ver llorando sangre. Vas a pagar lo que me hiciste, lo que lloré por tu traición aquella tarde...»

—Puta la mina vengativa —reclama el Camión.

—Sabia, no te confundas —le contesta, seria, Roxana.

«...como perro suplicarás pidiéndome compasión y no la tendré de ti...»

—Así es —se dice Roxana a sí misma—. No la tendrás de mí.

«Te aplastaré como a un gusano, y ya después te enterraré en mi pasado...»

—¿Entonces qué pasó? —pregunta Escalona mientras la camioneta entra por una calle de tierra en una población de La Pintana que huele a caucho quemado.

—La mujer, cansada de ver que su conviviente se estaba tomando el local, lo despachó al otro mundo.

Roxana sonríe satisfecha y agrega:

—Vivían del clandestino pero el saco de huevas no dejaba botella llena. Se lo chupaba todo. Así que la mina, con la ayuda de sus dos hijos mayores, inventaron un asalto. Le pegaron con chuicos en la cabeza y ella lo degolló con un trozo de botella de Casillero del Diablo.

—Puta la huevona fina.

—Como todas las mujeres, no más —aclara Roxana.

Sanhueza se estaciona en medio de una turba de niños chicos empapados con el agua que salta de un grifo. El rocío del viento moja el parabrisas polvoriento.

—Esta mujer es una heroína. Espero que otras se decidan a seguir su ejemplo.

«Pero al fin, siempre todo se descubre, resultaste basura y nada más. No me gusta vivir entre la mugre, ahí te dejo, de ahí nunca saldrás.»

—Roxana, ya entendemos a Paquita —le dice Alfonso cautelosamente—. ¿Es necesario seguir escuchándola?

—Paquita entiende a las mujeres. Ha vivido lo que canta. Si yo cantara, mis temas tendrían aun más dolor. Y veneno.

«...*Con la gente de tu clase no acostumbro revolverme, no tendrás gusto de verme en las garras de tu amor.*»

—Bien dicho, Paquita. Enséñales.

—Apúrate, que el cuerpo todavía puede estar —le grita Roxana al Camión—. Acelera, mira que si despacho a tiempo, alcanzo los noticiarios de la una.

Otra de las torres de la remodelación San Borja, Portugal con Santa Isabel, sector de las funerarias.

—No puedes negar que la mina eligió el barrio adecuado —opina Escalona—. Cosa de agarrar una pala y meterla al cajón.

Una vieja camioneta está con el techo totalmente destrozado. Sangre fresca cubre lo que queda del parabrisas.

—¿Y la mujer? —le pregunta Alfonso al oficial a cargo.

—Recién la trasladaron a la Posta Central. No se demoraron ni un minuto en llegar.

—¿Vivirá?

—Parece que sí. El caballero, en cambio, no tuvo la misma suerte. Falleció al instante.

—¿Qué hacía él en la camioneta?

—Esperaba a su mujer. Ella estaba en la funeraria.

—No le creo. ¿Haciendo qué?

—Se les suicidó el hijo. Le fue mal en la Prueba de Aptitud.

—Esto es increíble. Es demasiado bueno. Tantas coincidencias juntas.

—La vida te da sorpresas —le subraya Escalona mientras intenta fotografiar, a través del parabrisas astillado, el departamento de donde saltó la mujer.

Alfonso cruza la calle hasta la funeraria La Cruz de Salomón. Roxana está de anteojos oscuros, redondos. Tiene gotas de sudor acumuladas en la nariz.

—¿Supiste todo?

—Acabo de despachar a la agencia. Impresionante —suspira—. Quedaron felices, eso sí.

—¿Desde qué piso saltó?

—El diecisiete. Esa terraza con ropa colgada —apunta—. ¿La ves?.

Alfonso entrecierra los ojos y mira hacia lo alto. El sol corona la torre y no deja lugar para sombras.

—No tolero la ropa tendida —exclama Roxana desganada.

—¿Vivía sola?

—Estaba cuidando el departamento de su tía mientras andaba de veraneo.

—El caso me parece familiar.

Cruzan la calle hacia la camioneta. El cadáver del hombre está tapado con cartones que dicen *Té Samba*. El calor ha reblandecido el asfalto a su alrededor. Escalona está más allá, fotografiando a la viuda.

—Pobre mujer —comenta Alfonso—. Le llueve sobre mojado.

—Sí, que la tercera no sea la vencida es como mucho.

—Me refería a la señora Medina. Marido e hijo en veinticuatro horas. ¿Te parece poco?

—Es mejor un día en el infierno que años en el purgatorio. Piensa en la otra. Imagínate lo que sentirá cuando despierte. No se mató, sigue acá en esta mierda, asesinó a un inocente y el hombre que ama está de luna de miel.

—Es mejor estar vivo mal que muerto bien —sentencia Alfonso.

—No hables huevadas, mocoso.

Roxana camina hasta una palmera que se alza en medio de una suerte de convento. Se ve agotada, sin aire. Se sienta en un escaño y saca su libreta. Alfonso se acerca a un carrito que vende mote con huesillos. Compra un vaso grande, heladísimo. Se lo lleva a Roxana.

—Toma. Te hará bien.

—Gracias, encanto.

Roxana sorbe el líquido dorado. Gotas frescas caen sobre su pecho pecoso.

—¿Me convidas tus datos?

Roxana deja el vaso y lo mira fijo, con recelo. Abre su libreta y le dicta:

—Hildegard Sandoval Greken, funcionaria del Banco del Estado. Soltera, cuarenta y cuatro años, sin hijos, vive con su madre ciega. Motivos suficientes para querer suicidarse.

—¿Tú crees?

Roxana levanta los ojos y le lanza una mirada despectiva.

—Además la pobre fue abandonada por su amante, un cajero que ya tenía mujer legal.

—Esto es una teleserie. Como *Lazos profundos*.

—Más profundo que eso. La vida tiende a ser así. Pero eso no es todo.

—¿Qué? ¿Que éste fue su tercer intento? Eso ya lo sé.

—Tendrá que volver a lo mismo, pero ahora lisiada. La vida puede ser una mierda, Alfonso. Te lo digo yo. Agradécele a Dios que no naciste mujer. Nosotras la pasamos muy mal. A veces no nos queda otra que denigrarnos y ponernos al nivel de ustedes.

Cuatro y media de la tarde. Sala de redacción de *El Clamor*. Alfonso revisa las fotos que le pasó Escalona.

—Están alucinantes.

—Le voy a llevar esta diapo a Tejeda. A lo mejor agarramos portada.

Alfonso mira la pantalla del computador. Relee el titular: *¡Todos murieron menos ella!* Lo coloca en negritas y comienza a revisar el texto. Una mano cae pesadamente sobre su hombro.

—¿Qué tenemos hoy?

Es Faúndez, recién bañado. Le guiña el ojo, le sonríe en forma picarona y se sienta a su lado.

—¿Tejeda anda por ahí?

—Parece que no —dice Alfonso. Se levanta de la silla y se acerca lo suficiente.

—No se preocupe —le susurra—. No ha pasado nada, no se dieron cuenta.

Después le toca el hombro y le pregunta:

—¿Está bien? Estábamos preocupados.

—Tuve cosas que hacer. Una viuda muy triste —confiesa con una ironía que rebasa sus ojos—. Bailé tangos toda la noche. Terminamos en La Gota. El masajista del Anatolia tuvo que resucitarme los pies.

—¿Almorzó? —le pregunta volviéndose a sentar.

—En El Camarón, rodeado de viejos del partido Radical. A ver, Pendejo, ¿qué tenemos hoy?

Alfonso le informa lo reporteado. Se entusiasma tanto que parece haber bebido.

—Bien, pero tengo algo mucho mejor, Pendejo. Vamos a ir con esto. Hablé con el corresponsal de Viña. Nuestro sicópata está veraneando. Mató a un chico del supermercado Santa Isabel de Reñaca. Con bolsa y todo. A ver, muévete. Déjame redactar esto para mostrárselo al comunacho de Tejeda.

—¿Y todo lo que tengo?

—Ya lo veré. Si cabe, cabe. Esto es un notición, Fernández. Me extraña que no seas capaz de darte cuenta.

El negocio de la entretención

La cita venía dentro de un sobre corriente. Cada uno de los cuatro alumnos en práctica lo encontró en su casillero al llegar en la mañana. La carta estaba escrita en computador, no tenía más de tres líneas, pero venía firmada en tinta roja por Omar Ortega Petersen. Los citaba a almorzar a las dos de la tarde, en el centro. El lugar escogido era un restorán chino. Un subterráneo casi al frente del Teatro Municipal. *Donde antes estaba el Nuria,* como si ese dato fuese relevante para ellos. Más abajo de la firma, había una posdata: *Se exige puntualidad.*

Alfonso baja las escaleras del restorán y todo es tan oscuro y espeso que no ve absolutamente nada. Una mujer vestida con sedas y jade le pregunta si es parte de la comitiva de «don Omar». Alfonso responde afirmativo. La sigue por un laberinto barroco y definitivamente oriental. La alfombra es tan profunda que siente que sus pies se quedan atascados.

La mesa del Chacal está justo al frente de un inmenso acuario turquesa lleno de algas multicolores y una suerte de torreón chino que burbujea. Fantásticos peces, con alas y velos, nadan de un lado a otro. Omar Ortega Petersen resplandece de azul. Está de traje, con una corbata jazmín. A su lado, una voluptuosa mujer que hace rato pasó su mejor momento lo toma de la mano y le susurra algo en la oreja. La mujer luce un peinado rojizo con mucha laca y dos inmensos aros de brillantes. Su escote es francamente obsceno.

—Fernández, ¿me puedes decir qué hora es?

—Tres para las dos, señor.

—¿Dónde estabas?

—En la Pablo de Rokha, señor. Mataron a un tipo por negarse a convidar cigarrillos.

—Eso le pasa por amarrete. Todo se paga, Fernández, ¿estás de acuerdo?

—Así parece.

—Así es. Bueno, ahora que estamos todos, partamos. ¿Les parece?

El Chacal llama a la mesera con un chasquido; le indica que tomarán lo de siempre.

—Y agregue esas empanaditas de camarones.

—Con salsa de tamarindo —opina la mujer con una voz muy ronca y levemente argentina—. No puedo vivir sin salsa de tamarindo.

Se produce un silencio prolongado. Ortega Petersen aprovecha para besarle la mano anillada a la mujer. Es una mano grande, tosca, con uñas de manicure. Alfonso se fija en sus compañeros. Juan Enrique está de corbata, pero luce como un colegial. Nadia está con una blusa negra floreada que se confunde con el decorado.

La mesera aparece con una ayudante, traen unos largos tragos azules con parasoles de papel. Al centro de la mesa instalan una suerte de carrusel con fritangas y potes. La voluptuosa mujer inserta su largo dedo dentro de la salsa de tamarindo y se lo lleva a la boca.

—Exquisito —dice como quejándose.

—Bueno, jóvenes aún... Salud. Un gusto que estén aquí.

—El gusto es nuestro, don Omar —dice Nadia—. Para nosotros es un honor estar aquí. Y una sorpresa.

—El éxito, pero hablo del éxito real, no el de los artistas sino el de los hombres que trascienden, que alcanzan el poder, que logran hacer las cosas que se propusieron, ese éxito, digo, ese éxito se mide por la cantidad de amigos que uno pierde. Así es, Fernández, y no me mires con esa cara. Un hombre que mantiene sus amigos a cualquier costo es un fracasado, un débil, un ser que merece ser manejado por otros. Muéstrame tus enemigos y te ahorras mostrarme tus cojones. Así es, muchachos, que no los engañen.

El Chacal Ortega pide otro trago y la voluptuosa mujer, que no ha pronunciado otra palabra desde que le trajeron su salsa, le seca la frente con un pañuelo que tiene bordadas sus tres iniciales.

—He comido como un obispo. ¿Bajativos?

Ninguno se atreve a hablar. Nuevamente llama a la mesera y ordena anís para todos.

—Anís del Mono y tráiganme la botella para asegurarme de que no me engañen, pues.

Se produce otro silencio incómodo.

—Bien, la próxima semana parto de vacaciones, y para cuando regrese ustedes van a estar a punto de irse. Por eso quiero aprovechar esta ocasión en que nos encontramos los cinco para explicarles algunas cosas sobre nuesto querido medio de comunicación. Señorita Alicia, dígame, ¿su jefe le ha explicado lo que esperamos de usted?

—Me imagino, señor.

—¿Qué?

—Es decir... ser lo más objetivos posible, verificar las fuentes, comprobar los datos...

—¿Eso te lo dijo tu jefe? ¿O en la Escuela?

La mesera interrumpe la respuesta con las copas y el anís.

—En la Escuela... Es lo que nos enseñan...

—No me cabe niguna duda, mi querida niña, pero en *El Clamor* hacemos las cosas de otro modo, pues, y por eso le volamos la raja no sólo a la competencia sino a todos los diarios oficiales. La supuesta prensa blanca. ¿Me sigue, señorita Alicia?

—Sí, señor. Por supuesto.

—Ahora dígame, qué es más importante: ¿entretener o informar?

—Informar, señor.

—¿Me ha estado escuchando? ¿Hablo otro idioma? ¿Usted cree que yo la invito a comer este notable almuerzo para que usted, al final, me salga con una canallada semejante?

—Disculpe...

—La disculpo, pero ahora me va a escuchar. Si quiere, tome apuntes. Va a aprender más en lo que resta de este ágape que a lo largo de toda su estadía en esa Escuela repleta de cobardes, fracasados y mediocres.

—Sí, señor.

—Usted se aprende las cosas de memoria, me han dicho. Entró por beca deportiva. Más una hija del rigor que de la respuesta rápida. No se preocupe, el mundo está lleno de gente como usted. Se atornillan en los mejores puestos. Será una gran relacionadora pública. Bien, señorita Alicia, saque su libreta y anote.

Alicia Kurth, visiblemente nerviosa, saca una libreta. Nadia Solís intenta sacar un lápiz de su cartera.

—Deje ahí. Ustedes tres escuchan. Ella hará de taquígrafa. Después, si aun así no les ha entrado por las orejas, le pueden pedir una copia de sus garabatos.

Alfonso observa a Nadia, pero no obtiene respuesta. Juan Enrique mira hacia el suelo. Alicia Kurth está por llorar y reprime sus lágrimas. Una mesera se acerca trayendo una bandeja de merengues con crema y frutas.

—Después. El postre lo dejamos para después de la lección. Lléveselos.

La mesera se pierde en el laberinto. Queda poca gente en el local, y están al otro lado del acuario. Alfonso se queda mirando un pez amaretto que muestra sus filudos dientes cada vez que respira.

—En *El Clamor* nuestro deber es entretener. Somos parte del espectáculo, señorita Nadia. A diferencia de los otros diarios, somos honestos y lo tenemos claro.

El Chacal mira a cada uno directamente en los ojos. En su mano derecha sostiene un par de palillos de madera. Los sujeta con tal fuerza que, en medio del tenso silencio, se quiebran y caen, astillados, a la mesa.

—¿Por qué hablo de espectáculo, Fernández?

—Porque nuestro deber es entretener, señor. Atrapar al lector.

—Así es. El periodismo real es parte del negocio de la entretención. Muy bien. Veo que el Peligro Amarillo aún funciona. ¿Qué más? Díme.

—Bueno, yo creo que...

—Nada de creencias sino hechos. Como las fotos. Por eso son vitales las fotos, joven. Y el color. ¿Por qué?

—¿Porque llaman la atención?

—Ilustran. Demuestran que no todo es mentira,

que siempre hay algo de verdad. *El Clamor* primero se ve, entra por la vista, y después se lee. Recuerden que existen la televisión, la radio. No somos medios complementarios. Somos competencia *directa*. Competencia. *El Clamor* no llega gratis. Hay que pagarlo y tenemos que lograr que nuestros lectores, a los que no les sobra la plata, no puedan dejar de comprarnos. Juan Enrique Santos, ¿qué ventaja tenemos sobre la televisión y la radio? Rápido.

—Tenemos a favor el tiempo. Podemos procesar mejor las cosas. Eso nos da distancia.

—Noticia vieja, noticia muerta. Para qué quieres distancia, huevón. ¿Eres piloto? Fernández, ¿qué extra ofrece *El Clamor*? ¿Qué nos hace distintos?

—Que nuestra mirada...

—Contamos historias, señor. Relatamos hechos. Así no más es, jóvenes. Le sacamos el jugo a la realidad. Olemos el sexo, la sangre, el poder, la envidia, la venganza. Todo hecho, hasta los económicos, posee estos ingredientes. Si hay un humano involucrado, hay una historia. Quiero detalles, secretos, cahuines.

El Chacal los mira uno a uno. La voluptuosa mujer le sirve otro anís. El Chacal se lo toma al seco:

—¿Qué se esconde? ¿Quién protege a quién? ¿Quién sale ganando? ¿Quién miró para el otro lado? En *El Clamor*, muchachos, no podemos darnos el lujo de que las noticias sean aburridas. No podemos permitir que porque el día esté fome, nosotros también lo estemos. El azar de la historia no influye en nuestra pauta, pues. No existen las noticias aburridas, solamente los reporteros ineptos y reprimidos. ¿Le quedó claro, señorita Kurth? ¿Tomó nota?

Hora de cierre

La luz fluorescente, unida al reflejo que emiten las pantallas de las decenas de terminales, tiñe levemente de verde la piel de los reporteros que circulan a esta hora por la redacción. El ruido es tal y tan diverso que los sonidos de los teléfonos y las conversaciones parecieran trenzarse en una sola e insistente melodía cerrada.

Alfonso dobla las páginas que ha estado leyendo, las guarda en su bolsillo trasero e inserta dos monedas en la máquina de café.

—Buenas tardes, señor Fernández. ¿Un poco de cafeína para enderezar la prosa?

—Así es, señor Tejeda.

—He estado leyendo sus cosas. Espero que no se contagie mucho con sus pares. Recuerde que el periodismo es más que la sección policial. Por lo general, señor Fernández, uno parte ahí y va subiendo. Me imagino que eso lo tiene claro. No me gustaría que tomara como decálogo ciertas mañas que puedan ser expresadas por alguien que nunca fue capaz de salir de donde está. No sé si me hago entender con claridad.

—Creo que sí —le responde mirándolo directamente a su corbata humita.

—¿Señor Fernández?

—¿Sí?

—Su café. Sáquelo de la máquina. Se le va a enfriar. Yo también quisiera tener la oportunidad de enriquecer mi torrente sanguíneo con algo de cafeína, azúcar y lactosa.

Alfonso sorbe su café y observa la inmensa sala de redacción. Los cubículos son lo suficientemente bajos para poder divisar el centenar de cabezas de gente que escribe, edita, diseña y habla por teléfono. Fernández camina unos pasos e ingresa a la sala de los periodistas. Hay una inmensa mesa y la sala está llena de diarios, casilleros de madera con llaves, sillones, sofás y casillas de correo.

En una de las paredes están pegadas una serie de hojas con el logotipo de *El Clamor*. Las hojas están escritas en una máquina que tiene la *s* corrida. Son los mensajes y comentarios diarios que el Chacal le envía, en forma pública, a cada uno de los periodistas. A veces, antes de sus dardos acusatorios e hirientes, resume en un par de líneas lo que le pareció el número que salió esa mañana y pautea el día que viene, insistiendo en a qué noticias se les puede sacar más partido. Ortega Petersen llega muy temprano, por lo que, antes de las ocho y media, ya están pegadas esa hojas. La idea es que lo primero que los reporteros lean, sean esas páginas.

Alfonso relee las hojas. El Chacal parte insultando a todos los de la sección *Deportes* por no estar enterados de la lesión de un jugador y felicita a la chica de *Municipalidades* por una entrevista exclusiva que consiguió con un alcalde acusado de estupro. En el párrafo siguiente, Ortega Petersen se despide y anuncia sus vacaciones.

Fernández lee, uno a uno, los mensajes. Casi todos son irónicos y contienen saña de sobra. Incluso hay insultos y alusiones a la vida personal: «*Si crees, Mariana, que el hecho de que tu marido ande con otra y tú hayas engordado ocho kilos es motivo suficiente para que el país deje de enterarse de la corrupción que aqueja a nuestros gremios, lamento decirte que estás equivocada. Quizás no seas buena en la cama (¿por qué, si no, te deja por esa cajera?) ni tengas los atributos de la Lollobrigida, pero recuerda que sí eres una gran reportera. Vuelve a tu redil y saca la cara. ¡De una vez por todas!*»

—Las cosas que escribe este hombre, ¿no?

Alfonso se da vuelta asustado, pero vuelve a respirar cuando se da cuenta de que solamente es Florencio López Suárez.

—Hoy se libró su jefe.

—Pero a él no le entran balas. Pobre Mariana, eso sí. No sabía que su marido le era infiel.

—Ortega lo sabe todo. Tiene informantes en todos los sectores. Goza haciendo leña de árbol caído.

—Si escribiera eso de mí, quedaría destrozado. No podría levantarme de la cama en tres días.

—Yo también, muchacho —le responde López Suárez con calma antes de sentarse en el sillón.

Está vestido con un terno virado que así y todo brilla de viejo. Sus colleras tienen el escudo de armas de la ciudad de Curicó.

—Por suerte que a los columnistas nos obvia —continúa—. Claro que una vez al semestre nos invita a almorzar a un restorán chino del centro y nos dice unas cuantas verdades. A mí me toca siempre con Guillermina Izzo. Quizás porque somos los mayores. Después del postre, saca una montón de fotocopias rayadas con rojo. Son nuestras columnas, disectadas y analizadas como conejillos de Indias.

—Es preferible eso a que a uno lo humillen en público.

—Así es, muchacho. ¿Y leyó lo que le pasé? ¿Tuvo tiempo?

—Sí, claro —le responde mientras saca las hojas de su bolsillo.

—Lo arrugó bastante.

—Pero tiene otra copia, ¿no?

—Tipeo sólo una. El papel calco me es ajeno.

—¿Y por qué no usa el computador, don Florencio?

—No le pida peras al olmo. Ahora dígame, ¿qué le pareció la columna? ¿No le pareció un poco fuerte? Mi idea es denunciar pero no herir. Yo no soy ni intento ser como Ortega Petersen.

—Está perfecta, don Florencio. Muy bien redactada. Queda claro cuál es el problema.

—¿No le parece arrogante, entonces? ¿Cáustica?

—Para nada.

—Me ha quitado un peso de encima, muchacho. No quisiera entrar a vituperar a la Sociedad de Filatelia en público. Pero usted entenderá que mi deber como periodista es tirarle las orejas.

—Lo entiendo. Le encuentro toda la razón: no puede ser que sean tan benévolos con aquéllos que no han pagado sus cuotas.

—No le parezco injusto, entonces.

—Creo que es una denuncia del todo justificada.

—Hola, guapa.

—Hola —le responde Nadia sin dejar de teclear—. ¿De qué hablabas tanto con ese viejo?

—Le ha dado con mostrarme sus columnas

para que se las revise. Encuentra importante la opinión de un joven. Tiene miedo de sobrepasarse en sus denuncias.

—¿Como la falta de mantequilla en el Café Santos? Ese viejo está gagá. No entiendo cómo te haces un tiempo. Yo ya no estoy para sacar ciegos a mear.

Alfonso está a punto de decirle algo pero calla.

—¿En qué estás? —le pregunta al fin.

—Un artículo sobre teatro callejero. Y un reportaje para el domingo sobre un garaje que hay por la Estación Central donde se junta la vanguardia y tocan unos grupos de rock. ¿Escuchaste el que te pasé? ¿Te gustó?

—Buenísimo, pero no creo que puedan llegar a ser muy masivos. Demasiado puntudos.

—¿Y cómo te fue en Til-Til?

—Mal, no había muertos. Falsa alarma. Un par de heridos leves, nada de sangre, cero posibilidades de foto. Fue un viaje perdido. Pero me tocó un buen caso en La Cisterna. Ése me gustó.

—Te estás corrompiendo, Alfonso.

—Me estoy profesionalizando. No confundas las cosas.

Un vaho de perfume invade el cubículo. Alfonso y Nadia se dan vuelta y miran a dos mujeres llenas de curvas y bustos sintéticos que se balancean sobre sendos pares de zapatos de taco alto. Una luce una peluca plateada y la otra una melena crespa y anaranjada. Ambas visten mallas de lycra. Una va de leopardo, la otra de zebra.

—¿Señorita Nadia? —pregunta la que tiene más maquillaje y menos escote.

—¿Sí?

—Yo soy Denise de la Rouge. Buenas tardes.

Hablamos por teléfono hace un rato. ¿Se acuerda usted?

La mujer recalca las eses. Alfonso intenta contener la risa.

—Pero claro —le contesta Nadia—. Son del Cabaret Montecarlo, ¿no?

—Así es. Venimos a ver al señor Francisquito Olea. Queremos que nos entreviste.

—Creo que las estaba esperando.

—Qué bueno porque, usted sabe, sin el apoyo de la prensa es muy difícil que artistas como nosotras podamos hacer nuestro trabajo.

—¿Quedó bien, entonces?

—Sí, pero le cambié el final —responde Faúndez con un cigarrillo en la mano.

—¿Puedo hacer algo?

—Revisa el despacho del corresponsal de Concepción. Un bus se cayó al Bío-Bío.

Alfonso se sienta al lado de Faúndez. Entre las terminales hay vasos de café llenos de ceniza y colillas, y hojas sueltas garabateadas con apuntes.

—Buenas tardes, don Saúl —le dice una mujer con rasgos indígenas.

—Ya la estaba echando de menos, Eduvigis. ¿Qué me tiene hoy?

—Le tengo queso de cabra, fresquito. Y queso chanco, también.

—¿Y los locos?

—Usted sabe que están en veda. Para el viernes. ¿Lo anoto?

—Una docena. Y uno de esos frascos de erizos.

—También ando con mermeladas. De unas monjas. Están bien buenas.

—¿Y qué tiene para comer ahora? Tengo hambre. Pendejo, ¿quieres algo?

—Esos cuchuflís cubiertos de chocolate.

La mujer se agacha para sacarlos de su bolso.

—¿Y usted, don Saulito? —le pregunta mientras le pasa los dulces a Alfonso.

—Déme uno de sus sándwiches. Y un kilo del de cabra. ¿Manjar no tiene?

—Se me acabó. Me los compró todos don Darío.

—Eso es todo, entonces —remata Faúndez.

—¿Quiere que se lo anote, como siempre?

Alfonso aprieta el botón que justifica el texto y ve que aún debe editar la nota para que alcance a entrar en el espacio que el diseñador le adjudicó.

El teléfono suena. Fernández lo contesta al primer ring.

—*Clamor,* policía, buenas tardes.

—Amor, ¿qué tal?

—Soy Alfonso, Roxana.

—Ah, perdona. Pero te quiero igual. ¿Cómo va todo? ¿Algún caso que valga la pena compartir?

—Nada, Roxana. Estoy terminando de editar. Te paso a don Saúl, espérate.

Faúndez lo mira y su cara se ilumina de picardía. Antes de tomar el auricular, se arregla el pelo con las manos.

—Estaba esperando tu llamada, empanadita —le dice con voz baja—. ¿Me ha echado de menos? Le compré unos locos para que me los apalee, tal como a mí. ¿Y su señora madre cuándo regresa? ¿Hasta cuándo podemos aprovechar ese nidito de amor?

Alfonso intenta revisar la ortografía de los apellidos de las víctimas del bus, pero la conversación de Faúndez no lo deja concentrarse.

—Sí, pues, usted sabe que sí —le susurra antes de quedarse callado un rato y dedicarse a escuchar.

Alfonso mira a Pancho Olea conversar con una de las vedettes del Montecarlo. Desconcentrado, hojea el diario de la tarde que llegó hace un rato. Se fija en el reportaje sobre las colonias de veraneo.

—Mira, esta noticia es buena —le dice Faúndez a Roxana—. Te puede servir. Anota, amorosa... ¿Lista? Nosotros vamos a titular así: *Fue a darle el pésame a una mujer y la violó para que se le pasara la pena*. Es tal cual. Sí, eso fue lo que ocurrió. ¿Cómo? En La Cisterna. Fue a consolarla por la muerte de su marido, pero agarró papa y se le tiró al dulce.

Alfonso deja el diario y mira de tal manera a Faúndez que éste nota su disgusto. Con la mano le hace señas de que se calme, no es para tanto.

—El caradura fue identificado como Raúl Francisco Miranda Pincheira, de 31 años, quien muy suelto de cuerpo les dijo a los pacos que había cometido la violación como una forma de apartar a la mujer del dolor provocado por la muerte de su cónyuge. Puta el rufián cara de raja. Aprovecharse de una viuda es lo más bajo, ¿no crees?

Faúndez le guiña un ojo a Fernández mientras al otro lado de la línea Roxana le dice algo que lo entusiasma.

—Le voy a tener que colgar, amor. Ah, y las iniciales de la tipa son M.E.M., 39 años. Hablemos más tarde, ¿ya? Yo la llamo. Un besito. Eso.

Faúndez cuelga y comienza a editar de inmediato el artículo que está en la pantalla.

—¿Don Saúl?

—Díme.

—Mire, no es por meterme, pero...

—¿Pero qué...? ¿Me vas a recordar que estoy casado?

—No, no me refiero a eso. Es que, no sé, a lo mejor no me corresponde, pero esa noticia de la violación era exclusiva. Yo la conseguí. Nadie la tenía. Pensé que podíamos golpear mañana, pero como ahora se enteró Roxana, ya lo van a saber todos, no sé si me explico. Las radios van a transmitirla. Se va a enterar el *Extra*. Todos los que tengan el servicio de la agencia cablegráfica.

—No seas tan egoísta con la información, Fernández.

—Quizás, pero no sé, yo no se la hubiera dado. Nosotros hacemos el trabajo sucio, estamos en la calle, y Roxana se queda todo el día en La Pesca o donde los pacos o en la agencia. Sale poco y nada. Es decir, el otro día salimos a reportear juntos, usted sabe, y me cae bien y todo...

—¿Y? Te escucho.

—Usted sabe que casi siempre se queda encerrada y, sin embargo, termina con más exclusivas que todos los reporteros del sector. La agencia Andes nos gana siempre. Eso me parece injusto, don Saúl.

—¿Eso es todo?

—Eso es todo. Tenía que decírselo alguna vez.

Faúndez da vuelta la silla y le toma una mano.

—Mira, Pendejo, estoy de acuerdo. A lo mejor es cierto que la Roxi no es tan buena reportera, pero puta que chupa bien el pico. Y uno es humano. Cómo le voy a decir que no. Pasando y pasando, así funciona la cosa.

Fernández intenta soltarse, pero Faúndez se la agarra con fuerza hasta inmovilizarla. Lo mira tan directamente a los ojos que lo taladra.

—Me costó muchos años darme cuenta de cuáles eran mis prioridades. Muchos hombres pasan su vida tratando de entender qué es lo que los mueve. A estas alturas de mi vida, Fernández, ya sé qué es lo que me importa. Y una buena mamada me hace más feliz que una sonrisa del comunacho ése de Darío Tejeda.

Conversación en el Congreso

La noche está sospechosamente caliente, húmeda, con nubes que tapan la luna, empapadas de un tinte rojizo, como si fueran brasas que aún no se apagan. El día ha sido largo, crispado. Un incendio arrasó varias cuadras de bodegas, casas y almacenes en La Cisterna. Varios muertos y, nadie sabe por qué, una vaca calcinada.

¿Qué más? Un agónico suicida, que se disparó en la sien, salió a la calle MacIver desesperado, arrepentido, arrastrando su sangre por entremedio de los acalorados peatones. Escalona —en exclusiva— fotografió al tipo, Ernesto Valdebenito Ponce, 47 años, apoyado exhausto en la inmensa vitrina del Café Paula ante el horror de los comensales. El vidrio quedó chorreado en sangre antes de que Valdebenito Ponce expirara ahí mismo.

Al final del comedor del primer piso del bar/restorán Congreso Nuevo, una cuadra más abajo del abandonado Congreso Nacional, la mesa está atestada de colegas cubiertos de hollín. Saúl Faúndez se halla a la cabecera, rodeado de Roxana Aceituno, que luce flores estampadas y un escote transpirado, y del Negro Soza, del *Extra*. También se encuentran presentes Escalona, Alfonso, el Chico Quiroz y el Topo Ulloa, de *La Crónica Ilustrada*. Waldo Puga, el veterano reportero policial de *El Universo*, se ha unido a ellos.

La mesa está llena de copas y platos de comida. Varios comen conejo al escabeche. También hay fuentes con ensalada a la chilena y restos de humitas. El local está hirviendo y las aspas de los ventiladores aportan poco aire, aunque hacen circular el denso humo blanco de los cigarrillos. Los hombres están todos en mangas de camisa. Sus chaquetas cuelgan de los colgadores estratégicamente instalados junto a los espejos. La conversación ha girado, como las aspas, en banda.

—Waldito, tú que no naciste ayer, a ver si recuerdas quién es ese chucha de su madre que acaba de entrar.

Todos los ojos de la mesa enfocan a un ser enclenque, mal afeitado, bajo y frágil que flota dentro de un apolillado traje azul.

—Me suena, Saúl, pero uno ha visto tanta gente.

El hombrecito se acerca al bar. Su piel es cerosa y no esconde sus huesos. No hay duda de que tirita. Pide una caña. Un grupo de encorbatados radicales, de bigotes y gomina, lo quedan mirando como si fuera un paria.

—Ése, amigos, es nada menos que Aliro Caballero Reinoso, alias Todo un Caballero.

—¡*Caballero se comporta como chacal!* —exclama, con algo de nostalgia, el Chico Quiroz.

—Exactamente. Gran título, gran portada, gran crónica.

—Pero eso fue hace mucho tiempo —dice Waldo Puga mientras unta un trozo de pan en el pebre.

—Veinte años, por lo menos.

—Yo en esa época cubría hípica, Saúl. Supe de él por los diarios. No salía del Hipódromo. No me tocó cubrir ese caso.

—Pero quién chucha es —interrumpe algo molesta Roxana Aceituno—. ¿Me podrían poner al día? ¿Quién mierda es este flaco que parece que no le ha ganado a nadie? ¿Mató a mucha gente?

—No, pero uno no pasa a la historia sólo por el número de cadáveres. Era una buena historia, eso es todo.

—Y Saúl tuvo la exclusiva —explica el Chico Quiroz—. Y escribió un par de notables crónicas. Una detrás de otra. Lo entrevistaste, ¿no?

—Un par de veces. Yo pensé que le habían dado perpetua.

—Aquí todo el mundo sale —sentencia el Topo Ulloa mientras juega con los pelos que salen de su oreja—. Es muy raro que por sólo matar a alguien te arruinen la vida.

—Ya, pero cuenten, no todos vivimos la dorada época de la bohemia. ¿No es cierto, Alfonso?

—Así no más es, Roxana.

Saúl Faúndez llama al veterano mozo y pide dos jarras de borgoña de durazno para todos.

—Bien —dice—. El viejo flacuchento que ven ahí en la barra tuvo, como todos, su época de gloria, ese par de años que te marcan, que te sirven para contar anécdotas, seducir minas y comparar el resto de tus días con esos pocos en que fuiste número uno, en que te sentías capaz de cualquier huevada, cuando tenías tantos amigos que no eras capaz ni de recordar sus nombres.

—Pero los querías igual. Te ayudaban y te protegían.

—Ésos sí que eran días —acota el Topo.

—Caballero era un dandy cuma, una suerte de cafiche, pero no quedaba claro —explica Faúndez—. Los suplementeros lo amaban. Le gustaba vivir bien y durante años me lo topaba por los alrededores de la Plaza Almagro. Era parte de la mafia de ese barrio. Lo suyo era el tráfico de drogas, la pichicata. Y apuestas, una que otra extorsión, sus putitas, lo suficiente como para vivir y, sobre todo, pasarse las noches en El Bosco y tomar.

—Porque Caballero era bueno para tomar —recordó el Chico—. Pero convidaba. No como otros.

—Y no le faltaban minas. Usaba trajes negros, con mil rayas blancas, y las huevonas se le abrían de patas.

—En una época salía con la Amanda San Román.

—Que era bastante buenamoza.

—Estupenda.

—¿Quién era? —interrumpe Roxana.

—Amanda San Román era una famosísima actriz de radioteatro —le aclara Waldo Puga—. Quebraba corazones y cobraba por ello. Su voz era ronca, pastosa, como si hubiera tragado mucho semen.

—Caballero estaba por debajo de ella, pero el tipo era pintoso y la conquistó.

—Dejaba la cagada —reconoce Quiroz.

—¿Sí?

—Era guapo, había que ser imbécil para no darse cuenta. Y no tenerle envidia. Tenía unos profundos ojos oscuros que reflejaban su peligro interno. Ése era su secreto. Por eso las minas caían fulminadas. El peligro gusta. Atrae.

—Cierto —reconoce Roxana.

—Si hasta la loca de la Guillermina Izzo De la Sota, la poetisa, se enredó con él, pero después terminó agarrándolo a golpes en El Goyesquín.

—¿Sí?

—Yo escribí la nota —cuenta Quiroz.

—Pasó el tiempo, la bohemia se mezcló con la política, Caballero comenzó a tener problemas. Un día se armó una mocha en un pool de Tarapacá con San

Diego. Mató a un huevón con el palo. Se lo ensartó en el ojo. Lo dejó sangrando sobre el paño verde. Claro que no le probaron nada y no cayó en cana, aunque en el ambiente se supo. El malogrado era un cafiche argentino y había tanta gente con motivos para liquidarlo, incluyendo los ratis, que todo quedó en nada.

—Pero Caballero ya estaba iniciando su decadencia —continúa el Chico—. Vivía borracho, manejaba putas malas y hasta mostaceros en el Santa Lucía; tenía contactos con un chino del puerto que le enviaba morfina y opio, porque en esos días, antes de que la pasta lo cagara todo, aún había mercado para eso.

—Hasta que le llegó el día.

—Porque a todos les llega.

—Así no más es, Chico.

—Ése fue el día que lo separó de sus recuerdos, de su era dorada.

—¿Pero qué pasó? —pregunta, un tanto exasperada, Roxana Aceituno mientras le saca las pepitas a un ají verde.

—Yo personalmente creo que amaneció con la pata izquierda —le responde Faúndez—. No sé lo que hizo ese día, pero sí está claro que tomó y tomó.

—Y siguió tomando. Recorrió todos los bares de San Diego y antes de que cayera el sol se fue para su casa. En taxi.

—En esa época, Caballero tenía una casita por Quinta Normal, en la calle Andes. Era verano, así que había luz. A media cuadra de él, en una casa más bien modesta pero que se mantenía bien, vivía una veterana.

—De noventa años —acota el Chico—. ¿Te acuerdas de cómo se llamaba?

—Ludovica del Carmen.

—Pizarro Leiva. Viuda. Casi noventa y un años

y no tenía hijos. Creo que su marido había sido funcionario de Ferrocarriles. Tenía su pensión. Vivía tranquila, sin sobresaltos. Era querida en el barrio.

—Y era fina. Buenamoza, para la edad, digo. Una dama, se notaba —acota Faúndez.

—Ludovica era lectora y en el verano instalaba una silla en la puerta de su casa, en la calle, y leía, miraba a los niños pichanguear.

—Esa tarde, después de dormir un rato, Caballero se quedó mirándola desde su ventana, donde vivía solo y abandonado.

—Mucho más solo que la vieja del frente, que no tenía a nadie —explica el Chico.

—El asunto sucedió así —comienza Faúndez—. La veterana se levanta de su silla, barre la vereda del frente de su casa y se apresta a entrar. Caballero, que la estaba mirando desde atrás de una acacia, corre hacia ella, la empuja hacia dentro y cierra la puerta. Nadie en el barrio se da cuenta.

—Así es —confirma el Chico—. Caballero ahí se volvió loco, porque aunque andaba con billete le bajó la onda de que tenía que robarle. Comenzó a pegarle a la veterana y la tiró sobre su cama. Revisó todo el living buscando joyas o recuerdos, pero la señora era modesta, tenía sus cosas, pero nada digno de robar.

—Pero tenía discos —acota Saúl—. Eran de chárleston. Y Caballero los puso. Entonces, comenzó a propinarle más golpes y decidió desnudarla para violarla.

—Me están hueveando —dice Roxana.

—Se calentó con la vieja, pero por mucho que le hizo empeño, solamente la dejó llena de moretones y hematomas. La anciana quedó mal.

—¿Y?

—Caballero se desnudó, intentó de nuevo, pero la diuca no se le paró.

—Mucho trago.

—En efecto, pero quiso seguir tomando. Encontró una botella de manzanilla, se la tomó casi toda y obligó a la veterana, que ya no hablaba, a tomarse el resto. Después se quedó dormido.

—¿Cómo?

—Eso. Hacía calor, se durmió y despertó un par de horas más tarde. Digamos que a las diez. Miró a su lado y vio a la pobre vieja agonizando.

—¿Llamó a la posta?

—Trató de violársela de nuevo. Le separó las piernas y las amarró a los postes de la cama, pero nada. Esto lo hizo enrabiarse.

—Me imagino. Así se ponen cuando no atinan —reconoce Roxana.

—Caballero está hecho un energúmeno y, de tanto golpearla, le quiebra la placa. Después el muy hijo de puta se viste, le roba el poco dinero que tenía en la cartera y se va.

—¿Qué fue de ella? —pregunta, asustado, Alfonso.

—La deja ahí y se va a un clandestino a tomar. Toma y toma. Hasta como las cinco de la mañana. Ahí decide regresar. Cuando llega a su casa, se acuerda de la vieja.

—¿Qué hace el culeado? Puta, se acuerda de la vieja y cruza la calle, saca las llaves e ingresa a la casa.

Faúndez termina su borgoña, agarra fuerzas y se lanza con el último trozo de su narración:

—La veterana ya está a punto de expirar y Caballero se tira sobre ella, le quiebra varias costillas con el peso, pero por mucho que trate, no pasa nada y la violación queda en puro proyecto, no más. Angustiado, le pega hasta matarla, pero él no se da cuenta de que la vieja se muere. Se queda dormido —puta que tenía sueño el culeado— y recién despierta, con el cadáver de compañero, al atardecer.

—¿Qué pasó?

—Se fue al fútbol. Lo aprehendieron un par de días después. Dejó la casa llena de pistas. Un llavero, huellas, fósforos. La Be Hache cruzó la calle, golpeó la puerta y lo detuvo. Para adentro, mierda. Cagaste.

—¿Y?

—Nada, fue preso. A la capacha.

—¿Por qué no lo mataron? —pregunta Alfonso—. Eso es como para pena de muerte, ¿no?

—Aquí te fusilan sólo si tocas a los poderosos. Violas a una rica, escándalo nacional. Matas y ultrajas a una rota, no pasa nada.

—¿Pero cuánto tiempo estuvo?

—Un par de años, me imagino. Algo así. Preguntémosle.

—¿Cómo?

—Lo voy a invitar a un trago. Oye, Caballero, ven para acá.

El tipo del bar se da vuelta y sus profundos ojos oscuros delatan miedo. Mira la mesa con algo de terror.

—¿Te acuerdas de mí? ¿Saúl Faúndez? ¿*El Clamor*?

Caballero, visiblemente agotado, nervioso, se acerca a la mesa. Todos lo quedan mirando.

—Pero siéntate, hombre. No seas tímido.

Caballero coge una silla y se sienta. No habla. Se ve muy mayor, con el pelo escaso y los dientes amarillos. Sus manos tiritan.

—Te acuerdas de mí. ¿Sí o no?

Caballero mira a Faúndez y sus ojos comienzan a llenarse de lágrimas. Con esfuerzo, extrae una vieja billetera de cuero de cocodrilo del interior de su chaqueta. Revisa sus documentos y saca un trozo de papel amarillento, seco, resquebrajadizo. El trozo está doblado varias veces y, mientras lo despliega, comienzan a aparecer las letras rojas de un titular. *¡Caballero se comporta como chacal!* Con sus dedos lo alisa; lo deja en la mesa.

—De todos los artículos, don Saúl, el mejor fue el suyo. Jamás pensé que me volvería a topar con usted. Quería darle las gracias.

—Pero hombre, qué va. A todos nos pasa lo mismo. Y, por favor, no me trates de usted. Ahora, díme, ¿qué mierda quieres tomar? *El Clamor* paga. Total, Caballero, algo te debemos.

—No, por favor. El que le debe algo soy yo. Me transformó en personaje y eso no se olvida. En la Peni me respetaban por eso. Me salvó de que me dieran capote. Antes de entrar, ya era leyenda.

Quedar en pelotas

La calle Emiliano Figueroa tiene apenas dos cuadras, pero en la primera, la que va entre Huamachuco y Copiapó, se concentran toda la acción y la fauna que le han dado la mala fama que tiene y se merece.

Emiliano Figueroa está en el epicentro mismo del barrio Diez de Julio, que es el nombre por el que todos conocen a esta angosta calle Huamachuco que se las da de avenida. Diez de Julio es, con justa razón, sinónimo de repuestos de autos, el lugar a donde vas si te han robado un espejo, quebrado un vidrio o rayado una puerta. Cientos de estos boliches se amontonan a la largo de la calle. No hay dónde perderse y es una ganga. En Diez de Julio un motorista puede arreglar el desperfecto que sea ahí mismo, en plena calle: le hacen el trabajo a la vista. Desde parchar un neumático hasta desabollar un choque. Diez de Julio es un barrio de hombres, de maestros, de manos engrasadas, cotonas sucias y garabato limpio.

Emiliano Figueroa, en tanto, es una calle de putas que de día vuelca sus servicios a la clientela cercana. Es común que, después de una buena propina o de cambiar el aceite, los mecánicos se den una vuelta, aprovechando la hora de almuerzo. De noche, el asunto se sofistica aunque no demasiado. Lo que sí varía son los parroquianos. Llegan de más lejos y en auto, en grupo, después de una fiesta o despedida de soltero. Emiliano Figueroa atrae a jovencitos de clase media en busca de aventuras criollas y decadentes. También a oficinistas que llegan en taxi, puesto que muchos taxistas tienen convenio con las putas, las cabronas y los cafiches, y trabajan a porcentaje.

Los más entendidos aseguran que la legendaria calle le debe su nombre a un Presidente de la República de comienzos de siglo. Según las putas, don Emiliano fue el Presidente más caliente de Chile: un gran conocedor, aunque sexualmente era más conservador que liberal.

Quizás como homenaje a don Emiliano, hay algo francamente antiguo, para no decir clásico, en la manera de practicar el oficio en esta calle. Nada de saunas ni salones de masajes; tampoco topless o bares con azafatas. En Emiliano Figueroa, tal como en La Chimba un siglo atrás, la transacción es transparente. Siguiendo el ejemplo de Diez de Julio, buena parte del trabajo se hace al aire libre. Las niñas están en la calle o en un par de discothèques de mala muerte donde efectivamente hay música pero poco baile y nada de luces de colores. Sí hay bar y en el invierno, debido al frío y a las ventanas abiertas, buenos braseros. La disco —o salón— es el lugar donde se conoce a las niñas y, a veces, se baila un poco. Es el lugar, además, donde se negocia. Cuando se llega a un acuerdo, se pasa por una de las innumerables puertas detrás de las cuales están las escuálidas piezas con sus camas de una plaza.

Precisamente esto es lo que hizo Nicomedes Oyarce antenoche. Al menos, eso cuenta el parte de Carabineros. Oyarce, que trabaja como vendedor en Michaely, sección calzados de hombre, llegó a la calle Emiliano Figueroa bastante tarde, alrededor de las cuatro y media de la mañana, del día martes pasado. Oyarce, 26 años, casado, dos hijos, andaba en calidad de viudo de verano; su mujer y sus hijos estaban en la localidad costera de San Sebastián pasando sus vacaciones. Oyarce pensaba juntarse con ellos el fin de semana. Pero esa noche se apoderaron de él sus demonios y ansiedades.

Después de pasar por el centro, ver un programa doble de películas eróticas y tomar cervezas con un compañero de trabajo, salió a vagar. Aficionado a jugar póker, terminó en un garito ubicado por el sector de Santa Isabel y Seminario, donde rápidamente se integró a una mesa. Dos horas después, Oyarce se levantó del juego con varios tragos de más en el cuerpo y los bolsillos repletos de billetes nuevos. Incapaz de dormir, paró un taxi y le solicitó que lo llevara a la calle Emiliano Figueroa.

Una vez ahí, el calor de la noche revolvió sus sentidos. Entró a todas las discothèques: Blue Moon, Hawai, Marabó. Optó por asentarse en una bautizada como Xanadú. Al poco rato eligió dos mujeres para que lo acompañaran. Pidió más trago. Y drogas. Oyarce solicitó una par de anfetaminas o pepas. Se las tomó. Y se fue a una pieza ubicada en el fondo. Sabe que comenzó a sacarse la ropa, pero nada más.

—O sea, lo doparon —concluye el Camión mientras se estaciona. Son las tres de la tarde y el calor no es broma. Diez de Julio duerme siesta y la actividad es como de final de campeonato de fútbol.

—Eso es lo que les dijo a los pacos —le contesta Alfonso—. En todo caso, no es la noticia del siglo. Ocurre a cada rato, ¿no?

—No tanto —le replica Escalona.

Los tres se bajan de la camioneta amarilla. Las mujeres que se apoyaban en las ventanas se alejan y cierran los postigos, interrumpiendo en seco *Cariño malo,* que flotaba en el aire.

—Esto es como una película de vaqueros. Nos ven y se esconden.

—Ya que estamos en el pueblo, hagámonos respetar —sentencia Fernández, a cargo en reemplazo de Faúndez, que decidió aprovechar la invitación del motel Media Naranja para llevar a Roxana Aceituno a conocer más en detalle las instalaciones.

Escalona cierra con un portazo y de inmediato enfoca y dispara, agarrando algunas siluetas de prostitutas antes de que se arranquen.

—Ésta es la peor luz del día. No hay ni sombras.

La calle está vacía, seca, todo el posible encanto nocturno borrado por el sol que no perdona.

—¿Entonces? ¿Qué pasó? —pregunta el Camión.

—Oyarce despierta y está totalmente en pelotas, asado de calor. Se da cuenta de que es de día porque los rayos se cuelan por las tablas de la pared. Trata de ver la hora porque sabe que se le pasó la mano, pero no puede. No encuentra el reloj. Ni su ropa, ni sus zapatos.

—Ni su billetera con la plata.

—Adiós tarjetas, adiós carnet.

—O sea, quedó en pelotas.

—Exacto —le dice Fernández—, pero en pelotas de verdad. Ni siquiera sabe dónde está, porque además esas pastillas lo dejaron mareado.

—Que todavía ocurran estas cosas. Puta madre, uno no puede ir a echarse una cacha tranquilo.

—Para mí que el taxista sopló —opina Escalona.

—La cosa es que abre la puerta y ve que la disco está vacía. Nadie, ni un alma. Como si estuviera abandonada. Recorre las piezas. Cero. Trata de usar el teléfono que encuentra, pero tiene candado. No sabe qué hacer. Entonces decide huir lo más rápido posible, porque si hace una denuncia podría ir preso: en su billetera tenía los gramos de coca que le compró al taxista.

—No me habías contado eso.

—Se me olvidó.

—Pero era importante.

—Ya, lo siento.

—Es el taxista, está clarísimo.

—¿Puedo seguir? Oyarce decide jugársela y salir a la calle, así en pelotas, y parar un taxi, explicarle, e irse a su casa. Agarra la sábana, se tapa como puede y se echa a la vereda. No hay nadie. Se acerca a otra disco y entra. Ve a un tipo, un cafiche, que según lo que declaró a los pacos era uno de los tipos que estaban en la Xanadú. Lo increpa, le dice que lo ayude, lo acusa de ladrón. El cafiche le manda un pencazo, lo deja lona, le quita la sábana y lo empuja de una patada a la calle donde cae de bruces, su nariz sangrando. Se trata de tapar y corre hasta Copiapó, pero justo pasa un furgón de pacos y lo agarran por transgredir las normas sobre buenas costumbres.

—Por exhibicionista.

—Algo así.

—Fue preso igual.

—Detenido un rato, pero quedó libre. Se vio obligado a hacer la denuncia. Así se supo. Mañana su mujer va leer esto y la cagada va a quedar igual.

—¿No podemos entrevistarlo, entonces?

—No, Escalona, fotografiarlo tampoco. El tipo huyó. Conseguimos esto con la Roxana Aceituno. En exclusiva.

—Estamos mal. Las putas no posan ni hablan. El huevón tampoco. Tengo una idea. ¿Qué edad dijiste que tenía el saco de huevas?

—Veintiséis.

—¿Dice algo sobre su físico?

—Delgado, de anteojos, pero se los pelaron.

Escalona se acerca a Alfonso y le sonríe.

—Fernández, te voy a hacer famoso.

—¿Qué estás pensando?

—Podemos tener la mejor portada del día. Arrasar en los quioscos. Podemos golpear al *Extra*.

—¿Qué estás pensando?

—Una sutil recreación.

—¿Cómo?

—Sácate la ropa.

—¿Qué?

—Ya, empelótate. No tenemos todo el día.

Acuchillado por la espalda

—Dame eso, no te lo vas a comer.

—¿Cómo sabes que no me lo voy a comer? Tengo hambre, me lo voy a comer.

—Te conozco.

—Ni en un millón de años, Nadia. Qué me vas a conocer... Te he dado tantas oportunidades que prefiero ni recordarlo. Algún día, años después, cuando sepas algo de mí, te arrepentirás.

—Quédate con el quesillo, si quieres. Allá tú. Pero cómetelo.

Alfonso parte el trozo de quesillo y se lo echa a la boca.

—Te vas a acordar de mí. Y hablarás pestes. Dirás que te traté mal, que te hice daño, que te humillé.

—Estás loco. No sabes de qué estás hablando.

Alfonso y Nadia están en un rincón del iluminado casino del diario. Nadia está de negro; Alfonso, con camisa celeste. Las inmensas ventanas dan al cerro. El aroma ácido de la salsa de tomates rebota en las paredes y lo impregna todo.

Es la hora de almuerzo y tanto los obreros como los periodistas comen en el mismo recinto. Rolón-Collazo sentenció que un diario masivo y popular no puede hacer distinciones odiosas. Cada uno almuerza cuando quiere o cuando tenga tiempo. No hay turnos. Las mesas son comunes, con capacidad para diez personas. Alfonso y Nadia están solos, tienen toda la mesa para ellos. A un lado del casino están los obreros, con sus cotonas amarillas. Al otro, los reporteros, diseñadores y otros representantes del estamento periodístico.

—No sé por qué le llaman casino al casino —dice Alfonso mientras enrolla sus tallarines—. Son esos errores del idioma. ¿Qué tiene que ver esta cocinería con el Casino de Viña, por ejemplo?

—En ambos lugares manda el azar. Nunca sabes qué te va a tocar de almuerzo, con quién tendrás que sentarte a almorzar, si te saldrá un pelo en la sopa.

—Estás creativa.

—Soy creativa —le responde Nadia con un dejo de coquetería.

En la fila de la comida, esperando a que le sirvan, está Francisco Olea, el jefe de *Espectáculos*. Nadia está de espaldas y no lo puede divisar. Olea se ve muy joven; presumiblemente lo es. Menos de treinta, sin duda, aunque cultiva una estética como de chico de diecisiete que recién está despertando a la vida. Viste una polera malva con rayas amarillas, una chaqueta de jeans desteñida, pantalones rojos ceñidos y botas de motorista. Está bronceado, tiene el pelo corto y su aro brilla. Francisco Olea tiene el tipo de atractivo masivo pero desechable de un galán de telenovelas.

—Para mí que Olea es medio gay —dice Alfonso.

—Ojalá, así dejaría de meterse con tanta mina. El teléfono no para de sonar. Son minas y minas que se le ofrecen. Especialmente vedettes y futuras cantantes. Son tantas mujeres que el pobre vive con sueño. No duerme nada.

—Por eso jala tanto.

—Jala a veces, no tanto.

—¿No crees que usa el pantalón muy apretado?

—Un poco. Cuando se le para, se le marca todo.

—¿Cómo sabes que se le para?

—Lo he visto. Tengo ojos. Unas minas lo llaman por teléfono y le dicen cosas y se le para.

—¿Te gusta?

—Es mi jefe, Alfonso. No seas estúpido.

—Por eso te pregunto. Para no quedar como estúpido.

Nadia no le contesta; se dedica a comer su ensalada de porotos verdes y tomate. Se demora su tiempo.

—Buena portada la de hoy. Un poco movida la foto pero total. Se ha vendido como pan caliente. ¿Tú escribiste la nota?

—Sí, todo fue reporteo mío.

—¿Por qué no la firmaste?

—No hay que firmar todo.

—Y justo estaba ahí el tipo. Qué suerte. Y en pelotas. Genial.

—Escalona es capaz de tomar fotos desde un auto moviéndose. Doblamos la esquina y ahí estaba el pobre.

—¿Y los pacos?

—Detrás de nosotros. Lo agarraron justo después y lo taparon con una frazada.

—No tenía mal cuero, el compadre. Bonito poto.

—No sé, no tuve tiempo de mirar.

Ella lo queda mirando y sonríe como si sospechara algo. Después le pregunta:

—¿Qué hiciste hoy?

—¿De verdad te interesa?

—No seas denso, ¿quieres?

—Hay un sicópata dando vueltas. Don Saúl cree es un sádico, algo así. Mataron a otro chico que trabaja en un supermercado. En el Agas de Bilbao.

—Yo he comprado ahí.

—El tipo fue al supermercado, compró varias bolsas y le pidió al chico que se las llevara a su departamento que estaba por ahí. Una vez dentro, se lo echó.

—¿Usó una bolsa?

—Exactamente igual al otro caso. Este departamento, eso sí, estaba casi vacío, sólo una colchoneta en el suelo. Llevaba varios meses sin ser habitado. El tipo es listo. No hay huellas ni datos, sólo los de la violación.

—Qué horror.

—¿Y tú?

—Vi el ensayo de una obra de teatro que no entendí. Todos supermaquillados y hablando como si recién hubieran aprendido español. ¿Por qué los actores modulan tanto? Es patético. Lo peor es que estaban desnudos, lo que era un poquito asqueroso porque no tenían figuras muy atléticas que digamos.

—¿De qué se trataba?

—Un grupo de fetos que se niegan a nacer. Analizan y critican las vidas de sus padres, que son todos últimos, todas las patologías habidas y por haber.

—Va a arrasar con la crítica.

—Y fui a un cóctel al Sheraton. De la Warner. Para anunciar a sus cantantes que vienen a Viña.

—¿Y cuándo partes?

—Pasado mañana. ¿Me vas a ir a ver?

—Si tengo tiempo.

—No me respondas así.

—¿Así como?

—Así.

—¿Terminaste? —le pregunta Alfonso.

—Sí, tomémonos un café en el jardín.

Ambos se levantan, cogen sus bandejas y atraviesan el inmenso casino. El ruido de las cucharas contra el metal de los platos llena el recinto de un peculiar tintineo.

—Esto es una cárcel, Nadia.

Alfonso pasa al lado de Francisco Olea y le lanza una mala mirada. Olea está almorzando junto al gordito fofo de los crucigramas, que también se las da de crítico literario los domingos.

—Me encanta Danilo Reinoso, es tan chiquitito e intelectual.

—Es igual a Yoda. Patético. Vive encerrado inventando puzzles. Con qué moral critica libros si nunca ha vivido una aventura.

—Estás cada día más odioso, Alfonso.

Alfonso y Nadia dejan sus bandejas con los restos de comida en una suerte de ventanilla que da a la cocina. Después salen al caluroso aire libre. Cerca de las rotativas hay una máquina expendedora. Alfonso inserta las monedas, aprieta los botones y saca dos vasos plásticos de café.

—¿Así que te vas? —le dice.

—Pero volveré con las primeras lluvias.

—¿Crees que nos vamos a ver?

—Un poco, sí. Puedes ir los fines de semana. No me vas a decir que Viña es el lugar más lejano del mundo. Además, tienes donde alojar.

—Anoche soñé contigo, Nadia.

—¿Sí?

—Y me dolió. Tanto que me desperté, no pude seguir durmiendo. Fue como si me clavaran una navaja. No, fue como si me acuchillaran por la espalda.

—Te estás juntando demasiado con Faúndez.

—Escúchame, ¿quieres? Es importante.

—Es sólo un sueño, no me culpes por tus sueños.

—No sé si era un sueño... O sea, lo era pero

sentí que pudo ser verdad. Lo sentí como una advertencia.

—¿Advertencia de qué?

—Soñé que tenías otro tipo.

—Estás loco.

—Espérate, déjame seguir. No fue eso lo que me dolió sino descubrir que lo tenías por años. Que llevabas años saliendo con él. Acostándote con él, comiendo con él, viajando con él.

—Por favor. Es ridículo. No tengo a nadie. Serías el primero en saberlo.

—¿Me vas a dejar continuar? No te estoy atacando. Sé que no es verdad, porque si lo fuera, sería esquizofrénico. Nuestra supuesta relación sería más enferma de lo que es.

—No es enferma. Tú presionas demasiado, eso es todo.

—Lo que me impactó, Nadia, lo que me dejó mal, fue sentir que perfectamente pudo ser verdad, ¿me entiendes? Que hay todo un mundo tuyo que no conozco. Es como si yo te llenara ciertos aspectos y otros quedaran a la deriva. Y no es que yo no quiera.

—¿Estamos hablando de sexo? ¿Ése es tu rollo? ¿Eso es lo único que te interesa?

—¿Qué crees?

—Que sí.

—No es sólo eso. Es soñar un sueño como el que soñé y en vez de desecharlo por ridículo, que me quede dando vueltas. Como una señal, una advertencia. Es darme cuenta de que a ti no te costaría nada acuchillarme por la espalda.

—Tú tienes serios problemas, Alfonso.

—Quizás, pero son menos que los tuyos. Yo jamás te trataría como me tratas tú.

—¿Y cómo te trato? —le pregunta Nadia mientras le toma la mano.

Alfonso la mira. Sus ojos están llenos de lágrimas.

—Me tratas mal. Me haces sentir más inseguro todavía.

Nadia le acaricia la mejilla con la otra mano. Se acercan hasta que no les queda más posibilidad que besarse. Se besan largo rato. En forma despiadadamente serena.

—No me dejes seguir soñado esas cosas, ¿quieres? Lo paso demasiado mal. Ya no quiero seguir pasándolo mal. ¿Es mucho pedir?

Parar las prensas

La noche recién está empezando, aún queda algo de luz. La sala de redacción está prácticamente vacía. Los pocos periodistas que no están de vacaciones ya se han ido a casa. O «a putear», como le dice Saúl Faúndez al acto de salir a comer, ir al cine, juntarse con amigos o simplemente darse una vuelta por la ciudad antes de volver a casa. Celso Cabrera ya está a cargo de su puesto de editor nocturno. Edita, en el computador, un despacho de provincia. La luz que emana de la pantalla tiñe de verde su ojo de vidrio. En otro terminal, Alicia Kurth transcribe una entrevista. Tiene un audífono en su oreja y nada de maquillaje en sus ojos.

Alfonso Fernández subraya un párrafo de *París era una fiesta*. Aprovecha de leerlo a escondidas, ya que Faúndez le ha prohibido en forma estricta leer norteamericanos o autores traducidos. En la pantalla de su terminal se lee el comienzo de un artículo que envió el corresponsal de la Quinta Región. Nada demasiado importante. Un ahogado en Las Salinas, atropello en Recreo Alto, robo a mano armada en el Cerro Alegre.

El teléfono suena.

—¿Aló?

—Buenas noches, quisiera hablar con la sección policial del diario *El Clamor*.

—A sus órdenes, en qué le puedo ayudar.

—Quisiera hablar con el periodista Fernández.

—¿Alfonso Fernández?

—Exactamente.

—Con él. ¿Puedo saber con quién hablo?

—Mira, no sé si te acuerdas de mí. Soy el detective Hugo Norambuena, de la Brigada de Homicidios. El del crimen del chico del supermercado...

—Me acuerdo perfectamente. Hola, qué tal. Qué sorpresa. ¿En qué te puedo ayudar?

—Mira, te llamaba... En realidad, llamaba para ayudarte, digamos. O sea, tengo información que creo que te puede servir.

—¿Sí?

—Me acordé de ti porque creo que el caso en que estoy... en que estamos... la Brigada, digamos, tiene mucho que ver con el chico de la calle Napoleón.

—El de la bolsa. Me acuerdo perfectamente. Cuéntame.

—Tengo nuevos antecedentes. Como te afectó tanto, al tiro se me vino tu nombre a la cabeza. A mí también me afectó.

—Sí, me acuerdo —le responde Alfonso incómodo.

—Tú sabes que ya está asumido que se trata del mismo tipo que mató al chico del Agas de Bilbao. Otro departamento arrendado.

—Y el de Reñaca —le dice Alfonso mientras teclea en el computador—. El del cabro del supermercado Santa Isabel.

—Correcto. Han sido dos semanas intensas.

—¿Estamos hablando de un sicópata? —le pregunta mientras comienza a escribir los datos que el detective le está entregando a través del teléfono.

—Quizás, pero ya no. O sea, acabamos de encontrarlo muerto.

—¿Muerto?

—Salvajemente asesinado. Esto es venganza de homosexuales.

—Genial.

—Noventa por ciento que sea él. Es más, te diría que noventa y ocho. Lo encontramos desnudo, amarrado de pies y manos, acuchillado hasta dejarlo como colador. La sangre traspasó el parquet y manchó el techo de abajo. Así se supo.

—¿Y las bolsas?

—En la boca, como mordaza. Además, le cercenaron los testículos.

—Oh, eso sí que dolió.

Alfonso mira la pantalla. Todo lo que ha escrito está con mayúsculas.

—Sigue —le dice—. Estoy anotando. Esto está buenísimo. ¿Qué más?

—La prensa no sabe nada todavía. Lo va a saber mañana.

—Bien.

—Encontramos una boleta de la cabaña de Reñaca. Es él, no hay duda.

—Grande.

—Si quieres la exclusiva, vente para acá. Pero muere pollo, no digas que yo te di el dato. Dí que una vieja del edificio te avisó. Con eso de los diez mil pesos por la mejor noticia. ¿Todavía hacen eso?

—Sí, claro.

—Entonces, ven. Te doy la dirección. Monjitas 372, departamento 73, acá en el centro. Oye, Alfonso.

—¿Qué?

—¿Podrá salir mañana? La noticia, digo.

—Yo creo que sí. De todas maneras. Esto está muy bueno.

—Tengo otro dato. Te lo puedo dar.

—Dámelo.

—El muerto es un conocido notario. Muy conocido. Salía en la tele. En los concursos. Tenía su notaría cerca de La Moneda.

—No te creo...

El detective Norambuena se queda callado. A través de la línea se oye ruido de calle y hombres hablando con garabatos.

—¿Aló?

—Se llamaba Carlos Castellani.

—¿Con dos eles?

—Afirmativo. Además, estaba casado. Tenía varios hijos. También era notario y socio del Stadio Italiano. Hemos encontrado muchas cosas. Es un gran caso. ¿Crees que puede ser portada?

—Parece. Esto va mejorando por segundos. Mira, Hugo... ¿Te puedo decir Hugo?

—Hugo, claro. Me llamo Hugo.

—Mira, en quince minutos estoy allá. ¿Dónde nos encontramos?

—Abajo. Subo contigo.

—Puta, genial. Esto puede ser un gran golpe. No sé cómo darte las gracias.

—Yo sé cómo.

—¿Perdón?

—Que tengo una idea. En la medida en que... que no sea muy complicado.

—A ver...

—Cuando tú escribes un artículo, ¿entrevistas testigos?

—Sí, claro. ¿Hay?

—Varios. Dicen que Castellani no paraba de entrar cabros a su departamento. Tenía más de un millón de amigos.

—¿Sospechosos?

—Toda la Plaza de Armas.

—Parto para allá.

—Alfonso, por lo general, con los detectives, ¿hablas? Es decir, ¿los entrevistas?

—Sí.

—¿Y tú podrías entrevistarme? ¿Podría salir mi nombre en el diario?

—Ah, eso. Claro, ningún problema. Yo te cito.

—¿En serio?

—Hugo, haré lo humanamente posible.

—Mi mamá va a estar tan feliz.

—Yo también, Hugo. No te puedes imaginar cuánto.

—Mi mamá vive en el sur. Somos de Temuco.

—Todos, al final, somos de provincia.

—Nos vemos en un rato, entonces.

—Tú lo has dicho.

Alfonso cuelga y aprieta el botón *guardar* en el teclado del computador. Agarra su chaqueta, marca el número del radio-taxi y pide un móvil. Corre hasta Celso.

—Señor Cabrera, pare las prensas. Tengo portada, dos páginas, fotos, lo que quiera. Conseguí una exclusiva. ¿Alcanzamos? ¿Cuánto tiempo tengo?

—Calma, calma.

—¿Podemos levantar lo que tenemos?

—No sueñes, chico.

—Se lo juro que es importante. El caso de los cabritos de los supermercados. Los de la bolsa.

—¿Otro cabro?

—Mejor. El asesino. Muerto. Noventa y nueve por ciento probado.

—¿Y si no es?

—Da lo mismo. Es un gran crimen. Un tipo casado, con departamento de soltero en el centro, es encontrado maniatado, con bolsas de supermercado en la boca, acuchillado entero, sin sus testículos. Esto es mejor que el cine.

—Ya, me convenciste.

—¿No está Escalona?

—Llévate a Gárate.

—Ah, otra cosa. Para adelantar el trabajo. A lo mejor hay foto de archivo. El tipo era notario. Salía en la tele. En esos concursos.

Celso Cabrera levanta la vista y la fija en Alfonso. Su piel se pone tan pálida que lo único que se destaca es su cicatriz.

—¿Carlos Castellani?

—Sí, ¿cómo lo sabe?

Cabrera se queda un segundo en silencio.

—Santiago es una ciudad muy chica.

Sustancias químicas

Sucedió así: estaban todos muy aburridos, desanima-
dos, sin ganas, la típica tarde de sábado veraniega en
que el calor se vuelve un mal consejero y la cocaína sólo aumenta la transpiración y el nervio. El plan era de-
safiar la tarde, anularla y preparar la movida que pro-
metía la noche. Los padres del dueño de casa estaban
en la playa y estos jóvenes se encontraban a la deriva,
varados en Santiago, en el último piso de una torre de
ladrillo y cristal con aire de faro que proyectaba una
interminable sombra sobre la Avenida Louis Pasteur.

—¿Cómo que no van a dar los nombres?

—No podemos. En forma oficial, digo. Si te
los doy, es para que tengas más información —le explica el detective Norambuena—. Pero no creo que
puedas publicar nada, Alfonso. Esta gente tiene poder.
Nos costaría el puesto a los dos, cada uno por su lado.
¿Y Faúndez?

—En el hospital, en el canal de televisión, en
todas partes. Hasta la Roxana Aceituno nos está ayudando. Esto es un notición.

—Te tocó lo más aburrido. Acá no pasa nada.
El cadáver ya se fue. La sangre le manchó entera la polera Hard Rock Café.

—Buen detalle —opina Alfonso antes de anotar algo en su libreta—. ¿Y la causa exacta de muerte?

—Traumatismo encéfalo craneano abierto por
precipitación.

—O sea, se sacó la rechucha.

—Dieciocho pisos sin detenerse a saludar.

—Llamando la atención hasta el final. Se va a convertir en el James Dean chileno. Acuérdate.

Alfonso y Norambuena cruzan el jardín del condominio hasta llegar a un Ferrari negro estacionado bajo los árboles.

Sebastián Rogers era el ídolo del momento. Uno de los chicos de *Lazos profundos*, arrasaba en las revistas del corazón. No sólo tenía ojos verdes y el pelo color miel, sino que además cantaba. Días antes el canal había anunciado que Sebastián sería el protagonista de una telenovela sobre un astro pop que recorre el país cantando. Rogers tenía 23 años.

Alfonso se apoya en la carrocería negra. Al otro lado de la verja se oyen niños jugando en una piscina.

—Problema de auto —observa Norambuena.

—Y de minas. Este huevón las tenía todas.

—Y le hacía a todo, parece.

—¿A qué te refieres?

—Confidencial, huevón, lo siento.

—Pero dí algo.

Norambuena se ríe y se echa una pastilla de menta en forma de perla a la boca.

—¿Y puedo entrar al departamento?

—Imposible. Un tío del dueño de casa llegó antes que nosotros. El tío, a todo esto, es senador.

—Ocurre en las peores familias.

—Y el papá es accionista mayoritario de un banco. Una tía es parte del comité editorial de *El Universo*. El tío abuelo, a todo esto, dirige la Sociedad de Fomento Fabril. Hasta tiene un primo sacerdote ligado a Schoenstadt.

—Puta, lo tienen todo y se lo farrean —reclama

Fernández—. Si yo accediera a esto, encendería velas dando las gracias.

Norambuena reflexiona un instante. Después le comenta:

—Te das cuenta de que no estamos hablando de gente que trabaja para el empleo mínimo, huevón.

—Ya lo creo.

—La verdadera noticia aquí no es Rogers —resume Norambuena—, sino el amiguito que le pasó la terraza.

—Y la coca.

—Y las dos cajas de anfetaminas gentileza del cirujano plástico amigo de la mamá. La gente de *Lazos profundos* tenía lazos bastante superficiales.

—¿Esperabas otra cosa?

—¿Te puedo confesar algo? Me caía bien Sebastián Rogers. La semana pasada me compré una chaqueta como ésas que usaba en la teleserie. Verle el cráneo abierto igual fue duro.

—Te invito a una cerveza. Hay una botillería en la esquina.

—Pero rápido, porque están mis jefes arriba.

—¿Y el resto de la patota? —pregunta Alfonso antes de sorber el tarro de cerveza. Caminan de vuelta al edificio. Ya está comenzando a refrescar—. ¿Por qué no estaban en la playa? Esta gente se salta todo el verano.

—Dos o tres estaban postulando a la universidad. El karateka, creo. Y el que movía los saques.

—¿Chicos de universidades privadas?

—Se jalaron en una noche lo que yo gano en

tres meses. Comenzaron a aspirar líneas ayer a la hora de almuerzo. Rogers saltó a las tres de la tarde.

—Debe haber estado muy fome la conversa.

—Fueron a dos discos y después pasaron donde la manager de Sebastián para conseguir más motes. Volvieron para acá y siguieron dándole. El huevón de pronto se levanta, les dice «los quiero ene», se saca su chaqueta de cuero y salta.

—Adiós mundo cruel.

—El imbécil del karateka lanzó los papelillos y las pajitas al primer piso de puro terror. Cuando corrieron a ver el cadáver, Valdés los tomó y...

—¿Valdés?

—Es secreto del sumario, Fernández.

—Relájate.

—El dueño de casa agarró los papelillos y las pajas y los escondió bajo un pastelón suelto. Una vecina lo delató. Había más de tres gramos.

—A lo mejor quería guardarlos para más tarde.

—Encontramos preservativos en su billetera. Y restos de una sustancia blanca.

—¿Cocaína?

—¿Te cuento una más?

—Después te devuelvo el favor, te lo juro.

—Rogers tenía pinchazos en un brazo. Por algo se quedó tanto en España. Y lo más importante: se teñía el pelo.

—¿Me estás hueveando?

—Si se hubiera lanzado de la Torre Entel, quizás habría sido el escándalo del año. Te apuesto mi placa a que antes de que anochezca la jueza sentencia orden de no informar.

—Te apuesto mi vida a que algo de esto se va a saber. Voy a buscar un modo.

¿Supiste?

Faúndez revisa su casillero de correo y encuentra una invitación al estreno de una obra de teatro. La lee, sonríe y la rompe. Mira la pared, pero los mensajes del Chacal no están. El reloj con números romanos marca las 9:05 de la mañana.

Saúl va hacia la máquina del café y se compra uno. Regresa a la sala de redacción y camina hasta el cubículo de *Policía*. De un cajón saca una botella de pisco y le echa un poco al vaso de plástico. Se lo bebe al seco. En seguida lo rellena con pisco.

Faúndez observa las portadas de los otros diarios. Casi todos titularon con el caso de la madre que degolló a su hija frente a su marido adúltero. En *Las Noticias Gráficas,* en la sección *País,* una pequeña nota dice que la jueza Dominica Vidal dio orden de no informar respecto al caso de la muerte accidental del actor Sebastián Rogers.

Suena el teléfono. Faúndez apaga el cigarrillo y contesta.

—Roxana, ¿qué tal?

A medida que escucha lo que ella le dice, sus ojos comienzan a agrandarse.

—¿Qué?

Escalona entra y se sienta. Hojea *El Clamor.*

—Te llamo más tarde. Un beso.

Faúndez cuelga y mira a Escalona.

—¿Estás al tanto?

—Así es.

—Canta, entonces.

—Malas noticias, Jefe. Hay un soplón en casa. O la gente que enviaron a Viña está muy bien dateada.

—¿Viña? No entiendo. Escalona, son las nueve de la mañana. Estoy durmiendo.

—Lea *¿Supiste?* y despertará.

—Léemelo.

—¿Está seguro?

Escalona agarra el diario con las dos manos. Sus ojos salidos enfocan la página.

—*El ambiente festivalero se tiñó de negro con la caída al infierno del guapetón Sebastián R., que mantenía amistad, contactos y hasta amores con mucha de la gente que ya se instaló en el Hotel O'Higgins a empezar la chuchoca festivalera... En la pérgola y en la piscina no se habla de otra cosa...*

—Me estás chupando la corneta.

—Esto es sólo el comienzo.

—Espérame un segundo.

Faúndez busca *El Clamor* y lo abre en la sección *Espectáculos*. Ubica la página de *¿Supiste?*, que ahora tiene el agregado *En Viña*, además de dibujos de gaviotas y antorchas. Hay dos fotos en la página. Una de Pachuco y su Cubanacán y otra de la vedette Denise de la Rouge tapándose los pezones con plumas de pavo real.

Escalona vuelve a leer en voz alta:

—*La subrepticia caída de Sebastián desde un lujoso penthouse de un piso dieciocho en el sector alto de la capital ha desplazado los otros pelambres del balneario.*

—¿Qué pelambres? Esto es secreto, por la puta.

—*Según los más cercanos a la víctima, este caso posee elementos que no estarían fuera de lugar en Hollywood. Los rumores se han centrado en las amistades del actor que estaban presentes en el departamento del joven y reventado hijo de una destacada familia ligada a la política, el comercio y la iglesia. Un músico amigo de Sebastián indicó que los jóvenes que estaban en ese departamento podrían ser acusados de asesinato por llenar el cuerpo del actor de alcohol y estimulantes.*

—Esto es cosa seria —interrumpe Faúndez con rabia.

—*Sebastián, que interpretaba a Ángel en «Lazos profundos», fue encontrado en el suelo del lujoso condominio luciendo una ensangrentada polera del Hard Rock Café, un pelo teñido de rubio, pinchazos de heroína en el brazo y rastros de cocaína en la nariz. Según fuentes muy bien informadas, el carrete de los jovencitos duró más de 24 horas e incluyó más de diez gramos de la nociva sustancia blanca, además de anfetaminas, litros de trago y recreos en dos exclusivas discos...*

—Creo que tengo al soplón.

—¿Gente de Olea? Esto puede dejar la cagada. La jueza lo va a leer.

—Sé quién está detrás de esto. Es más, lo estoy viendo entrar.

Faúndez toma el teléfono y lo lanza al suelo. Alfonso reacciona ante el ruido.

—Buenos días, don Saúl.

Faúndez se da vuelta y con toda su fuerza le lanza una bofetada que golpea a Alfonso contra la pared y lo deja tendido en el suelo. Después agarra la página y se la acerca tan cerca de la cara que el papel se mancha de la sangre que fluye de su nariz.

—Supe que estuviste conversando larga-distancia anoche con tu arpía, Pendejo culeado.

Alfonso intenta contener la sangre. Su mirada es de terror y sorpresa.

—Conmigo no se juega. Nunca, ni en broma —le grita agarrándolo del cuello de la camisa. Entonces baja la voz y se le acerca aun más. Alfonso le huele el pisco en el aliento—. ¿Vos me has visto las huevas, huevón?

Alfonso no responde.

—¿O acaso te parezco huevón? ¿Fácil de pichulear?

—No.

—Eso esperaba. Ahora ándate y no vuelvas hasta que te avise, cabro concha de tu madre. *Yo* voy a tener que hacerme cargo de tu condoro, no tú —Faúndez lo queda mirando fijo, seco, sin pestañear—: La próxima vez que te eches una cagada —remata—, trata de andar con papel confort.

Después le lanza una patada al muslo.

Bandera a media asta

—¿Amigos, entonces?

—Amigos, puh, compadre —le responde Norambuena antes de abrazarlo—. Vos eres mi amigo. Mi amigo periodista. El que escribe de mí.

Alfonso lo mira. Las venas de su cuello saltan a la vista. Su corte de pelo es innegablemente detectivesco. Como un cadete naval perdido en Santiago.

—En todo caso, perdona una vez más.

—Si es mi culpa, me fui de lengua. Quería lucirme delante de ti.

—Debí haberme quedado piola. Si se lo dije a la Nadia era para que lo publicara. Eso lo sé. Para qué me voy a engañar.

—Relájate —le dice Norambuena con una sonrisa—. A los dos nos llegó luma, pero la huevada pasó. Estamos libres. Y el viejo Faúndez, ¿qué te dijo?

—Que lo perdonara. Que no debió pegarme. Regreso el lunes, a primera hora.

—¿Y tu informe de práctica?

—No me atreví a preguntarle. Supongo que podré terminarla. Por suerte, nadie más lo sabe. Eso espero. Ni Tejeda ni el Chacal. Faúndez se echó la culpa.

—Se la jugó.

—Supongo que sí.

—Sí. De más.

—Alita de mosca, compadre.

—¿Cómo?

—Que está finita —le dice mientras pica la cocaína con su carnet de la Brigada.

—Nunca la he probado. Primera vez. ¿De dónde la sacaste?

—Arresté a un sospechoso. Andaba cargado. Así que se la retuve. Para probar.

—Si te pillan, Hugo, te cagan.

—No entré a esta huevada solamente para hacer justicia, compadre. La idea es que alguna vez también la pase bien. ¿Legal o no?

—Ilegal.

—De más —y se ríe como un niño.

Están en el departamento de Alfonso. Sobre la mesa del comedor, el espejo de su tía Esperanza está atravesado de líneas de cocaína. Suena rock argentino.

—Está bueno este lugar. Céntrico. Podría vivir acá.

—Este departamento está lleno.

—En el mismo edificio, compadre. Nunca tanto. ¿Habrá alguna pensión? ¿Arrendarán una pieza? Estoy medio aburrido de la mía.

Alfonso no alcanza a responder; Norambuena se lanza en picada contra el espejo usando como arma una pajita de cumpleaños.

—Te toca —le dice con la nariz cerrada por la cocaína.

—No estoy muy seguro.

—Te aseguro que no te va a dar un ataque de locura. No vas a saltar por la ventana.

—Carreteando al estilo Sebastián Rogers —comenta Alfonso.

—Estos saques son de ellos.

—¿Cómo?

—No son de un lanza.

—¿Qué quieres decir? Explícate.

—Son los que encontré bajo el pastelón de cemento en el condominio. Cerquita del cuerpo.

—Estás loco, Norambuena. Te podrían echar de la Institución.

—Puta, ¿te puedo confesar algo?

—No. Mientras menos sepa, mejor.

—Ésta también es mi primera vez. Segunda, digamos. Jalé en mi pieza, solo. En la mañana.

—Yo no voy a jalar. Te afectó, veo.

—Encontré siete papelillos con mote.

—¿Siete?

—Saqué cuatro para mí —le explica y deja caer tres paquetitos de su mano—. Como los artistas de la tele. A todo nivel. En Temuco no se vive así. Ya, te toca. No seas ingrato.

Alfonso agarra la pajita y jala una línea.

—Ambas fosas; si no, vas a quedar cojo.

—Puta que sabes.

—Me he estado preparando toda mi vida.

El Peloponeso está al fondo del tercer nivel de un desastre inmobiliario bautizado como Caracol Bandera. Inaugurado meses después de que el auge de los edificios caracoles pasara de moda y el boom económico de los 80 se desinflara, estas réplicas tercermundistas del célebre Museo Guggenheim de Nueva York nunca lograron seducir al público consumidor. Los caracoles son *souvenirs* de una arquitectura adolescente a la que le tocó plasmar un momento muy breve de transición, en que la ciudad estaba abandonando sus almacenes y galerías pero aún no había abrazado la causa de los malls.

El Caracol Bandera está ubicado a dos cuadras de lo restos humeantes del barrio chino, en un sector que se caracteriza por sus innumerables locales de telas al por mayor y ropa usada norteamericana. En el centro comercial ya no hay boutiques, aunque sí muchos locales se han transformado en rústicas oficinas o bien en zurcidores chinos o reparadoras de calzado.

El Peloponeso es el topless más grande del Caracol y ocupa casi medio piso. La competencia es fiera porque hay otros seis locales, más pequeños pero muchísimo más cerca del único acceso principal. Por eso dos tipos jóvenes están siempre en la calle, invitando y convenciendo a potenciales clientes, ofreciéndoles en forma muy poco velada tarjetitas con descuento.

—Mira —le dice Norambuena—, si vamos a entrar, entremos al Peloponeso. Ahí está la Drácula.

—¿Tú también estás enterado?

—¿Crees que recién me vengo bajando del tren?

Alfonso toma la tarjeta e inician la subida circular por la pendiente. Norambuena le coloca el brazo sobre el hombro.

—Estaba bueno el jale, ¿no?

—Tengo toda la garganta amarga, Hugo.

—Ése es el control de calidad. Necesitas un trago. Toma.

El detective le pasa una petaca de pisco que tiene guardada en el bolsillo de su chaqueta.

—Puta que escondes cosas.

—Gajes del oficio, compadrito. Tengo otra. Aquí no sirven trago. Puro café o bebidas. La Municipalidad no les da licencia de alcohol. Tetas sí, cerveza no.

—Nunca había estado aquí —le confiesa Alfonso.

—¿En un topless?

—Una vez, por la Plaza Almagro. Para celebrar un examen donde todos pasamos. Pero en éstos nunca.

—No sabes lo que te pierdes. Éstos son al chancho.

Norambuena toma un trago del pisco y lo atornilla.

—Eres bien caído del catre, Fernández. ¿Qué has hecho toda tu vida?

El Peloponeso, como los otros locales de espectáculos en vivo del Caracol Bandera, ofrece shows de desnudos parciales y totales. Las chicas bailan sobre un escenario iluminado con luz negra al son de música de moda, generalmente en inglés, aunque a veces ellas se dan el trabajo de doblar alguna balada romántica, en español, mientras aprovechan de abrirse de piernas y masturbarse frente a los tipos que están sentados a metros de ellas.

—¿Estás caliente, Fernández? Yo ya estoy a media asta. Esta mina se lo come entero. Se nota que es seca para la corneta.

—Puede ser.

—Ya hablé con la Betsabé Trujillo. Se fue a lavar los dientes. Nos va a hacer pasar a la pieza del fondo.

A un costado del escenario hay dos puertas. Una, que se abre a cada rato, da a una bodega llena de cajas y un lavatorio. Es el camarín de las chicas y cada vez que entra o sale una, un fuerte haz ciega a los que miran el espectáculo. La otra da a la pieza del fondo o salón vip.

—Mansa raja la de esta huevona —comenta Norambuena.

—Qué calor. No puedo respirar.

—Más caliente te pone. Más desesperado.

En el escenario la chica está de espaldas, con su vulva en dirección a un tipo bajo con facha de obrero de la construcción que no deja de sudar. Suena Rafaella Carrà. El hombre se estira, saca su lengua y la lame.

—Yo no mojaría ese choro ni cagando.

—Hugo, mira. Nos llaman.

Los dos se levantan. El calor es tan espeso como en una lavandería china. El aire no circula y las gotas de sudor de Alfonso caen al suelo y rebotan.

Una trigueña con una malla transparente los hace pasar.

—¿Usted me va a lavar la cabeza, mijita? —le pregunta Norambuena.

—Un momentito. Siéntanse cómodos.

—No se te vaya a ocurrir acabar dentro de la mina.

—Me sé el cuento, Hugo. Recuerda que tengo a Faúndez de sapo. Él es mi informante.

Se sientan en un sillón hundido, de felpa áspera y gastada. En el escenario, dos mujeres, una bastante gorda, bailan entre ellas y se tocan los pezones.

—La ondita —comenta Alfonso respirando el intenso olor a perfume químico y transpiración agria.

Al frente de ellos, un tipo sentado en otro sillón, con pantalones blancos y una polera sin mangas con la cara de Julio Iglesias, emite quejidos. A la altura de su ombligo, una mujer arrodillada mueve y gira su cara. El tipo le acaricia la abundante cabellera.

—¿Ésa es la Drácula? Le gusta el loly, parece.

—No creo. Se ve muy joven. No tiene celulitis.

Ambos se quedan mirando el espectáculo. Hasta que la mujer arrodillada se levanta y salta al escenario. El tipo se levanta también pero se tropieza. Tiene cerrados los pantalones. Sólo que el área de sus genitales se ve completamente manchada de rojo.

—Con razón le dicen Drácula.

—Es rouge, huevón. Fíjate bien.

La Be-O

La Brigada de Homicidios tiene su cuartel en Condell, una calle llena de árboles en los límites de la comuna de Providencia, justo en medio de un antiguo barrio residencial de viejas casas de dos pisos, protegidas por muros gruesos cubiertos de hiedra.

La casa que alberga a la Be-Hache (aunque no faltan los lumpen que, sin ironía de por medio, la llaman la Be-O, pensando, como es lógico, que *homicidio* se escribe con *o*) posee todos los lujos a que aspiraba la familia burguesa de mediados de los años treinta. Claro que hace tiempo que ahí no vive ninguna familia, sino tres docenas de detectives e inspectores que pasan todo el día adentro, aprisionados en turnos demenciales e ineludibles, lo que a través de los años, claramente, ha desgastado la mansión hasta dejarla en el estado que uno podría esperar de un internado juvenil con problemas de caja chica.

—Así que la Drácula —comenta con ironía Faúndez.

—En efecto —le responde Fernández.

—Espero que no hayas acabado adentro.

—He aprendido mis lecciones, don Saúl. Todas. En serio.

Faúndez, de corbata marrón y chaqueta gris, le entrega su carnet de prensa al guardia que está a la entrada. Alfonso Fernández, con el pelo recién lavado, lo acompaña en silencio, como una sombra.

—Vengo a ver al Subprefecto Maldonado.

—Lo siento, pero no se encuentra. Anda en comisión.

—¿Y el Inspector Tapia?

—Lo llamo enseguida.

En la sala de espera hay un televisor prendido sin volumen y varios afiches. Uno dice: *Detener para investigar, no investigar para detener.*

—Adelante.

El Inspector Tapia les sale al encuentro. Es de ese tipo de hombres que sólo se destacan por su nariz. Tal como Faúndez, tiene algo de púgil, aunque Tapia posee más bien el aspecto del entrenador, del tipo que se queda en la esquina y aconseja.

—¿En qué lo puedo ayudar, señor Faúndez? Siempre es un agrado ayudar a la prensa.

—Un saludo protocolar, nada más. Andábamos por el barrio. ¿Usted conoce a mi delfín?

—Inspector Gerardo Tapia, para servirle.

—Alfonso Fernández, encantado.

Los tres pasan a un inmenso salón que alguna vez fue el comedor principal. El parquet está deteriorado y los raídos sillones de felpa no aportan lujo sino abandono.

—Quería saber si tenía algo bueno. Alguna pistita por ahí, usted sabe. Algo que podamos usar. Y que sea bueno para ustedes, también. Pasando y pasando, lo que me parece muy justo.

—Tengo informaciones respecto al dedo. No sé si les interesa.

—Muchísimo.

—Siéntense, por favor. ¿Un cafecito?

—No, gracias —dice Alfonso.

—De todas maneras —replica Faúndez.

—Momentito, entonces.

El Inspector Tapia se levanta y desaparece tras la mampara. Faúndez mira en forma displicente a Fernández.

—Qué te cuesta aceptar un café. ¿Es para tanto?

—Perdone, don Saúl.

El Inspector regresa con un retrato hablado en papel de fax.

—Un regalo. En exclusiva, se entiende.

—¿Quién es?

—El asesino de las cajeras de Village, la Feria del Disco y el Banco del Estado.

—Pero eso en un caso muy antiguo.

—Se está reabriendo. Hemos encontrado nueva data.

—La diligencia avanza, veo.

—Pero no lo suficiente. Usted sabe: lo más importante es establecer la relación entre víctima y victimario, y por ahí no estamos muy bien. ¿La verdad? Yo creo que este tipo vivió en el extranjero. Estamos coordinados con Extranjería y Policía Internacional. Estos crímenes son muy poco chilenos, quiero decir. Tiene que ser alguien que se corrompió afuera.

—Pero el país está cambiado.

—Eso es cierto, también. Ya no se mata como antes.

Una señora de delantal celeste entra al salón con las tazas de café. Las deja en la mesa de centro, que está algo coja.

—¿Y lo del dedo, Inspector? Bonito caso.

—Muy bonito. No ha sido nada fácil, porque el dedo quedó en muy mal estado. Sí le puedo decir que es un dedo muy fino. Casi de señorita. De alguien que ha trabajado muy poco.

—No es un obrero, entonces.

—Hay sospechas de que se pueda tratar de una mujer.

—¿Me está hueveando?

—Pero eso no lo puede publicar. A lo más puede decir que se trata de alguien delicado. Pero, entre nos, parece que la uña tiene rastros de esmalte.

—¿Un travesti?

—Poco probable. Pero el peritaje sigue, claro. Lo que pasa es que la pequeña falange presenta numerosos destrozos y pérdida de piel. Pero nuestros peritos son de primer nivel.

—¿Han podido dilucidar de qué dedo estamos hablando?

—El del medio o el anular. Lo de las crestas papilares también ha sido difícil, pero la idea es atrapar al sujeto, o sujeta, comparando sus huellas dactilares. Ésa es la idea.

—¿Más testigos?

—No más de lo que publicaron ustedes. Linda crónica, a todo esto.

—Muchas gracias, Inspector.

—También se estableció que el disparo fue hecho con una escopeta.

—Escopeta.

—Así es.

—Bueno, Inspector, creo que es mejor que sigamos. Para variar, ustedes me tratan mejor de lo que me merezco. Les deseo la mejor de las suertes.

—Les tengo otra cosita.

—¿Sí?

—Me informaron que acaban de detener a un sospechoso que se fue en collera. Ya está prácticamente confeso, pero lo van a interrogar arriba. ¿Gustan pasar? Sería un honor.

El Inspector Tapia cierra la puerta y los deja solos, sentados, a oscuras. Al otro lado del espejo, sin que los pueda ver, se mira sin demasiadas ganas un chico con el pelo tan lacio como un trapo usado. Tapia entra a la otra sala y, junto con otros dos detectives, uno de los cuales es Hugo Norambuena, queda de espaldas a Faúndez y Fernández.

El chico está sentado con las piernas abiertas y tiene las manos esposadas. Se nota que está haciendo un esfuerzo por mantenerse en posición recta. Sus ojos delatan abandono, fatiga, rendición. Sus inmensas zapatillas norteamericanas están sin los cordones y su polerón celeste dice *Miami*.

El interrogatorio es inquietantemente poco violento. Ni el detenido ni los detectives elevan la voz.

—Esto parece un confesionario —dice Fernández.

—De alguna manera lo es, Pendejo. Y no te comas las uñas.

El relato de Francisco Falcato Riqueros, alias «el Pancho», lanza habitual del sector Mercado/21 de Mayo/Puente, es lento, arrastrado, carente de emoción y energía. Su voz es la de alguien que tiene mucho sueño pero no puede dormir. O que ha visto demasiado y ya no quiere ver más.

—¿Y no te sirvió de nada el servicio militar?

—No, puh.

—¿Y dónde te tocó?

—Arica. En la frontera.

—¿Y ahí le hacías a la pasta base? —le pregunta Norambuena.

—No, nunca. Acá no más.

Francisco Falcato Riqueros estaba una tarde en su casa, en la población Santo Tomás, con su novia, una tal Viviana. Miraban televisión. Recién había caído la noche. Francisco decidió salir a comprar cigarros y algo para tomar. Rumbo al almacén, se le ocurrió pasar detrás del local de video-games, donde por lo general hace de las suyas el Carita de Pena, alias de Óscar Sobarzo Sobarzo, 22 años, traficante y delincuente habitual.

—Oye, tu mami nos dijo que estabas pringado. ¿Es cierto?

—Sí, algo.

—¿Y fuiste al doctor?

—En el consultorio me dieron una receta, pero sale terrible de caro.

—¿Y te lo pegó tu novia?

—Ella no.

—¿Quién?

—Una loca de allá de Mapocho.

Pancho Falcato reconoce que, si bien hace tiempo que no le hacía a la *angustia*, sí pensaba fumar un poco esa noche. Cuando entró al lugar, se sorprendió al ver a su hermano Gonzalo, de 12 años, aspirando la droga. Como en un acto reflejo, Falcato extrajo la punta con que comete sus delitos y la clavó directo en el corazón del traficante. Antes de extraer la cortaplumas, la giró hacia arriba.

—¿Qué te dijo el Carita de Pena?

—«Por qué tenías que ser tú, loco.»

—Eso te dijo.

—Sí, puh, es que éramos amigos. Desde chicos.

Falcato agarró a combos a su hermano, lo echó para la casa y se dio cuenta de que su amigo ya estaba mareado. Corrió hacia el local de videos y les dijo que el

Carita de Pena estaba mal, lo habían atacado, que llamaran a la ambulancia. El traficante murió antes de que llegara ayuda. Falcato pasó por su casa, le confesó todo a su madre y huyó hacia el centro.

—¿Y dónde andabas metido?

—Mapocho.

—¿Dónde?

—Un hotel y después el río.

—¿Bajo el puente? —contrataca Norambuena.

—Ayer, sí.

—¿Y sabías que te andábamos buscando?

—Sí.

—¿Y? ¿Por qué no te entregaste? ¿Por qué nos hiciste la vida difícil, huevón? Sabías que te íbamos a encontrar, ¿no?

—Sí.

—¿Entonces?

—Quería pasar mi cumpleaños fuera de la cana. Quería cumplir los veinte libre.

Un detective abre la puerta y Norambuena lo agarra de un brazo. Falcato es liviano como una pluma, así que lo levanta de un ala y lo conduce escaleras abajo. Norambuena saluda a Fernández con la mirada y le sonríe.

El Inspector Tapia entra a la sala contigua.

—¿Les sirve? No es una mala historia.

—Este cabro, Inspector, se merece una medalla, no la cárcel. Hizo lo justo y liquidó a un traficante más. Si existe una muerte justificada, ésa es.

—Así es, pero ley pareja no es dura. Yo hubiera hecho lo mismo.

—Uno, al final, es víctima de sus circunstancias. El viejo Edwards Bello tenía razón: «En Chile no hay crímenes, sino destinos».

—La pura verdad. Y esta historia va a comenzar a repetirse. Lo que las autoridades se niegan a reconocer es que la pasta base se les metió a las poblaciones. Nosotros tenemos que hacernos cargo. Si la tontería de la cocaína da lo mismo. Es como perseguir el caviar. Qué importa que algunos cuellos duros aspiren y paguen las ganas. Lo que tiene todo dado vuelta es la pasta. Es un reguero de pólvora. La mitad de los crímenes que ocurren los fines de semana están ligados a la *angustia*. Cada vez molestan menos los curaditos. A lo más, son atropellados. Pero esto está dividiendo a las familias y las poblaciones. Es una guerra y las batallas recién están empezando.

—Qué lío, Inspector. Yo, le confieso, hubiera hecho lo mismo que el cabro. ¿Para qué le voy a mentir? Hay cosas que un hombre tiene que hacer y sólo las puede hacer en ese instante. Si la piensa, entonces no es un hombre. No sé si me entiende.

—El famoso momento de la verdad.

—Así no más es.

La Plaza Bogotá

—La gran diferencia entre los diarios blancos y los amarillos, Pendejo, es que nosotros podemos publicar lo
que queremos, porque nadie importante nos lee —le
dice Faúndez.

Alfonso lo mira a través del espejo retrovisor.
Faúndez no está afeitado y la sombra que le cubre las
mejillas le da un toque siniestro.

—Incluso un condoro como el que te man-
daste el otro día puede pasar inadvertido, porque la información no llega donde más duele. No sé si me entiendes. Tildar de drogadicto a un cuico en *El Clamor*
tiene el mismo peso que tacharlo de mal vestido en *El
Universo*. Les puede molestar un poco, pero pasa. Lo
superan. Lo que a estos sacos de huevas les interesa es
que los amigos no se enteren de lo que les pasó. Que el
domingo en misa no los queden mirando.

—Bien dicho, Jefe —comenta Escalona.

—Es la pura y santa verdad. Ahora, Camión,
quiero que te desvíes hacia mi casa. No voy a andar con
esta lámpara todo el día.

—Vale.

Sanhueza hace virar la camioneta. La cordillera se ve despejada y seca. El aire está quieto como un
gobelino.

—Bonita la lámpara —le dice Alfonso.

—Pero puta que me costó que me la rebajara.
Tozudo el culeado. Mi mujer va a quedar feliz.

—¿Colecciona antigüedades, don Saúl?

—¿Te estás refiriendo a mí?

Alfonso se pone serio, compungido. Los otros tres se largan a reír.

—Cachurera la gorda. Como todas las viejas.

La Plaza Bogotá es lo que sobra de la intersección de cuatro calles de esa parte del sur de Santiago que aún no es San Miguel. La plaza, entonces, se arma gracias a que Lira y Sierra Bella, que son paralelas y corren de norte a sur, cortan en ángulos de noventa grados las calles Sargento Aldea y Ñuble.

Faúndez vive en la calle Lira, en el lado oriente de la plaza, en una típica casa chilena, con zaguán y patio interior, que da a la calle y se une a las otras en una fachada continua y homogénea. La plaza es más rectangular que cuadrada y tiene pasto y árboles en todos sus costados, menos al medio, donde se alza una pérgola y hay una suerte de piscina vacía donde chicos con patinetas hacen malabarismos. También posee una serie de juegos infantiles que son la delicia de los niños del barrio.

La camioneta sube por Ñuble y se detiene delante del antiguo e imponente cine América, que ahora funciona como taller mecánico. Debajo de la marquesina, a la sombra, un grupo de vagabundos duerme siesta junto a unos perros huachos.

Frente a cada esquina de la plaza hay una fuente de soda, como la Gardel y El Triunfo. La plaza está llena de niños y la música de un organillero suena detrás de un quiosco que vende papas fritas y churros.

—Esto es como Quilpué —opina Alfonso antes de que el Camión estacione frente a una casa pintada de blanco—. Tranquilo como un pueblo.

—De noche, huevón, esto es el Bronx. El epicentro de la droga y el hueveo. Esas botillerías están cerradas porque abren toda la noche.

En la vereda, una mujer maciza, seria, de anteojos, con un delantal oscuro y el pelo teñido de azabache arreglado en un moño, barre la vereda mojada. Está a pie pelado. Sus piernas están mal depiladas y son anchas como jamones serranos colgando al sol.

—¿Y este milagro? —le pregunta a Faúndez sin dejar de barrer el polvo húmedo.

—Encontré esta lindura, Berta —dice él sin bajarse—. Pensé que te podría gustar.

La mujer mira la lámpara y parece no reaccionar. Después le pregunta:

—¿No tenemos demasiadas, ya? Con lo cara que nos está saliendo la cuenta de la luz.

—Tengo que arreglarla primero, mujer.

Faúndez abre la puerta y se baja. No se besan. La mujer no acusa recibo de los otros ocupantes de la camioneta. Ambos entran a la casa. La escoba queda apoyada en la pared.

—Puta, mejor solo que mal acompañado —sentencia el Camión—. Y la huevona ni siquiera es rica.

—¿Y el hijo? —pregunta Alfonso.

—El Nelson —responde Sanhueza.

—A ése casi nunca lo dejan salir de día. Lo tienen guardado en el patio del fondo. A veces lo dejan jugar de noche en la plaza. Así asusta menos a los niños.

—Sí, puh, los monstruos siempre han salido de noche.

Primera persona

Alfonso destapa la cerveza y la vacia hasta que el vaso se desborda de espuma.

—Mierda.

Con un paño seca el vaso y lo lleva a su pieza. Desde el living, los parlantes disparan con fuerza la voz de Paquita, la del barrio. Alfonso se sienta frente a la máquina de escribir y la enciende. La brisa nocturna que entra por la ventana arrastra el ruido del tráfico del centro. Estira sus manos y sus dedos crujen. El reloj marca las 23:25. Comienza a tipear.

No sólo la lluvia moja
Un cuento de Aliro Caballero (seudónimo)

Justo antes de que se largara a llover entré al bar. Estaba tibio; olía a cera, cebada y pachulí. Me sentí en casa. Belisario, el barman, me saludó como si fuera mi perro regalón.

Había tenido un día pesado. Como todos, en realidad. Un asalto a una panadería, un suicidio por amor: una mina se tiró a la línea del tren y el automotor a Chillán la partió en dos.

Alfonso sorbe la cerveza y relee lo escrito. Sonríe. Ataca de nuevo:

Belisario me llenó el vaso con vino y me pasó un taco de pisco. Frente a mí había un calendario de cigarrillos con

una rucia con feroces tetas. Encendí el pucho. Pedí otra caña.
Me acordé del cabrito asesinado en la mañana. Tenía la mis-
ma edad del pendejo que está haciendo su práctica conmigo.
Un gendarme le disparó directo al corazón, donde más duele.
El chico quería escapar del juzgado. De alguna manera, lo lo-
gró. Horizontalmente.

El teléfono suena. Alfonso se detiene. Lo deja
sonar varias veces. Se levanta y corre al living.

—¿Aló?

—¿Estás solo, bombón? ¿Vestido?

—Nadia, qué tal. ¿Estás en Viña?

—En el O'Higgins. Paga el diario. Podemos
hablar todo lo que queramos.

—La última vez que hablamos desde el O'Higgins quedó la cagada.

—Se supone que habíamos superado eso.

—Tú lo superaste, yo no.

—No seas latero. Estoy en la cama. Sólo tengo
puesta mi camisa de dormir.

—¿Sí?

—Y estoy un poquito borracha. Fui a un cóctel
que dio la Municipalidad. El alcalde es un encanto.

—Sabes, Nadia, me parece genial, pero no
puedo hablar ahora.

—¿Estás con alguien?

—Estoy escribiendo. Quiero entregar este cuento mañana.

—¿Mañana? Estás loco.

—Me embalé y creo que lo tengo. El plazo vence mañana a las siete de la tarde. Creo que alcanzo. Está en primera persona y es totalmente distinto a lo que
he hecho hasta ahora. Creo que puede ganar.

—O sea, ¿no puedes hablar?

—Hoy no. Mañana. Te cuento cómo quedó. Y nos podemos poner de acuerdo para cuando vaya.

—No sé si quiero que vengas.

—Voy a ir igual. Viña, por si se te olvida, es mi ciudad.

—Me acuerdo todo los días.

—¿Nadia?

—¿Sí?

—Nosotros nos llevamos bien, ¿no? Nos reímos. ¿Cierto?

—Es que tenemos tantas cosas en común.

—¿Tú crees?

—No entiendo a dónde quieres llegar.

—No, nada.

—Ah, no es nada.

—Es que, no sé, a veces siento que me tienes celos, que no quieres que me vaya bien.

—Por favor, cómo te voy a tener celos. ¿De qué? Si no le has ganado a nadie.

Alfonso le cuelga. Y vuelve a tipear.

¿Tú también escribes?

Es la hora de salida de las oficinas. Seis y media de la tarde y el sol sigue arriba; el calor ha cedido y la brisa huele a escape de auto. Aun así es preferible quedarse en el único lugar tolerable: las salas de cine con aire acondicionado.

La angosta calle San Diego está atestada de micros repletas de pasajeros que ya no caben dentro. Obreros de la construcción van colgando de las pisaderas.

Alfonso camina por San Diego hacia la Alameda. Avanza más rápido que las micros aunque no es tan fácil, puesto que la vereda también está intransitable. Los carritos con libros usados no facilitan las cosas. El derroche de letreros, ofertas y mal gusto tampoco.

En las disquerías suenan cumbias y rancheras, y en los grandes almacenes que dan a la vereda cientos de televisores sintonizan la misma imagen con distinto color. Los chocolates fabricados con tierra que venden por kilo en las dulcerías están blandos y viscosos.

El ambiente, en rigor, tiene algo de festivo; el calor de hoy recuerda el infierno de diciembre y el feroz ajetreo navideño. Todas las fuentes de soda están al tope, hay olor a pollo asado y grasa de papas fritas, y en las vitrinas los maniquíes ya están modelando ropa escolar o luciendo tenidas de verano en franca rebaja.

Alfonso sujeta un sobre tamaño oficio color amarillo. La transpiración de su mano ha manchado y corroído el grueso papel. Cuando llega a la Alameda, baja unas escaleras y cruza por un pasaje que da al paso bajo nivel Bandera. Una mujer vende incienso. El aroma del sándalo choca con el de la harina recién tostada.

El centro de Santiago es un solo coro de bocinazos. El sol rebota en los vidrios de los cientos de taxis. Alfonso mira un reloj que dice *El Clamor, diario masivo y popular:* faltan diez para las siete. Comienza a correr. No se detiene en las calles. Pasa frente a La Moneda sin mirar a los guardias. Cuando llega al Ministerio de Educación, no lo dejan entrar.

—¿Cómo que no?

—Hay que entrar por Valentín Letelier.

Alfonso corre por la callejuela hasta toparse con la puerta de servicio. Un guardia le pide su carnet.

—Vengo a dejar un cuento al concurso.

El guardia le señala una puesto que está ubicado a un costado del ancho hall de entrada de mármol. Las sombras están en bloque. Alfonso se coloca al final de la fila. Hay tres personas más. Justo delante de él, una chica con una larga cabellera negra que brilla. Anda con jeans y una polera a rayas como marinero francés. Ella se da vuelta. Lo queda mirando.

—Hola —le dice.

—Hola.

Se ve muy joven y bronceada. Tiene ojos verdes y es un poco bizca.

—¿Tú también escribes? —le pregunta.

—Sí, supongo. Veamos lo que dice el jurado.

—¿Crees que vas a ganar?

—Puedo quedar entre los finalistas.

—¿Cómo sabes? ¿Cómo tan seguro? No conoces a los otros participantes.

—Pero me conozco a mí.

Ella se ríe con su respuesta. El sobre que sujeta en sus manos es rosado y tiene mariposas y pajaritos.

—Te invito a una bebida —le propone muy suelta de cuerpo—. Nunca he conversado con un escritor. Es mi primera vez.

—¿A qué te refieres con primera vez?

La vida, simplemente

Alfonso apaga la luz y acomoda su almohada. Suena el teléfono. Con su mano busca el cordón y lo acerca hasta a él. Al cuarto campanazo contesta.

—¿Aló?

—¿Lo interrumpo?

—Un poco, mamá.

—Tan poco cariñoso que se ha puesto usted.

—Nunca he sido cariñoso.

—¿Estaba durmiendo? Tiene voz de sueño.

—Estaba a punto de quedarme dormido, mamá. He tenido un día largo. Estoy destrozado.

—Pero Alfonsito, no son ni las once de la noche. Me preocupa. ¿Se siente mal?

—Me duele la cabeza.

—¿Fiebre?

—No. Estoy agotado. Tuve un mal día. ¿Nunca le ha pasado?

—Todos los días de mi vida, y no me quejo.

—Sí se queja.

—Pero sigo adelante.

—Yo también. Sigo adelante. Combo a combo.

—No le entiendo.

Se produce un silencio. Alfonso abre la ventana para que entre aire.

—¿Alfonso?

—¿Sí?

—Se quedó dormido.

—Sí. Le estoy respondiendo desde mis sueños.

—Usted está insoportable. Usted y su hermana.

—...

—La Gina se encierra en su pieza y llora. No se le puede ni hablar.

—¿No estará embarazada?

—¿De quién? Si ése es su problema. No sale.

—Como la tía Esperanza.

—Tiene razón. Están cada día más parecidas. Qué horror.

—¿Y su auto?

—Lindo. Pero me ha sacado a dar una vuelta una sola vez. Cuando estaba su abuela. Nos llevó a Quilpué y Villa Alemana. Llegamos hasta Quillota, donde tomamos onces

—Té. Se dice té.

—Fue un paseo muy agradable.

—Qué pena habérmelo perdido.

—Su hermana está rara, Alfonsito.

—Es rara. Lo ha sido toda la vida.

—Debería llamarla. Averiguar. Usted es periodista, es bueno para sacarle cosas a la gente.

—No me insulte.

—Se lo decía como un halago.

—¿Y el clima? —le pregunta Alfonso después de un rato.

—Amanece nublado.

—Ah.

—El otro día me topé con la Nadia frente al Samoiedo. Andaba con un jovencito de pésimo aspecto.

—Debe ser un amigo.

—Podría ser su novio.

—Yo soy su novio, mamá. Le guste o no. Cuando usted se casó con mi padre, yo no me metí, ¿cierto?

—No existía.

—Pero igual. No me hubiera metido.

—Aunque eso significó arruinar mi vida.

—Cada uno cava su propia tumba. Los otros no se pueden meter.

—Yo lo único que he hecho es sacrificarme por ustedes.

—Ya sé, mamá. Tengo sueño.

—Usted vive con sueño. Estoy enferma, nerviosa, y ni me pregunta. A eso hemos llegado.

—¿Enferma de qué?

—Del esófago. Por los nervios que me hacen pasar esas arpías del Registro Civil. Su hermana me tiene loca. Y su abuela no se iba nunca.

—No me hable de mi abuela, vivo con ella. No exagere.

—Por fin se mandó a cambiar.

—¿A las Termas del Flaco?

—Que es lo peor. Un asilo de ancianos. ¿Ha visto algo más deprimente que viejos en traje de baño?

—¿Y la Esperanza? —le pregunta cerrando los ojos.

—En Concepción, con la Ivonne. Cómo los debe estar jodiendo. Su pobre tía Esperanza por Dios que es jodida. Compadezco a su yerno. No es fácil soportar a la Esperanza. Eso lo sabe usted.

—Lo sé.

—Además, con el problema que sufre.

—¿Qué problema?

—Cosas de mujeres. De amor.

—¿La tía Esperanza? ¿No me va a decir que tiene un amante?

—Ojalá tuviera. Ése es su problema. Lo necesita y no tiene.

—¿No?

—No, cómo se le ocurre. Lo que pasa es que su tía Esperanza es muy... ardiente, ya. Eso puede ser bueno y puede ser malo, Alfonso. Si una es soltera o está sola, es malo. Su tía ha sufrido mucho. Es su calvario. No sabe cómo...

—¿Cómo qué?

—Cómo aliviarse...

—Le juro que no entiendo.

—La única manera que tiene su tía de aliviarse es dándose baños de bidet con agua helada. Dios mío, las cosas que estoy diciendo.

—Sí, mamá, no lo puedo creer.

—Es que así es la vida, Alfonsito.

—No debió contármelo.

—Quizás, pero para que vea mis problemas. La Esperanza quería venir para acá durante la época del Festival. Obviamente le dije que no.

—...

—Su abuela no me dejó descansar. No puedo más. Esto no es un hotel. Y la Gina me tiene desesperada. Y está lo de su padre.

—¿Todavía? Basta. Se fue hace siglos.

—Es que lo odio. Me arruinó la vida.

—Todos lo odiamos, mamá. En eso solidarizo con usted.

—Me dieron píldoras, ¿sabe? Me siento dopada, rara. Pensaban que era algo al corazón.

—Son nervios.

—Usted qué sabe.

—Debería ir a ver a un sicólogo. En Santiago todo el mundo va.

—Jamás. No lo necesito. No estoy loca. Además, no atienden por Fonasa. Mi vida es una mierda, eso es lo que pasa. Esa jefa tal por cual. Su hermana. Usted mismo.

—¿Qué tengo que ver yo?

—Que está enfermo, no come, esa tal Nadia. La Flaca me dijo que está pálido y ojeroso y que le pegó ese ladrón de su jefe.

—Puta la huevona habladora.

—Más respeto, Alfonso. Está hablando con su madre. Ese diario lo ha transformado en un lumpen. Para eso se hubiera criado con su padre.

—Si usted no lo hubiera vuelto loco.

—Éste es mi pago —dice ella con la voz entrecortada—. Me he quedado sola por ustedes y defienden a ese animal.

—Nadie lo está defendiendo. Lo odio más que usted. Se lo aseguro.

Alfonso calla un instante y toma un sorbo del vaso de bebida muerta, sin gas, que está sobre el velador.

—Deje de quejarse, por favor. Yo no puedo hacer nada. No me pida más de lo que puedo dar. Usted no sabe lo que me toca a mí. ¿De qué pago me habla, mamá? Firmo Ferrer. ¿Acaso no se ha dado cuenta?

—Sí —le dice llorando—. Estoy tan orgullosa.

—Hay gente que sí tiene de qué quejarse, que lo pasa mal todos los putos días. Hoy, por ejemplo...

—¿Qué?

—No, nada —su voz sale cansada, triste.

—¿Alfonso?

—¿Qué?

—Cuénteme. ¿Qué? Está raro.

—Cansado, no más. Y nervioso, pero sin pastillas.

—¿Le pasó algo?

—Algo.

—¿Por eso está así?

—Sí.

—¿Pero qué?

—Hoy mataron a un cabro que era menor que yo. Lo mataron frente a mí. Escuché el disparo. Vi cómo lo reventó la bala.

—¿Cómo?

—Golpeamos, mamá. Tenemos la exclusiva. No estaba Escalona pero... quizás por eso pasó todo lo que pasó...

—No entiendo.

—Es un gran artículo. Mi mejor. Vi cómo lo mataron, lo vi caer y seguí paso a paso el rito. Firmé Fernández Ferrer, como a usted le gusta.

—Alfonsito, no le entiendo. Explíqueme.

—Estaba en el juzgado de menores, en Lo Prado, ¿ya? Averiguando sobre otro caso. Andaba con un fotógrafo nuevo, que está haciendo la práctica. Armando, se llama. Armando Chandía. Primera vez que le asignaban el sector policial, mamá.

—¿Y?

—Había un cabrito joven, como de diecisiete. Lo vigilaban dos gendarmes. Parece que iba a declarar. Me acuerdo porque lo miré y me miró. Estaba desesperado. Su mirada me afectó. Entonces fue cuando comenzó a correr. Saltó por una ventana y avanzó por el patio hacia la reja. Incluso la saltó.

—¿Pudo escapar?

—Pero uno de los gendarmes le disparó. Directo al corazón, mamá. Murió al instante pero al otro lado.

—Libre.

—Libre. Pero para qué. El gendarme le podía disparar a la pierna. Hacerlo perder el equilibrio, no sé.

Lo mató porque lo quiso matar. Nunca había visto a alguien morir. Fue tan rápido. Un instante vivo y después se fue. La gente no muere como en la tele, mamá. Es distinto. La sangre es más morada y se te pega.

—Usted no debería ver esas cosas.

—A los pocos minutos llegó la policía, y los tiras y los del Médico Legal. El pobre cabro no estaba ni frío cuando comenzaron a desnudarlo ahí delante de todos, a pleno sol.

—Qué falta de respeto. Pobre.

—Se llenó de pelusas; una media turba de morbosos, ahí, acechantes. Y le sacaron la ropa. Tenía los calzoncillos un poco manchados, como yo cuando era chico.

—...

—Lo midieron y revisaron el impacto de la bala, que salió por el otro lado. Después lo dieron vuelta y su piel se fue manchando con la sangre de la poza. Ni siquiera le cerraron los ojos, mamá. Era como si siguieran mirándome.

—Ay, Alfonso.

—Y después vino la orden.

—¿Cómo?

—Le avisé a Faúndez. Me dijo que consiguiera la otra versión de la historia. Que hablara con los parientes. Así que fui donde los pacos y ellos me dijeron que como esto recién había ocurrido, aún no les avisaban.

—Mejor que no haya hablado con ellos. Debe ser tan incómodo hablar con los deudos. Yo apenas soy capaz de dar mi sentido pésame.

—Ése es el problema. Hablé.

Alfonso se queda callado. Su madre no se atreve a interrumpirlo.

—Llamé a Faúndez, mamá, y me dijo que me

consiguiera la dirección y fuera a notificarles. Que podíamos titular con esto. Que nadie más lo tenía.

—Qué insensible.

—Después me felicitó por tener tan buena suerte. Por estar en el lugar adecuado en el momento adecuado. Me dijo que aprovechara de averiguar por qué el cabro estaba en el juzgado de menores. Quería saber qué había hecho para ingresar a la cárcel. Me ordenó ir a hablar con sus parientes.

—No me diga que fue a esa casa.

—Fue horrible, mamá. No debería haber ido, pero en ese instante quise. Me pareció emocionante.

—¿Emocionante?

—Hasta que se abrió la puerta y pregunté por la dueña de casa. Estaba preparando porotos granados. Había olor a albahaca en esa casa, mamá. Una casa de pobres. Miserable. Con piso de tierra.

—¿Se lo comunicó?

—Y comenzó a pegarme. De puro desesperada. Lloraba arriba mío. Me demoré tanto en decírselo, pero ella sólo gritaba «lo sabía, lo sabía».

—¿Cómo se llamaba el mocoso?

—Jónathan. Ya le habían matado al mayor. Jónathan se escapó porque en la cárcel querían abusar de él. Si no se dejaba, iban a violar a su hermanita. Los traficantes de la misma población. Tenían toda una red.

—Ay, qué mundo, Alfonsito.

—El mundo real, mamá.

—Yo debería estar allá. Cuidándolo a usted.

—Eso no es todo —le dice él.

Alfonso contiene las lágrimas. Su garganta ya no deja pasar aire.

—Dígame. Y tranquilo. Despacio.

—Volví al diario deshecho. Escribo la nota. Sale

bien. Faúndez entonces me pide las fotos. Voy donde Armando Chandía y se las pido, pero no las tiene.

—¿Las perdió?

—No las tomó. Se paralizó de angustia. No estaba acostumbrado. Me dijo que fue tal el shock que sintió en esa casa, que no fue capaz.

—¿Le explicó eso a su jefe? Yo lo entiendo perfectamente.

—Sí, pero me gritó de vuelta. Me dijo que el reportero siempre es el jefe. El que manda. Los fotógrafos son como los soldados. Por lo tanto, era mi culpa. Así que tuve que volver.

—Dios mío.

—Con Escalona. El ataúd de madera con el Jónathan ya estaba ahí.

—¿Y qué hizo usted?

—Me puse a llorar, mamá. ¿Qué iba a hacer?

Gato por liebre

Alfonso deja la grabadora a un lado, saca el cassette y lo guarda en el bolsillo de su camisa. Relee el artículo en la pantalla del computador.

**La acosaba sexualmente:
el dedo era de su alumna**

Redacta la bajada:

Policía de Investigaciones resuelve asesinato del profesor Christián Uribe Ceballos.

Suena el teléfono. Es Roxana.

—¿No ha aparecido?

—No. El Camión le anda siguiendo la pista. Llamó y me informó que no está en ninguno de sus lugares habituales.

—Este viejo culeado me las va a pagar.

—Según Escalona, tomó bastante al almuerzo. Tuvieron que ayudarlo a levantarse. Después paró un taxi. No se fue con ellos.

—¿Y tú, Alfonso?

—Yo estaba en el cementerio de Maipú. Agarré una exclusiva, pero no te la voy a dar.

—Sólo quiero saber de Faúndez.

—Espérame, que viene el jefe hacia acá. No cortes.

Darío Tejeda se acerca a Alfonso y lo mira con dureza.

—¿Y Faúndez?

—Está reporteando, señor.

—¿Qué?

—Anda en Maipú, en el cementerio. Una señora nos llamó y él partió a investigar. Era una cosa urgente.

—¿Qué pasó?

—Quiso cambiar a su marido muerto de nicho y encontró el esqueleto de una mujer en el ataúd.

—Genial.

—Sí.

—Escuché por ahí que estuvo muy regado el almuerzo.

—No lo sé, señor. Yo almorcé acá en el diario.

—La conferencia de prensa del dedo la cubrió Faúndez, ¿no?

—Así es.

—¿Y el artículo ya lo escribió?

—Así es.

—Quiero titular la edición de provincias con eso. El texto tiene que estar listo en veinte minutos.

—Si está listo. Me dejó revisándolo. Todo listo. También tenemos otros casos buenos.

—Nada se compara con lo del dedo. ¿Así que era su amante?

—Diecinueve años. Pero él quiso volver con su mujer.

—De armas tomar la mina.

—Así parece, don Darío.

—Si no llega este borracho, despáchalo tú no más. Y suelta el artículo para que lo pueda leer yo en mi terminal. ¿Vale?

—Vale.

Tejeda se da media vuelta; desparece tras los módulos de *Deportes*. Alfonso toma el teléfono.

—¿Estás ahí?

—Lo escuché todo. ¿Qué vas a hacer? ¿Quieres que te dicte? Yo no estuve presente, pero hablé con el Topo Ulloa. Apúrate. Tengo apuntes que pueden servir.

—No te preocupes, ya lo tengo. Transcribí la grabación. Faúndez entrevistó en exclusiva al Inspector Tapia. Todo bien. El Camión encontró la grabadora en el suelo de la camioneta.

—Puta el viejo irresponsable.

—Eso lo sabías de una. Ahora te cuelgo.

—Gracias por defenderlo. Todavía le duele haberte pegado.

—Da lo mismo. Nos vemos.

Alfonso cuelga y vuelve a la pantalla. Teclea unas letras: *Por Saúl Faúndez*. Sonríe.

Patio Esmeralda

—Te pasaste, cabro.

—Cuando quiera, don Saúl.

—No, en serio. Te debo una, Pendejo. Y te la voy a pagar.

—Da lo mismo.

—No da lo mismo. Estas cosas nunca dan lo mismo. Te la jugaste por mí. Me defendiste a pesar de todo.

—Si para eso estoy. Para ayudarlo.

—Para aprender. Y no te he enseñado nada. Puros malos ejemplos.

—Nada que ver. Me ha abierto los ojos. Lo único malo es que...

—Es que qué.

—Es que ya no los voy a poder cerrar.

Faúndez esquiva la mirada. Con el dedo dibuja una cara triste en la sal que llena un vaso de vino. Los ventiladores del techo giran lentos, sin ganas. Faúndez se sirve otro Fermet con manzanilla. Con la mano llama al mozo.

—Ya tomó harto por hoy, don Saúl, ¿no cree?

—Ni siquiera he empezado.

Están en el bar y restorán Patio Esmeralda, calle Esmeralda casi esquina Diagonal Cervantes. El ambiente está denso con el humo de los braseros y el fermento del pipeño. Ambos están al lado de la ventana que da a la galería del mismo nombre, que ya está cerrada. Desde su asiento Alfonso mira los letreros del reparador de carteras, del doctor del paraguas, del vaciador italiano.

El mozo se acerca y les pregunta qué desean.

—¿Tiene cazuelín de menudencias?

—Los lunes, señor. Con las sobras.

—Entonces déme guatitas con arvejada.

—¿Y el joven? ¿Lo mismo que el papá?

Alfonso le sonríe a Faúndez.

—A ver, yo quiero algo más normal. Riñones al coñac, ¿puede ser?

—Cómo no. ¿Con arroz?

—Perfecto.

—Les ofrezco borgoña con durazno. La especialidad de la casa.

—Muy bien —le dice Saúl antes de encender un cigarrillo. Deja el fósforo en una concha marina con restos de ceniza.

—¿Le pasa algo, don Saúl?

—Estaba pensando en mis riñones. El coñac y el alcohol que han soportado. Cada vez estoy meando más veces y menos cantidad, Pendejo. Y la huevada me está comenzando a doler de verdad.

—Debería hacerse ver.

—En marzo.

El Patio Esmeralda tiene dos ambientes: el bar con su barra y la larga repisa de botellas de vino empolvadas; y el restorán, con sus mesas de formalita. La decoración pretende ser española, pero no queda tan claro. Las paredes están adornadas con grandes miniaturas de galeones y escudos de armas.

El mozo regresa con el borgoña. Les sirve a los dos.

—Salud. Y gracias.

—A usted.

Faúndez se toma el vino al seco.

—Me quedó dando vueltas eso que dijiste de abrir los ojos. Por eso uno toma, Pendejo. Para eso uno se mete con tanta mina. Para poder cerrarlos. ¿Me entiendes? Para recuperar la calma.

—Ya sé cómo te voy a pagar. Cómo voy a saldar mi deuda contigo. El sábado nos vamos a ir de juerga. Con la Roxana y Escalona y los que quieran. Y tú vas a ir acompañado.

—Lo que pasa es que...

—Nada de pendejerías. Vas a ir con la Valeskita Leiva y se acabó el cuento. Es sobrina del masajista de los Baños Anatolia. Es una gran podóloga.

—¿Qué?

—Podóloga. La huevada de las patas, de los callos.

—La mujer de mis sueños...

—Mira, huevón, trabaja en una de las peluquerías más finas del barrio alto. Hace visitas a domicilio. La mina se moviliza en taxi. Le va muy bien.

—Así veo.

—Puta, es joven, tiene medias gomas, feroz raja, y es como tonta para el que te dije.

—¿Experiencia personal?

—Conocimiento carnal, sí. Y hace unas cosas con los pies que te mueres.

—¿Con los pies?

—La parte menos explotada del cuerpo.

Los Braseros de Lucifer

El local se llama Los Braseros de Lucifer y, tal como era de esperar, el color dominante es el rojo, aunque las brasas están bien escondidas dentro de las parrillas individuales que funcionan como centro de cada una de las mesas.

A través de la ventana se divisa claramente la calle San Diego y, más allá, la iluminada cúpula de la iglesia de los sacramentinos. En el escenario, de pie y teñida de luz, Valeria González Mejías, vestida íntegramente de oro. La orquesta, más atrás, luce de negro, con corbatas plateadas.

—Gracias una vez más, querido público. El aplauso es el pago del artista y esta noche he recibido el sueldo de un mes.

La gente aplaude más todavía. Valeria arregla su inflado pelo, que cae sobre sus senos.

—Yo siempre me he debido a mi público y es reconfortante sentir que ustedes me quieren de la manera como lo hacen. Gracias. Y gracias, también, a los hermanos Olivares por mantener este importante centro nocturno que es una fuente de trabajo para todos los artistas chilenos. Para finalizar, voy a dar curso a un pedido que me ha llegado. Lo leo primero.

Valeria González Mejías abre una servilleta:

—*Para Roxana, que ilumina mis tardes. De Saúl, que conoce sus debilidades. Este tema de Paquita que tanto te hace vibrar.*

Saúl mira a Roxana y ésta le toma la mano. Sus ojos delatan emoción. Valeria González Mejías arruga la servilleta y la esconde en su escote. La orquesta comienza a sonar como si fuera una banda de mariachis.

Escalona le guiña un ojo a Alfonso. La mujer de Escalona se nota incómoda. Se ve bastante menor y sencilla. No ha hablado en toda la noche. Luce un vestido con cuello de encaje y cruz de oro. El Camión está solo y lanza besos hacia una mesa de secretarias que están de festejo.

«Invítame a pecar, quiero pecar contigo… no me importa pecar, si pecas tú conmigo…»

Alfonso aprovecha un silencio de la canción para susurrarle algo a Valeska:

—¿A ti también te gusta Paquita?

—Primera vez que escucho esta canción, pero me gusta la letra. Estoy de acuerdo, ¿y tú?

Alfonso se apresta a responder cuando siente el pie de Valeska sobre sus muslos.

La pista de baile está repleta y el calor es espeso. La orquesta que está tocando es la Sonora Carnaval y los integrantes tienen sus trajes granates con corbata alba empapados en sudor.

«¡Ay!, qué pena, se me ha muerto el canario.»

El vocalista tiene un jopo embetunado en gomina. La gente, casi todos mayores, arriba de cincuenta años, corea la canción. Una pareja se luce armando pasos caribeños mezclados con tango.

—¿Seguro que no quieres bailar? —le pregunta Valeska a Alfonso con una voz pastosa y poco natural—.

Después te puedo curar las patitas. Yo sé mucho de eso.

Valeska anda con una peto stretch color verde y pantalones rosados muy ceñidos. Alfonso le mira las manos. Sus uñas son largas y color rosa eléctrico.

—Bonitas tus manos.

—Deberías ver mis pies.

Escalona mira la pista en silencio. Su mujer lo toma de la mano y hace lo mismo. En la pista Roxana y Faúndez coquetean ferozmente. Danzan agarrados de la cintura. El Camión tiene entusiasmada a una secretaria con el pelo zanahoria. Mientras baila, la polera se le sube y el ombligo se le escapa.

—¿Estás seguro de que no quieres bailar, cariño?

—Más tarde.

—Más tarde yo no voy a querer bailar. Voy a querer hacer otras cosas.

Valeska lo mira sin miedo ni pudor. Sus ojos son negros y están rodeados de más oscuridad. Sus pestañas pesan con el rimmel. Su delineador tiene algo de azul escondido.

Un viejo deshidratado y enjuto se acerca a la mesa. Acarrea una aparatosa máquina fotográfica.

—¿Un recuerdito de los Braseros?

—Por ningún motivo —responde Escalona, ofendido.

—Para la señorita —insiste el fotógrafo.

—Ya le dijimos que no. *No* es *no*, señor.

El fotógrafo se aleja un poco molesto hacia una mesa que celebra un aniversario de matrimonio. Escalona lo mira desaparecer.

—Alfonso, déjame decirte una cosa. Quiero decirlo aquí, frente a mi señora esposa. Jamás, y repito jamás, terminaré tomando fotos en una boîte. Esto es una promesa. Lo juro por mis hijos. Un artista, Alfonso, no puede trabajar en cualquier lugar. Ni vender su talento como si fuera un simple oficio. Los que dicen eso son cobardes o fracasados. Si uno no tiene dignidad, Alfonso, uno no tiene nada.

Plagio

—¿Aló, Candelaria? Hola, habla Alfonso, el de los cuentos.

—Sé perfectamente quién eres. Estaba esperando tu llamada.

—¿Sí?

—¿Cómo estás?

—Bien, aunque me duelen los pies.

—¿Los pies?

—Es una larga historia. Una larga juerga que organizó mi jefe.

—¿El que aparece en el cuento?

—Exacto. ¿Lo leíste, entonces?

—Tres veces.

—¿Te gustó?

—A mí sí, aunque a mi padre no.

—¿Qué tiene que ver tu padre?

—Se metió a mi pieza y lo leyó. Te odia.

—¿Qué le he hecho?

—Quedó asqueado con los garabatos y la escena de sexo. Dice que eres un enfermo y un degenerado. A mí, en cambio, me excitó.

—¿Qué?

—Se me calentó la sangre. Me encantaría poder vivir algo así. ¿Es autobiográfico?

—Le pasó a él, no a mí.

—Pero escribes como si supieras mucho.

—No hay demasiadas cosas originales que se puedan hacer en la cama. Recurrí a mis experiencias.

—Has tenido hartas, parece.

—Lo normal. ¿Podríamos salir?

—¿Leíste el mío? ¿Qué te pareció?

—Te gusta García Márquez, veo.

—Me encanta. Qué hombre con tanta imaginación.

—Te podrían acusar de plagio.

—A ti también. No creas que no he leído a Bukowski. Qué mente...

—Gran mente.

—¿Pero te gustó mi cuento? ¿Sí o no?

—Más me gustas tú.

—Eres bueno para las palabras, Alfonso.

—¿Salgamos? Podríamos ir al cine y después, no sé...

—Tú no vas a ir a ninguna parte —interrumpe una voz ronca y enojada.

—Papá, cuelga. Esto es el colmo. ¿Cómo puedes estar escuchando mis llamadas? ¿No habíamos llegado a un acuerdo?

—Y usted, jovencito, cuelgue inmediatamente.

—¿Aló, Candelaria? —dice Alfonso—. ¿Qué onda?

—¿Me podrías llamar más tarde? Después de las nueve. Antes tengo taller.

Playa Chonchi

Frente al Mercado Central, al inicio de la larga calle San Pablo, que termina poco menos que en el aeropuerto, se ubica un restorán con alma de picada llamado Playa Chonchi, en homenaje a la tierra natal del chilote que es su dueño. El Playa Chonchi ocupa el segundo piso de una vieja casona que está arriba de la Galería Las Rosas, célebre por boliches y bazares como El Rey del Botón y La Casa del Cierre-Eclair.

Para llegar al Playa Chonchi hay que subir una larga y crujiente escalera angosta que deja al comensal agotado y hambriento una vez arriba. Los techos son enormes de altos, por lo que en invierno se hiela hasta el metal de los cubiertos. En verano, sin embargo, el frío se vuelve un agrado y, desde sus ventanas abiertas, no sólo se divisa la cúpula de fierro forjado, diseñada por Eiffel, que corona el Mercado, sino que se tiene una espléndida vista del cerro San Cristóbal.

El local es esencialmente democrático y atrae a cargadores y turistas por igual. Su lujo está en la comida y no en el acuario burbujeante de la entrada o en los inmensos cuadros de lanchones marinos y palafitos al atardecer.

—Dos botellitas más de este mismo blanco —le pide Faúndez a la mesera, que ya tiene sus años—. Y bien helado, como a mí me gusta.

La mesa es larga y da a la ventana, por lo que las servilletas se mueven con la brisa que entra. Roxana

Aceituno, roja como pancora, brilla con la crema Nivea que de tanto en tanto esparce sobre su piel. El pote azul está al lado del pebre y del plato de limones partidos.

—No se va a poder acostar esta noche, mijita —le dice el Chico Quiroz—. Va a tener que dormir parada.

—¿Me quieres acompañar, Chico?

—Si no te molesta que mi lengua pase entre tus piernas toda la noche. Recuerda que te llego hasta la mitad.

El Camión mira a Alfonso y ambos se ríen.

—¿Qué te pasa? —le dice Faúndez a Sanhueza—. ¿Eres huevón o te dio de mamar tu papá?

—Nada, Jefe, chiste interno. Eso es todo.

Esta noche hay tres comensales más. El Topo Ulloa, el Inspector Diógenes Salgado, que recién se ha cortado el pelo, y el viejo Leopoldo Klein, que no deja de observar con ojo crítico su porción de picorocos a la orden.

—Cómo están tus choros, Roxana.

—Maltones al orégano, hijo de puta, y no me huevees más, mira que la quemada en la Tupahue me puso de mala.

La mesera trae las dos botellas de vino y retira las que ya han dado de baja. Desde la cocina suena *Quisiera no quererte más.* Alfonso mastica sus calamares fritos mientras Saúl termina sus piures con salsa verde.

—Nos trae el curanto no más, señora —dice Leopoldo Klein con su pausada forma de estirar las sílabas.

—Ah, pero yo ando antojada con centolla. ¿Tiene?

—Sí, nos llegó de Quellón. Esta mañana.

—¿Cómo que antojos? —le pregunta el Topo Ulloa—. Roxana, no me vas a decir que...

—Tengo ganas de comer centolla. ¿Puedo? Hace bien para la piel. Inspector, usted que tiene poder, ¿es posible? ¿Me lo autoriza?

—Para Roxana, lo que desee —le responde, muy galante, Diógenes Salgado—. Esta noche yo pago. Tengo descuento. Esta gente me debe un favor.

—Eso es lo bueno de vivir en este país. Todos les deben favores a todos. ¿Dónde te tratarían mejor? —suspira Ulloa con cara de pícaro.

—Centolla —exclama Faúndez—. Centolla.

Todos los comensales lo quedan mirando.

—¿No pediste curanto? —le pregunta Roxana.

—Curanto para todos y centolla para ti, mi rosa colorada —le dice antes de sorber un poco de vino.

Se queda en silencio un rato y piensa. Una gran sonrisa altera la geografía de su cara. Después agrega:

—Puta, era tan joven que creo que no tenía ni pelos en las huevas —parte—. Estoy hablando de hace siglos, millones de años. Incluso el Gringo Klein era joven, apuesto y no sufría de constipación. ¿Te acuerdas? ¿Lira Massi, Gómez López, Galvarino Canales el viejo?

Leopoldo Klein se acomoda en su asiento y mueve su cabeza con el peso de la emoción.

—*Las Noticias Gráficas* —dice.

—Así es. *Las Noticias Gráficas,* el mejor de todos los diarios. Puta que teníamos poder.

—Nos respetaban, nos temían —agrega Klein.

—Nos sentíamos el hoyo de la raja y lo éramos. Golpeábamos todos los días, estábamos en la chuchoca misma.

—Nunca un diario ha juntado un mejor equipo. Ni *El Clamor.*

—Ni *El Clamor.* Tal cual.

La mesera, junto a dos más, interrumpe el recuerdo con una inmensa olla repleta de curanto. El vapor que se escapa de los chapaleles es tal que empaña los anteojos del Topo Ulloa.

—¿Y la centolla?

—Ya viene, señorita. Al tiro.

—Esto sucedió hace siglos —parte de nuevo Faúndez—. En el Hotel Carrera se suicida un mozo, en el ascensor para más remate, con una pistola. Le estallan los sesos. Esto lo supimos por un llamado. Nos avisó un botones que era fiel lector. El que contestó fui yo, por eso sé tantos detalles. Nosotros estábamos en Teatinos, a una cuadra, así que llegamos en lo que uno se demora en tirarse un peo.

—¿Con quién fuiste?

—Henry La Costa. El Asesino de Niños, como le decían por su falta de escrúpulos.

—Un gran concha de su madre —exclama Klein antes de arrepentirse—. Perdone, Roxana, disculpe el lenguaje, pero La Costa era malo-malo. Famoso de malo. Lo expulsaron del Perú y terminó en *Las Noticias Gráficas*.

—Malo pero bueno.

—El mejor reportero policial de la historia. Entrevistaba a los cadáveres, así de bueno era.

—Todo lo aprendí de él —recuerda Faúndez.

—Escribía bien el limeño. Una prosa del diablo que se transformaba en música.

—Lo que él hacía con el punto y coma sólo muy contadas mujeres son capaces de hacerlo con la lengua —agrega Faúndez mirando a Roxana directo a los ojos—. Nada más hablar de La Costa me emociona. Para qué lo voy a negar.

—Pero sigue, hombre —le dice Klein—. Yo no

estaba esa noche; como tú bien sabes, asistía a un estreno, pero me sé el cuento. Termínalo, para que las nuevas generaciones se enteren.

—Muy bien. Llegamos antes que los ratis... Disculpe, Inspector, antes que los detectives.

—No se preocupe. Estamos entre amigos.

—Así no más es. Bueno, cuando la Brigada de Homicidios llegó, nosotros ya estábamos fuera, caminando hacia el diario, con todas las fotos y los sórdidos detalles que incluían sexo, mariconeo, diplomáticos, rapé, turistas extranjeros, una vedette caribeña del tap-room, extorsión, infidelidad, un miembro del Partido Radical, maletas perdidas y abuso de poder.

—Qué maravilla —exclama el Topo Ulloa, abriendo la concha de un choro zapato.

—La huevada es que todo este escandalillo asustó a los del hotel, en especial al relacionador público, que era un pije hijito de su papá y que rápidamente alertó al gerente, otro pije, y entre los dos hicieron todos los trámites humanamente posibles para impedir que la noticia saliera publicada. De hecho, lograron convencer al inspector de turno y el resto de la prensa no supo nada. El relacionador público fue al diario y habló con el director y el subdirector, y ambos le dijeron muy educadamente que no los hueveara y que, si deseaba conseguir algo, tenía que vérselas directamente con el jefe de la sección policial, que en ese tiempo era el grande e irremplazable José Gómez López.

—Pepe Gómez —aclara Klein—. Que en paz descanse.

—Un poco antes del cierre del diario llegó hasta la sección el gerente del hotel con el propio relacionador público. Obviamente, pidieron hablar con Pepe Gómez. Y éste, claro, los recibió, no sin antes llamar a su lado a Henry La Costa. La cosa es que los dos pijes le manifestaron que el célebre establecimiento que representaban quería ofrecerle una comida como prueba de la «amistad desinteresada» que los unía.

—Como vecinos —aclara Klein.

—Exacto. Como vecinos. Pepe Gómez los mira de arriba a abajo y les responde que con mucho gusto acepta la atención, pero que considera injusto y hasta incómodo que sólo coma él, en circunstancias de que en el diario trabaja un montón de periodistas, amén de los porteros y de los pobres atorrantes que usan las escaleras del edificio para dormir resguardados del frío.

Saúl Faúndez interrumpe su relato y bebe —al seco— un vaso de vino blanco.

—Los pijes estiman que no hay problema y le ofrecen una comida para «todos los presentes». Y agregan: «Basta que usted nos indique cuántos son». Rápidamente, periodistas, empleados, atorrantes y yo nos alineamos para que nos contaran. «Somos quince», les dijo Pepe Gómez, y ellos respondieron: «Perfecto, ¿qué se sirven? Pidan lo que quieran. Para eso somos amigos». Pepe partió y dijo «centolla». «Yo también», dijo Henry La Costa. «Centolla para mí», gritó Lira Massi. Así hasta el más atorrante que, para no serlo tanto, se mandó las partes y pidió langosta, el perla.

—Y tú, ¿qué pediste?

—Centolla. No iba a arrugar. Además, nunca la había probado. Tú, Alfonso, ¿la has comido?

—Sí, don Saúl, para la Navidad.

—Bien. La cosa es que el gerente toma nota y diez minutos después tres garzones del Hotel Carrera, más el maître, todos de uniforme y guantes blancos, llegan con unos enormes canastos con orejas portando las viandas. Con los escritorios improvisamos unas mesas para el sensacional banquete. Colocamos los platos, los servicios, se destapa el vino y el gerente pregunta si todo está bien. Pepe Gómez, sentado a la cabecera, levanta su copa y dirigiéndose al gerente y al relacionador público, les hace un brindis: «Quiero brindar esta primera copa a la salud del Hotel Carrera, porque es el primer perro muerto a domicilio que se hace en Chile. Si el gerente espera que mañana no salga publicada la noticia que lo afecta, cumplo con el deber de mostrarle la primera página de mañana. En exclusiva, antes que a nadie. Aquí está». Y le muestra la portada con la foto del muerto y, en tinta roja, el título: *Extraño suicidio en el Hotel Carrera*. La comida quedó hasta ahí pero puta que nos reímos.

Todos se largan a reír y atacan sus platos. Faúndez se levanta y dice:

—Permiso, la próstata llama.

La mesera finalmente le trae la centolla a Roxana; el rojo de la caparazón del crustáceo se ve rosado al lado de ella.

—Te convido mi trozo de longaniza por una de tus patitas —le ofrece el Camión.

—Ni lo sueñes —le responde ella.

Alfonso se levanta, se limpia la boca con la servilleta de género y parte al baño. En la cocina un joven con aspecto de mapuche lava un cerro de platos. El chilote, en el bar, lee un ejemplar del *Extra*. De la radiocassette sale la inconfundible voz de René Inostroza.

Fernández abre la puerta del baño y percibe un intenso olor como a orina después de haber comido espárragos. Saúl Fernández no está. Alfonso se acerca al gran urinario de loza saltada y se baja el cierre. El urinario es largo, ocupa toda una pared y una imperceptible cascada de agua cae desde una cañería oxidada. Desde la única caseta le llega el ruido de alguien aspirando algo. Es un sonido tenso. Alfonso intenta orinar pero no lo logra. La puerta se abre y aparece Faúndez.

—Pendejo, ¿qué tal?

Alfonso dobla su cabeza para mirarlo. Faúndez tiene polvo blanco alrededor de una de sus fosas nasales. Instintivamente se toca la nariz y nota los restos de cocaína.

—Me pillaste pichicateándome —dice subiéndose al escalón del urinario—. Para que veas que no es sólo una cosa de adolescentes en discothèques. ¿Quieres? Está rebuena. Me la regaló el Inspector Salgado, que es tan requete amable.

—No, no, gracias. No creo que...

—Yo antes era así, Pendejo. Como en la anécdota. Insobornable. Aún lo soy, créeme. No me juzgues por las cosas chicas. Al menos ten eso en cuenta. A nadie hay que juzgarlo por las cosas chicas. Todos nos caemos en eso.

Faúndez comienza a mear. Alfonso mira hacia abajo. El agua que cae de la cañería diluye la orina roja que sale de Saúl.

—Me estoy desangrando vivo, Pendejo.

¿Me está hablando a mí?

Siete de la tarde, el día sigue, se arrastra, no para a pesar de lo largo, caluroso y violento que ha sido. Faúndez y Escalona están de gira, fuera de la ciudad, en Rancagua, invitados por Carabineros, redadas en Coltauco, quema de marihuana en Rancagua, todos los traficantes de droga de la Sexta Región en manos de la ley y listos para la foto.

Alfonso y el Camión bajan por Vitacura. Regresan de una mansión que ha sido asaltada. Desconocidos maniataron a dos empleadas y las encerraron en la despensa. Los ladrones, cuatro cabros jóvenes, buenos para el hueveo, la jarana, locos con la *angustia,* la pasta base, ingresaron a la casa, que se encontraba sin sus moradores. Éstos se hallaban veraneando en un exclusivo balneario de la Cuarta Región. El asalto, en el cual hurtaron especies y joyas evaluadas en una suma superior a los quince millones de pesos (varias pinturas al óleo de Pacheco Altamirano, y Carmen Aldunate como yapa), pronto dio paso a una bacanal. Al parecer, los malandrines se toparon con drogas, tragos y videos pornográficos, todos de propiedad del matrimonio ausente. La fiesta terminó en la violación de las dos empleadas, el consumo de las delikatessen encontradas en el refrigerador y abuso de las sustancias químicas. También utilizaron la piscina, donde los malhechores hicieron sus necesidades fisiológicas y otras degeneraciones que contaminaron el agua clorizada.

—Y vos qué creís, Camión: ¿fueron violadas o simplemente se dejaron llevar?

—Las dos cosas. Ni huevonas.

—Yo no sé, yo creo que a nadie le gusta ser violado. El sexo a la fuerza debe ser lo peor.

—No hables sobre huevadas que no sabes.

—Detente acá. Mira que tengo que comprar algo. Espérame, me demoro cinco minutos como máximo.

—¿Qué necesitas?

—Un regalo. Ropa de mina. La Nadia está de cumpleaños.

—Apúrate.

Alfonso se baja y corre hasta la boutique que se encuentra en la otra esquina. El local está vacío y huele a spray antitabaco. La mujer que atiende habla por teléfono. Mejor dicho, escucha, responde monosílabos. Alfonso revisa las repisas atestadas de blusas, chalecos, faldas. Ve una prenda azul que le llama la atención. Al sacarla, las otras blusas caen al suelo.

—Disculpe —dice mientras se agacha a recogerlas.

La mujer cuelga violentamente el auricular y le grita:

—Ten un poco más de cuidado. Si no piensas comprar, mejor ándate, tal por cual.

—¿Qué?

La mujer llega donde él y con violencia le toma el brazo y lo empuja lejos.

—Muévete, niño. Estás arrugándolo todo.

—Ya le dije que perdone.

—Me da lo mismo. Ya, ándate, además no creo que te alcance la plata. Así que deja de manosear esas prendas.

—Creo que debería tratarme mejor. Ya le pedí

disculpas. Ahora creo que la que me debe una disculpa es usted.

—Qué te has creído, mocoso de mierda. Ya, ándate, te dije, sal de mi tienda, que me das asco.

—¿Perdón?

—Mira, no tengo tiempo para hablar con rotos.

—¿Me está hablando a mí? Disculpa, ¿a mí me estás hablando así?

—O te vas o llamo a los pacos, imbécil —le grita ella.

—A mí no me tratan así. Ya no.

—Me importa un rábano.

Alfonso la mira un buen rato y hace un gesto que la asusta, pero se reprime y no alcanza a tocarla.

—Mírame bien la cara, vieja, porque te va a costar olvidarla.

Alfonso abandona la tienda y corre rumbo a la camioneta. El Camión está leyendo *Las Noticias Gráficas*.

—Huevón, me tienes que ayudar. Rápido.

—¿Qué pasa?

—Préstame tu Luger. Apúrate.

—¿Estás loco?

—Sí, y la necesito ya, antes de que me vuelva la cordura. Sácale las balas.

—¿Vas a asaltar a alguien?

—A imponer justicia. Quédate aquí, con el motor prendido.

El Camión descarga el revólver.

—No hagas algo que después te pueda costar caro.

Las balas quedan en la palma de su mano. Le pasa la Luger.

—Por ser tú no más.

—Si sé. Está en buenas manos. Gracias.

Alfonso inserta el revólver en su pantalón y corre de vuelta a la tienda. La calle está vacía. El sol ya se puso pero hay luz, aunque lo que predomina son las sombras. A través de los vidrios ahumados de la boutique divisa a la mujer. Está hablando por teléfono. Alfonso saca la pistola y entra. La apunta mientras camina. La mujer queda muda.

—Cuelga.

Los ojos de la mujer no caben en sus cuencas. Alfonso se acerca y corta el teléfono. Con la misma mano desocupada, lo agarra y lo lanza lejos, destrozando en mil sonoros pedazos un espejo a escala humana.

—Muéstrame las blusas. Y levanta los brazos. Coloca tus manos sobre tu nuca.

La mujer intenta hablar.

—Si hablas, te vuelo los sesos.

Alfonso acerca la pistola hasta su boca.

—Ábrela.

La mujer se niega. Alfonso la agarra y la obliga. Introduce levemente el revólver en su boca.

—A lo mejor así aprendes a quedarte callada.

La mujer llora. Alfonso extrae el arma y se la coloca a la altura de la sien.

—Es una línea muy fina la que separa a un buen ciudadano de un criminal, ¿lo sabías? Camina.

La mujer avanza unos pasos.

—Quiero una blusa. Azul, porque estoy aburrido de que use negro. Medium, porque tanta teta no tiene.

La mujer, entre espasmos, extrae una blusa. Se la pasa.

—Supongo que no me la vas a cobrar después de todo lo que ha pasado. Además, qué tonto soy, a los rotos como yo no les alcanza el dinero para este tipo de prendas. Ahora arrodíllate.

Alfonso se toca el paquete. Pone su arma a la altura de su marrueco.

—¿Cuál prefieres?

La mujer se agarra las manos y llora desconsoladamente.

—Ahora lloras, puta. ¿No eras tan valiente? Otra cosa: los clientes siempre tienen la razón. Ahora acuéstate, cara al suelo.

La mujer cumple las órdenes. Alfonso sale de la tienda y corre como nunca. El Camión lo ve y abre la puerta. Alfonso se sube, sudando.

—¿La mataste?

—Casi.

Barracuda

Al final de la primera curva de la subida Ecuador hay una vieja casona típicamente porteña tapizada con planchas de metal oxidadas por el mar. El letrero encima del timbre dice *Barracuda,* pero nada en esa fachada sirve como indicio de lo que ocurre dentro.

Para entrar al Barracuda hay que primero decir el santo y seña de la noche y después pagar la entrada en una suerte de zaguán-guardarropía iluminado de azul. El primer piso es el living de una casa, con sillones kitsch y una biblioteca. Ahí se encuentra gente conversando en forma quieta y tranquila. Si bien el Barracuda es un bar, en el comedor del fondo, que tiene vista a la bahía de Valparaíso, se puede comer quesos y otros alimentos sólidos que salen de la cocina pintada en tonos verdes y rosa.

Sin embargo, lo que hace que el Barracuda sea el lugar de moda de este verano, es su subterráneo. La puerta de acceso está al lado de los baños y la bajada es oscura y con pendiente. A medida que uno baja, el sonido de la música late y va en aumento. Una vez abajo, uno se pierde en un inmenso sótano de cemento rodeado por los cuatro lados por una barra de metal. Arriba de la barra corren y bailan unos enanos. Son enanos jóvenes, y la mayoría son bonitos, es decir, son proporcionados, para nada deformes o contrahechos. Son todos hombres, lucen aros y melenas, y varios andan con el torso desnudo y bronceado.

—Son argentinos —dice Nadia—. En Chile no hay enanos así.

—Ni hombres así —sentencia Flavia Montessori, una amiga que anda con shorts de cuero.

Alfonso le pide a un enano de ojos azules y cola de caballo tres tequilas. El enano corre por la barra hasta el otro extremo.

—Éste es un lugar muy raro —le comenta Alfonso a Nadia.

—Todavía no has visto lo mejor.

—El show de los marineritos filipinos es divino —opina Flavia.

El ambiente es una mezcla de la gente del Festival de Viña, artistas del puerto, lumpen y turistas mendocinos con demasiada droga en el cuerpo. Nadia está de negro, claro, aunque su cara brilla con rastros de mostacilla.

—¿Y la blusa azul que te regalé? ¿No te gustó?

—Aquí hay que venir de negro.

Alfonso le lanza una mirada escéptica.

—¿Y me has echado de menos? —le pregunta ella mientras se toma su segundo tequila al seco.

—Algunos días, sí —le responde Alfonso—. ¿Tú?

—Es que he tenido tan poco tiempo.

—¿Poco tiempo?

—Disculpa, me encontré con alguien. Después seguimos, ¿ya?

Nadia se acerca a una joven extremadamente guapa que luce un apretadísimo traje, también negro; sus piernas, eternas, terminan en tacos muy altos. La tipa está rodeada de hombres que parecen modelos de pasarela.

—Alfonso, te presento a Érica Serrano. Ella trabaja para uno de los representantes artísticos más importantes del país. Conoce a todo el mundo.

—No a todos, a los que importan no más. Hola, encantada. ¿Qué tal? Necesito un trago y una línea, urgente.

—Y Josh Remsen, ¿viene? ¿Sí o no? Díme la exclusiva.

—Canceló. Pero parece que vamos a reemplazarlo por una bomba. Te vas a morir en tres tiempos, galla. Te juro. Oye, éste es Damián y... ¿tú eres?

—Andoni.

—Los conocí a la entrada. Díme si no son bonitos.

Alfonso se aleja de las mujeres y atraviesa la pista. Dos enanos bailan en forma sincopada. El pez espada que cuelga del techo tiene luces en vez de ojos. Un chico con guantes y el pelo rapado baila solo frente a un espejo del siglo pasado.

El segundo sótano tiene una ventana circular que mira sobre el puerto y los barcos. El resto del espacio, sin embargo, es negro y carente de luz. Está construido como un laberinto y posee muchos espejos donde sólo el rojo de los cigarrillos se refleja.

Alfonso está desparramado en un sillón de felpa. En la pista de baile, Nadia mueve sus caderas de una manera tal que, cada dos compases, le roza el paquete al tal Andoni, que danza con los ojos cerrados y las manos abiertas.

Alfonso se levanta, sube una escalera caracol y llega a la barra de los enanos. Érica Serrano le guiña un ojo. Alfonso le pide a un enano un vaso de tequila.

—Grande. *On the rocks.*

El enano corre al ritmo de la música y vuelve al rato con el vaso. Hay un largo pelo dentro del tequila, pero Alfonso no lo saca. Intenta tomárselo al seco pero no puede. Su cuerpo lo rechaza. Decide calmarse y beberlo a sorbos. Cuando lo termina, inicia el recorrido de vuelta. El humo de los cigarrillos se mezcla con el humo del hielo seco. Érica Serrano le toma una mano.

—Damián anda con unos saques.

—No, gracias.

—Oye, te presento a Matías, otro amigo.

—Disculpa —le dice él tratando de irse.

—¿Y la Nadia? ¿Ustedes qué onda?

—Ninguna onda. Ya no.

Alfonso vuelve a bajar la escalera oscura. Sus ojos no se acostumbran de inmediato a la total falta de luz. Camina por el laberinto hasta que ve el reflejo de los pantalones amarillos de Andoni. Nadia ve a Alfonso y se acerca a él.

—¿Bailemos?

—Me voy a ir. Eso quería decirte.

—Cómo te vas a ir. Llegamos juntos.

—Pero nos vamos a ir separados.

—¿Estás enojado? Ven.

Nadia le toma la mano y lo lleva a un rincón.

—Estás borracha.

—Entre otras cosas.

Nadia le coloca una mano en la nuca y le acerca la cabeza a sus labios. Lo besa en forma profunda y global.

—Quédate.

—Si sólo pudieras hacer eso sin estar borracha, Nadia.

—No es eso, te juro. No es lo que crees —le susurra ella antes de intentar besarlo de nuevo. Alfonso la detiene:

—Siempre pensé que era yo el que tenía miedo, pero eras tú... Eso es. Ahora lo capto. Me tienes miedo a mí... Tienes miedo de que te... Pero ya no tienes nada que... ¿Sabes qué más? Me carga hablar así. No me viene. Me voy. Y pásalo súper bien.

No sólo la lluvia moja

—Don Saúl, tengo que consultarle algo.

    —Usa penicilina, es lo mejor.

    —Es sobre ese concurso de cuentos.

    —Ganaste.

    —Casi.

    —¿Como que casi? ¿Sí o no?

    —Sí y no.

    —Explícate.

    —Me llamó el presidente del jurado y me dijo que mi cuento era el mejor y que había sido seleccionado en forma unánime.

    —Putas, felicitaciones, Pendejo culeado.

    —Pero hay un pero.

    —¿Qué?

    —Tengo que alterar mi obra. Encontraron que tenía demasiados garabatos y crudezas.

    —¿Crudezas?

    —Eso me dijo: crudezas. Me dijo que el jurado, como un favor a mi persona, me permitía editar el cuento. Si lo hacía, quedaba primero. Si no, primera mención honrosa.

    —Eso se llama chantaje.

    —Las menciones honrosas no se publican ni se leen. No corren riesgos.

    —Y vos le dijiste que le chupara la penca al burro.

    —Le dije que lo iba a pensar.

—¿Cuánto tiempo te dio?

—Veinticuatro horas. Faltan veinte, don Saúl.

—¿Y el premio? ¿Es mucho?

—Harto. El honor me da lo mismo. Lo da el gobierno. Es la plata.

—¿Para qué te alcanza?

—Podría comprarme uno de esos computadores personales que están saliendo. Con impresora y todo. Podría viajar. A Buenos Aires, por ejemplo.

—No hay nada más que decir. Saca los garabatos.

—¿Cómo?

—¿Eres sordo? Tómate el día y corrige el cuento. Uno puede perfectamente hablar y escribir sin garabatos. Puta que cuesta, pero se puede, huevón.

—¿En serio?

—No me digas que pensabas perder.

—Escalona me dijo que un artista tenía que ser íntegro.

—Vos no eres artista, Fernández. No me huevees. ¿Y quién chuchas se cree Escalona? Toma fotos de fiambres, por la puta. La única integridad que vale es poder ser libre, Pendejo. Y esa plata te libera. Vas a poder escribir más y mejor. Viajar, ampliar tus horizontes. Hasta yo tengo más mundo que vos.

—¿Cambio los garabatos?

—Cambia todo si quieres.

—¿Me puede ayudar? Si no es mucha molestia, digo.

Alfonso le pasa el cuento.

—*No sólo la lluvia moja*. Buen título, Pendejo. Partiste bien. Ah, otra cosa: te llamó la Valeska. Dijo que la llamaras de vuelta.

—¿Tú me ves así, Pendejo?

—Algo. O sea, es un cuento. Es invento.

—Pero no inventaste nada. Me robaste parte de mi vida. Esta historia es mía, huevón.

—Disculpe, don Saúl, lo que pasa es que estaba apurado y no se me ocurrió otra cosa. No tuve tiempo para inventar. Solamente escribí. Se hizo solo. Quizás fue un error. Disculpe.

—¿Podrías dejar de disculparte, por la puta? La huevada está buena. Y puta que tiene garabatos. ¿Yo hablo así?

Alfonso le responde con la mirada.

—Mira, me gusta pero creo que le falta perspectiva. No es bueno escribir sobre el ahora... pero es divertido. Creo que va a perder sin las chuchadas, pero después lo puedes publicar entero. La vida tiene muchas vueltas.

—¿Le gustó? ¿En serio?

—Sí, pero puedo darte un consejo.

—Todos, don Saúl. Todo me sirve.

—Por mucha que sea la tentación, es mejor escribir sobre uno, sobre lo que sabes, que escribir sobre los otros.

—Pero mi vida es demasiado fome.

—Cuéntame por qué, entonces. Ahí está el verdadero drama. En las cosas que nos hacen sufrir.

Pasó algo

La sala de redacción está vacía, como corresponde a un día domingo. Pocos reporteros de turno. Alfonso entra y deja el vaso de gaseosa en la mesa. Se fija en los ojos de Escalona, que están estáticos. La mesa de la sección está cubierta de fotos. En varias aparece Alfonso. Hay una en la que sale sentado en el parachoques de la camioneta, amarrándose un zapato.

—Pasó algo —le dice Escalona de repente.

Alfonso toma la foto y le responde:

—¿Me la regalas? Está buenísima.

—Pasó algo, te dije.

—Llama al Camión. Yo estoy listo. ¿Algo bueno?

—Le pasó algo a Faúndez.

—¿Qué?

—Está preso. Intento de homicidio.

—¿Qué? ¿Dónde? ¿Estás loco?

—Cálmate y escucha. Tengo todo bajo control. Lo van a soltar de la comisaría de inmediato. La Roxana ya habló con sus amigos de la calle Bulnes.

—¿Pero qué pasó?

—Mataron al Nelson.

La quijada de Alfonso cae.

—Lo atropellaron frente a su casa. Se azotó la cabeza contra un grifo.

—...

—Todos los días reporteando la muerte, pero sólo se siente cuando te toca.

Ambos se quedan callados. Alfonso revisa un diario y toma un sorbo de la bebida.

—¿Cómo fue? ¿Qué fue lo que pasó?

—La mujer de Faúndez dejó salir al Nelson a jugar a la plaza. De noche, como lo hacía siempre. Como lo conocían, no había cuidado. El cabro podía ser enfermo, pero lo habían enseñado. Sabía que no podía cruzar la calle.

—¿Por qué la cruzó, entonces?

—Porque estaba drogado.

—¿Qué?

Alfonso se levanta del asiento y se sienta en la mesa esperando una explicación.

—La Plaza Bogotá se ha ido transformando en un antro de traficantes —le explica secamente Escalona—. Y anoche los muy hijos de puta tuvieron la mala idea de bromear con el Nelson. Le dieron pasta base y unas pepas.

—...

—El pobre mongólico quedó loco. Se puso a correr por la plaza. Hasta que vio un auto que aceleraba y se tiró encima. Le gustaron las luces, no sé, no tengo idea, pero eso fue lo que pasó.

—¿Y don Saúl?

—Dormía. Lo despertaron los gritos. Salió a la calle y alcanzó a llevar al Nelson a la casa. Murió en sus brazos. Un amiguito del Nelson le dijo lo que había sucedido. Entonces le bajó la ira y se fue detrás de los traficantes.

—¿Qué pasó, Escalona? Cuenta.

—Agarró a varios y les exigió que le indicaran al líder. Entonces agarró al jefe de la pandilla y se desahogó contra él. Le reventó los ojos. Le quebró los dedos de la mano. Le torció tanto el brazo que se lo zafó. La policía tuvo que esposarlo para tranquilizarlo. Dejó al traficante inconsciente de tanto golpearlo contra la vereda. Según la Roxana, ya no corre peligro. El concha de su madre se va a salvar. Faúndez, en cambio, está en la comisaría y al Nelson lo están velando.

El Quita Pena

—¿Ustedes se quedan?

La pregunta la formula Senén Villalón como pidiendo permiso. La amargura de la cerveza y de la tarde se escurre por sus poros y golpea a Alfonso.

—Sí —le responde sin levantar los ojos—. Nos quedamos un rato más.

Villalón se toma las manos y busca algo más que decir.

—En todo caso, muchacho, si Faúndez llegara a aparecer, le dices que lo estuvimos esperando. Que hemos llorado por él —agrega Villalón. Leopoldo Klein, que está a su lado, asiente con complicidad.

—No creo que vuelva —les explica Roxana desde su silla—, yo creo que se va a quedar con su mujer. Estaba muy mal.

—Tuvieron que doparla, ¿no? —le pregunta Klein en forma discreta.

—Una inyección para los nervios.

—Era su único hijo, su única compañía —comenta Villalón.

—Así es —replica Roxana—. Debe ser tremendo para una madre.

—Y para un padre.

—Bueno, hasta luego entonces —dice Villalón.

—Gracias por venir —le contesta Roxana con una sonrisa.

—Era lo menos que podíamos hacer. Lo conocemos hace tanto.

Villalón sale y deja abierta la puerta del local para que pase Leopoldo Klein, quien arrastra las piernas de puro viejo. El agua de la lluvia sobre el sudor de las flores en descomposición se cuela dentro de la fuente de soda. Es un aroma fúnebre, adecuado.

—Viste cómo está lloviendo —comenta Roxana.

—Y ya está oscuro. El verano se está acabando.

—Por fin.

—Parecías dueña de casa. Te daban el pésame a ti.

—¿Acaso no me lo merezco?

Alfonso no le responde. Vuelve a llenar los dos vasos con lo que queda de la botella de tinto. En la mesa del fondo, mirando sobre Recoleta y el Cementerio General, están otros periodistas que llegaron al Quita Pena a desparramar la tarde y dar el pésame. Quedan cuatro y juegan dominó. Fuman hasta desaparecer tras el humo. Son el Chico Quiroz, el Negro Soza, el Topo Ulloa y Galvarino Canales viejo. No están de luto pero sí de oscuro.

—Vino harta gente.

—Saúl mueve masas. Siempre lo ha hecho. En esta profesión somos solidarios, Alfonso. Buenos para las fiestas pero secos para los funerales. Ven, ayúdame.

Alfonso se levanta y la ayuda a colocarse un chaleco gris.

—¿Te dio frío?

—He estado helada toda la tarde.

Alfonso se sienta y bosteza en forma larga y desordenada.

—Estoy muerto de sueño.

—Es la pena. Cuando uno tiene pena y no sabe cómo llorar, le da sueño.

—¿Sí?

—Llevo una vida entera bostezando. Créeme.

Alfonso procesa la respuesta y estudia lo básico del local. Roxana se desabrocha su reloj y lo coloca al centro de la mesa. Alfonso bebe el vino y corta el silencio:

—Y don Saúl, ¿cómo crees que está?

—No tan mal. Creo que fue importante que tratara de matar a ese huevón. Yo creo que botó mucha rabia esa noche. De alguna manera se liberó.

—Escalona una vez me dijo que...

—¿Qué?

—Da lo mismo. No es el momento.

—Es sobre el Nelson, ¿no?

—Sí, ¿cómo lo sabes?

—Intuición femenina, supongo. Además de tirar, Alfonso, yo hablaba con él. ¿Quién crees que soy?

—Una gran mujer.

Los ojos de Roxana se abren al máximo.

—No deberías dejar que te traten como te tratan —agrega Alfonso—. La fidelidad no te hace menos hombre ni te quita libertad.

Roxana se llena de color. Aprovecha de terminar su vino. Después comienza a mirar a Alfonso sin necesidad de pestañear.

—¿En qué estábamos, cariño? —le dice después de un par de latidos.

—En el Nelson.

—El Nelson.

—¿Tú crees que era su ancla? ¿Lo que lo amarraba y lo hundía? Cuando estábamos en el entierro, pensaba en eso. Pensaba si alguna vez ese niño lo hundió. Y si ahora iba a hundirse más o salir a flote.

—Va a salir a flote y se lo va a llevar la corriente.

—No entiendo.

—Mira, Alfonso, con la muerte de ese niño no sólo se perdió una vida sino que además dos mujeres nos vamos a quedar solas.

Alfonso la observa. Está seria y su voz no tiene rastros de humor.

—Tienes razón: no debería haberle aguantado mil cosas, pero cada uno se merece el trato que obtiene. Pero eso ya es pasado y tampoco me importa tanto. La gorda, en cambio, me da pena. Faúndez me dijo a la entrada de la iglesia que ya había tomado su decisión.

—¿Qué decisión?

—Que a partir de mañana en la mañana dejaba a su mujer. Ellos tenían un acuerdo: seguir juntos por el niño. Y el niño, como sabes, ya no está. El muy concha de su madre es hombre de una palabra y la va a cumplir. Un trato es un trato. La va a dejar. Y a mí también. ¿Pidamos más vino?

La lluvia cae con rencor y revienta como balines sobre el parabrisas del taxi. Alfonso y Roxana viajan en el asiento trasero. Los dos están seriamente borrachos. Por la radio habla América Vásquez en su programa *Solitarios de la Noche*. El taxista maneja despacio y mira hacia adelante.

—¿Y no lo vas a echar de menos?

—Voy a seguir topándome con él. Por ahora.

—Eso es lo peor: terminar y seguir viéndose.

—¿Y tu mina?

—Ya no es mi mina. Creo que nunca lo fue. Ahora estoy libre, sin amarras.

El rebote de las gotas sobre el techo anula la

música de la radio. El reflejo de los autos en la calle mojada parece sangre.

—Me voy a casar, Alfonso.

—¿Con Faúndez?

—¿Cómo con Faúndez? Con otro. Claro que no estoy segura. Pero a lo mejor me caso. Me vería bien de blanco.

—¿Con quién?

—Con un gendarme amigo, uno de mis contactos. Me he acostado un par de veces con él. Está arriba del promedio. Lo nombraron alcaide de la cárcel de Lota. Sería parte de la aristocracia de la ciudad. Tendría que almorzar con la esposa del alcalde. Me podría tirar al gobernador.

—O a los presos. Te encierras con ellos y les das como caja.

—A ti te voy a dar como caja, cabro atrevido.

—Vos, puh. Habló la más santa.

—Vos no tenís pelos en la lengua, huevón.

—Porque tú no quieres, no más.

—Estás muy borracho.

—Y tú estás muy gorda —le dice agarrándole uno de sus rollos.

Roxana le devuelve la gracia haciéndole cosquillas. Alfonso se larga a reír, trata de detenerla.

—Córtala.

—¿Qué?

—Nada. No sigas.

—¿Que no siga? ¿Seguro?

—Puta, es que se me está parando.

—Veamos.

—Sácame la mano del muslo —le susurra él—. Ahí es donde más me caliento.

—Como Saúl.

—Como todos.

Roxana le lengüetea la oreja.

—Escucha, Alfonso, es Paquita. Esto es buena suerte.

Alfonso la mira y le lame la mejilla.

—Señor, ¿podría subir el volumen, por favor?

El taxista gira la perilla y la voz de Paquita inunda el auto. Alfonso mira a Roxana y le acaricia el cuello.

—Estoy muy curado. Yo no respondo.

Ella se acerca y comienza a besarlo hasta hacer ruido.

—Yo sí. Dejémoslo hasta acá no más, Pendejo.

El velorio del angelito

—Oye, Escalona —le dice Alfonso—, me acaba de llamar Norambuena. Me ofrece una exclusiva.

—Ese cabro sicópata es la oveja negra de los ratis. No sé cómo lo dejan seguir ahí. Mancha la institución.

—Ojos que no ven, corazón que no siente. Ahora escucha, mira que está bueno: en Quinta Normal están velando a un angelito de siete meses. Los tiras van a ir a allanar el velorio.

—¿Me estás hablando en serio?

—La abuela del niño acusa a su nuera. Dice que varias veces la vio golpeándolo. Parece que le hace al trago. Van a apoderarse del pequeño ataúd para que en el Médico Legal lo exhumen. El padre es el testigo principal. Van a detener a la madre. ¿Te interesa?

—Como pocas cosas en el mundo. Quiero captarle el rostro cuando interrumpan su rezo.

—Don Saúl debería estar aquí.

—Ya va a estar. Pero ahora estás tú. ¿No te parece suficiente?

El doctor de la muerte

Alfonso se seca el sudor de la frente con un pañuelo y respira hondo. Ajusta la luminosidad de la pantalla del terminal. Se pone a tipear:

**Infanticidio destapa olla:
médico buitre cómplice de sórdidos asesinatos**

Investigaciones descubre a doctor inescrupuloso involucrado en fraudes ligados a la extensión de certificados de defunción falsos y al tráfico de estimulantes.
(Por Alfonso Fernández Ferrer)

El triste velorio del angelito Tomás Sobarzo Meza, víctima de maltrato infantil por parte de Soraya Meza, su madre, dio pie para que la Brigada de Homicidios develara una sórdida red de espurias conexiones del peor tipo.
En efecto, lo que partió como la lamentable muerte súbita del cariñoso menor de siete meses, tuvo un vuelco inesperado al comprobarse, detrás del alevoso crimen contra un inocente, la no menos deleznable complicidad del médico Alfonso Fernández Martínez, un ser amoral y cobarde que, enredado en la «cultura de la paleteada» y el tráfico de influencias, se perfila como el centro de este cruel juego de dardos y corrupción que afecta a nuestra sociedad por entero. Fernández Martínez traicionó el juramento de Hipócrates y no examinó el frágil cuerpecito de Tomás antes de extender el certificado de defunción que documentaba, falsamente, que el

pequeño se había ido de este mundo por muerte natural. Esa pecaminosa omisión encubrió a la desalmada madre del menor.

Fernández Martínez, 51 años, separado, es un médico internista que fue despedido del hospital de Quilpué hace más de una década por motivos poco claros. El doctor, que posee una consulta en el popular barrio de La Cisterna y que, no casualmente, no se desempeña en ningún servicio médico del Ministerio (ni en ninguna clínica particular), se ganaba la vida no sólo torciéndole el brazo a la ley, sino traicionando la confianza del Colegio Médico que lo acoge. Creyente en la moral del compadrazgo, Fernández Martínez, como tantos otros en este país, vive de pequeñas coimas y corruptelas nuestras de cada día. Hoy se encuentra —por fin— a disposición de la justicia.

Como si esto fuera poco, los detectives descubrieron que, además del negocio de los certificados de defunción irregulares, el doctor atendía en su consulta a mujeres obesas y jóvenes drogadictos, a quienes les pasaba, en forma directa y luego de un pago previo, pastillas con derivados anfetamínicos como mazindol y fenilpropanolamina. Estas pastillas eran preparadas especialmente para el doctor por la química-farmacéutica Gina Inés Fernández Ferrer, 26 años, soltera, de Viña del Mar, quien resultó ser hija del médico. El dinero, al parecer, se lo dividían los dos inescrupulosos profesionales.

Hacer el favor

Tal como los «buitres» captan clientes para las funerarias, lo que doctores como Fernández Martínez hacen es «facilitar el paso al otro mundo». Y en este caso, el desconsiderado médico no extendía dos o tres certificados fraudulentos al mes (como otros de su especie descubiertos esta misma semana), sino que llegaba a firmar diariamente seis o siete cuando el alcohol lo inducía a ello.

Aunque el propio doctor manifestó a los detectives que nunca fue cómplice de un asesinato en forma consciente, la verdad es que su grado de corrupción y vileza es tal que ninguna excusa parece válida a estas alturas. Así lo entiende la ley, que lo enjuiciará como cómplice no sólo del infanticidio sino de otros casos aún en investigación. Esto, porque detrás de los cientos de certificados de defunción irregulares que fueron extendidos por el doctor perfectamente puede ocultarse otro homicidio, alguna negligencia o incluso darse el caso de que Fernández Martínez haya dado por muerto a algún criminal que anda vivo por ahí.

El modus operandi de Fernández era el siguiente. La funeraria (cuatro locales en total, ubicados en distintos puntos de la capital) les ofrecía a los deudos la posibilidad de evitarse las molestias de una autopsia. A veces esta solicitud venía incluso de los familiares. Cualquiera sea el caso, y siempre y cuando al muerto no lo hubiera revisado ni un médico ni un carabinero, la funeraria se comunicaba con el doctor Fernández vía teléfono celular. Por lo general, éste se desplazaba en colectivo al lugar de los hechos. Ahí conversaba con los familiares y, sin auscultar el cadáver (que por lo general estaba en otro sitio), extendía el certificado arguyendo causas naturales, vejez o un simple (y limpio) ataque al corazón.

Éste el fue el caso del infante Tomás Sobarzo Meza que, según la madre y el propio certificado, «falleció de muerte súbita» mientras dormía en su cuna. Tal como señalamos en la edición de anteayer de «El Clamor», la exhumación del cadáver del pequeño reveló que el niño había fallecido producto de un enema subdural (rompimiento del dura-madre cerebral) luego de haber sido violentamente sacudido y azotado.

Como forma de cuidarse las espaldas, Fernández timbraba su nombre en el certificado vigilando que el número de su cédula no quedara estampado. Después aceptaba «el pago». Nunca hubo boletas de servicios de por medio. El costo era

el equivalente a un «menú simple para dos» en Los Chinos Po-
bres de la Plaza Brasil.

     Quizás lo más grave de este delito es que viola en for-
ma flagrante la fe que depositan instituciones como el Registro
Civil en la profesión médica. Así, los funcionarios del Registro
sólo deben preocuparse de que «el certificado esté correctamente
cumplimentado» para aceptarlo. Basta que el doctor efectiva-
mente esté inscrito en el Colegio Médico para que el certificado
sea considerado válido. El Colegio Médico, en tanto, es tajante
y señala en su reglamento que «nunca se debe extender un cer-
tificado a petición de familiares o terceros». De este modo...

—Alfonso.
—¿Qué?
—Qué te pasa —le grita de vuelta Escalona.
—Nada.
—Te llama tu vieja.
—Mamá, tienes que ver la portada de mañana.

Tinta roja

El reloj despertador destroza el alba, pero Alfonso ya está despierto, a la espera, con las manos detrás de la nuca. Sin silenciar la campanilla, abre la ventana y deja que el aire viciado escape. La luz de la atmósfera es la de un día de lluvia. Le da frío. Lo único que tiene puesto son calzoncillos. Va al baño y orina.

—Apaga ese ruido —le grita su abuela desde la otra habitación.

Alfonso regresa a su pieza y apaga el despertador. Son las seis de la mañana. Regresa al baño y abre la ducha, pero después corta el agua. En la cocina toma una caja de jugo de naranjas y bebe directamente de ella. Después agarra una botella de pisco, la abre y la huele. La deja a un lado.

En su habitación se pone unos jeans y un polerón de la Universidad de Chile. De un cenicero saca monedas y las llaves.

Alfonso abre la puerta del departamento y, antes de que su mocasín lo pise, ve el ejemplar de *El Clamor* enrollado en un tubo y sujeto con un tirante elástico. Lo toma. Del interior cae un sobre que dice su nombre. Cierra la puerta.

En la mesa del comedor abre el diario. Cierra los ojos y respira hondo. Entonces mira el titular: *Familia baleada por defender a su perro,* dice en gruesas letras impresas con tinta roja. Alfonso se desespera. Avanza por las páginas tan rápido que las raja. En la sección policial mira cada uno de los artículos. El central tiene que ver con el perro. Hay una gran foto de un pastor alemán. Alfonso toma el sobre y lo usa como una regla. Finalmente, bajo la columna de *Sucesos Breves,* sus ojos se detienen en el nombre del doctor Alfonso Fernández Martínez. Es una nota de tres líneas: *Irregularidades en certificados de defunción...*

Alfonso agarra el diario y lo lanza contra la pared. El tabloide se deshoja y se reparte sobre el sofá. Decide abrir el sobre. Dentro hay una hoja con membrete del diario. Es la letra de Faúndez, roja y gruesa y sangrante:

Pendejo:
Titulares buenos hay todos los días, pero padres, por culeados y pencas que sean, hay uno solo. El artículo, además, estaba pésimo.
Estoy en el Hotel Oddó, de Mapocho.
Saúl

Nadie le debe nada a nadie

El Hotel Oddó es un reliquia excéntrica que fue cons-
truida a comienzos de los años treinta cuando el verdadero, el que estaba en Ahumada con Huérfanos, fue
demolido para dar lugar al Pasaje Matte. El dueño era
el hijo descarriado de una familia de mineros del norte que había nacido en el hotel, por lo que le tenía un
cariño exacerbado al nombre. Aspirante a poeta y di-
plomático frustrado, Emilio Gérard North construyó el
hotel en el estilo neoclásico y lo ubicó a pasos de la Estación Mapocho, por la calle Morandé con General Ve-
lásquez. Gérard construyó su hotel pensando en los
viajeros de los grandes barcos que llegaban a Valparaíso y de ahí tomaban el tren a Santiago para bajarse en
la vecina Estación. Muchos intentaron convencerlo de
que ése no era el lugar adecuado. Tenían razón. A los
pocos años de inaugurado, el confort parisino era apro-
vechado por bohemios que comenzaron a arrendar sus
piezas como estudios, talleres o bulines.

Cuando Gérard North se suicidó por amor en
la suite principal, su madre vendió el Oddó a un inmi-
grante checo que lo transformó en varias cosas a la vez:
hotel galante, pensión universitaria y hotel de segunda
para viajeros de provincia. También transformó las ha-
bitaciones más grandes en departamentos.

Hoy el hotel es un monumento nacional muy
mal tenido, con el papel descascarado y humedad de
sobra. Su restorán es un bar que sirve pipeño y el salón

de baile es un billar. Pero hay gente a la que le gusta vivir o alojar ahí y todos se respetan. Desde los mochileros israelíes a las prostitutas del barrio, pasando por los amantes subrepticios y los tipos que están en problemas.

—Estoy buscando al señor Saúl Faúndez —dice Alfonso en el mesón. El botones tiene la piel como papel lija y una placa que le baila en la boca. El gato que descansa sobre la alfombra persa lo mira.

El hall de entrada es lúgubre y el candelabro, cubierto de polvo, no funciona. El lobby tiene varios sillones de cuero desvencijados. En todos hay jubilados leyendo el *Extra* o *El Clamor.*

—Está en la 508.

—¿Tiene teléfono?

—En este hotel no hay teléfonos. Hubo pero se los robaron. Suba, no más.

Alfonso camina hasta el ascensor de reja. Aprieta el número cinco. Las indicaciones están en francés. El ascensor cruje y se mueve. Cada piso está pintado de distinto color. El quinto es mostaza aunque las paredes están trizadas por cicatrices de terremoto.

Alfonso se baja. Una puerta se abre y una señora muy anciana y encorvada lo queda mirando. Busca el número. Es al fondo, cerca de la ventana biselada por donde entra el único haz de luz. Sus zapatillas chirrían sobre el mármol. La anciana cierra la puerta. El eco queda suspendido.

Alfonso toca el timbre. El sonido no es el de una campana sino el de un taladro. Al otro lado hay ruidos. Alguien se acerca. La puerta se abre.

—Don Saúl.

—Puta que te demoraste, Pendejo.

Faúndez está sin afeitar, con calzoncillos y una camiseta blanca sin mangas manchada de vino tinto.

No se ha afeitado en varios días. Con la mano derecha aferra una botella de aguardiente.

—¿Sabes lo que es el chuflay? Mitad Bilz, mitad esta huevada. ¿Quieres un poco? ¿O prefieres tomarlo solo?

Faúndez empina el codo y toma. Toma tanto que el líquido cae sobre su cuello y entra bajo su camiseta.

—Pasa, puh, huevón. Ésta es mi casa ahora.

Alfonso entra y cierra la puerta. El aroma a cocodrilo y agua empantanada rebota. Por la ventana se divisa el techo de la Estación. La pieza tiene dos ambientes y una cocinilla a la vista. La puerta del baño está cerrada. La cama, más allá, está deshecha y el suelo se ve empapelado de diarios. Faúndez se tropieza con un zapato.

—Mierda.

Después se sienta en el sofá.

—Siéntate, Pendejo, no seas huevón.

Alfonso se acomoda en una silla al lado de la mesa. Hay una botella de Bilz destapada. Un frasco de remedios, un plato con sobras de comida y un ejemplar amarillento de *Hijo de ladrón*.

—Bueno, ¿y? Me odias. ¿Viniste a matarme, a verme o a darme el pésame?

—Las tres cosas.

—Entonces sírvete un trago.

La luz que ingresa por las persianas es ámbar, como la miel al sol. La habitación hierve y ambos transpiran. Alfonso abre la ventana para dejar que entre el atardecer. Faúndez está vestido con una guayabera negra y se peina frente al espejo de la cómoda. Alfonso se sienta en el travesaño. La brisa le mueve el pelo.

—¿Así que eso fue lo que le dijiste?

—Sí —le responde Alfonso.

—¿Y qué te contestó?

—Nada. Me dijo que estaba de acuerdo. Y que lo perdonara.

—¿Y qué le contestaste?

—Que no me pidiera lo imposible. Que cuando saliera de la cárcel, quizás.

—¿Estabas nervioso?

—Aterrado. Tenía tanta pena que no podía expresar mi rabia.

Faúndez se detiene y se da vuelta. Lo mira.

—¿Y tu hermana?

—Con mi madre. Nunca va a poder trabajar en lo suyo. Pero se salvó. No va a ir a la cárcel. Tuvo doble suerte.

—¿Doble?

—Igual lo pudo conocer. Eso fue lo que le dije a él, don Saúl: ¿por qué no te acercaste a mí, concha de tu madre? Hubiera robado por vos. Puta que me hubiera ahorrado sufrimientos. Tantas dudas e inseguridades eliminadas con un par de telefonazos.

—Eso le dijiste.

—Sí.

—¿Y qué te respondió?

—Nada. Miraba para abajo, no más.

—Tu visita, Pendejo, lo va a dañar más que veinte de esos artículos que no te publiqué.

Faúndez vuelve al sofá. Se sirve otra aguardiente con Bilz. Le pasa una a Alfonso.

—¿Te sientes mejor?

—Algo. ¿Y usted?

—Algo. Estas cosas se demoran un poco.

La noche está tocando su techo. Faúndez abraza a Fernández y lo ayuda a salir de La Piojera. Caminan en silencio, apenas. Cruzan la calle. Se internan en las sombras del Parque Forestal a la altura del Monumento al Roto Chileno.

—Así no más es —le dice Faúndez con una voz que pesa de alcohol—. Supongo que es el sufrimiento lo que hace que la gente se apegue más a la mentira.

—Me siento mal.

—Respira, el aire te va a hacer bien.

Caminan en círculos, entremedio de los árboles que tapan la luna y el pasto mojado que no deja avanzar.

—¿Y usted qué va a hacer?

—Ya veré.

—¿Pero va a volver al diario? Yo quiero que vuelva. Es que... no sé... este verano ha sido...

Alfonso se detiene y le agarra el hombro a Faúndez.

—Estoy demasiado borracho.

—¿Y?

—No puedo sujetar lo que estoy sintiendo.

—No importa.

—Es que... ¿Sabe lo que quería decirle? Que, no sé, siento que le debo tanto...

La voz de Alfonso se quiebra. De inmediato se tapa la cara con las manos.

—...y no sé cómo pagarle. Es que usted ha hecho tanto por mí. Nunca nadie me había hablado como...

Alfonso respira hondo. Las piernas le tiritan.

—Nadie le debe nada a nadie, Pendejo. Uno no hace las cosas para después querer cobrar el favor. Uno hace las cosas porque quiere. Y espero que sepas que te quiero. Lo que pasa es que no sé cómo demostrártelo.

Alfonso cae al suelo y empieza a tener arcadas. Faúndez le toma la frente y le dice:

—Ya, sácalo para afuera de una vez por todas.

Alfonso comienza a vomitar. Entre el vómito se confunden sus lágrimas.

Otoño

«The Color of Money» is ultimately about resurrection, about the gift of a second chance in life —no small thing.

Richard Price,
Three Screenplays

Llevamos más de una hora volando sobre tierra firme y la panorámica que se abre hacia abajo está saturada de cafés, ocres, naranjas, amarillos y rojos. Los colores con que revientan los árboles en el hemisferio norte superan la oferta de una caja de lápices Staedtler. Es como estar horas mirando los tonos de las llamas del fuego. Por momentos asusta y violenta, pero a la larga, cuando uno ya lo entiende, relaja.

Ésta es la visión que me acompaña desde la ventanilla. Hace un rato ubiqué el mapa de la región dentro de mi lap-top. Ya debemos andar sobre el estado de Carolina del Norte, creo. Mi destino es Durham, sede de la Universidad de Duke. Ya no falta mucho y eso me alegra tanto como me aterra. Pero es la alegría —o lo que creo que es alegría— lo que gana. Es lo que, después de tanto tiempo, me vence y me domina.

Cecilia Méndez duerme a mi lado, su cara tan cercana incrustada en una almohada gris. En su falda hay varias revistas que compramos en el aeropuerto de Miami, donde tuvimos que esperar para hacer la conexión. No las hemos leído. Cecilia no ha hecho otra cosa que dormir; yo no he parado de tomar notas, de regocijarme en este hábito que me parece tan nuevo y que se llama escribir.

¿Por dónde parto? ¿O sigo?

¿Cómo resumo todo lo que deseo resumir?

¿O ya lo habré dicho todo? ¿Es el cansancio lo que me obliga a seguir?

Quizás debo partir —continuar— con el hecho de que no he parado de escribir. No sólo durante este vuelo sino durante los últimos dos años, desde ese verano fatal cuando Martín Vergara se mató y yo renuncié a la revista y me encerré aun más en mí mismo. El resultado ya está listo y me siento satisfecho. He vuelto a crear y, más importante, a creer. Si no fuera así, las galeradas de *Prensa amarilla* no viajarían en mi bolso ni Cecilia Méndez sería mi mujer.

Martín Vergara se mató a comienzos de marzo, la primera noche de lluvia otoñal. La chica con que andaba quedó grave pero, más allá de unas cuantas cicatrices, ilesa. Martín la había conocido unas horas antes, en una discothèque de las afueras de Santiago. La policía dijo que iba a más de ciento sesenta por la carretera y que confundió a un conejo con una persona. La maniobra lo hizo salirse de la pista y enfrentarse a un camión. Martín estaba totalmente ebrio y con drogas de todo tipo en su sangre. El chofer del otro vehículo falleció a la madrugada siguiente. Martín tuvo la suerte de no darse cuenta. Ésa era su meta durante esos últimos días en que su seguridad se vino abajo y su desamparo creció. No quería darse cuenta, pero se dio. Y eso terminó destrozándolo. Fue algo superior a lo que podía manejar. Nada tan grave, nada tan raro, sólo esa sensación de estar a la deriva. La vida, simplemente. Y la muerte.

Prensa amarilla no es exactamente una novela en el sentido clásico, sino más bien un libro de memorias novelado que se lee como si fuera la película que yo protagonicé. Supongo que es *non-fiction,* como dicen ahora en el mundo editorial, pero, más que nada, es verdad. Es lo que tenía que hacer. Y lo que me salió cuando ya pensaba que no tenía nada que sacar.

Decidí dedicarle el libro a Martín, porque él fue el catalizador de todo, creo. Además, pienso que le hubiera gustado. Martín no sólo me permitió volver a escribir, sino que me recordó cosas de mí mismo que se me habían olvidado. Antes de abandonar *Pasaporte*, publiqué el segundo cuento de Martín como un intento de materializar una vida desvanecida antes de tiempo. Quizás por tratar de vivirla en forma demasiado intensa. La publicación fue un parto, puesto que tuve que luchar contra la resistencia de sus padres, que no deseaban que secretos de ese estilo salieran así como así a la luz. El cuento se publicó igual, y varias personas que conozco se emocionaron cuando lo leyeron. El otro relato suyo obtuvo el segundo lugar del concurso de cuentos del diario *El Universo*.

Así no más es. Pero quizás es mejor que siga con los vivos, por muy muertos o desaparecidos que estén.

Escalona continuó en *El Clamor* por varios años y ahora está de editor fotográfico de *La Crónica Ilustrada*, donde gana más y sale menos a la calle. Varios años atrás, cuando yo recién había entrado a *Pasaporte*, me llamó para decirme que, vía la gestión de Leopoldo Klein, que aún vivía para desconcierto de todos, una galería de arte marginal estaba dispuesta a exhibir una muestra de sus fotos. *La mirada de la muerte*, así la tituló. Me pidió que le escribiera algo para el catálogo. Acepté gustoso. Recuerdo que la foto de la muestra que más me impactó fue la del joven ahogado de Cartagena.

De Roxana nunca supe más. Hay ocasiones en que me la imagino como la primera dama de alguna cárcel sureña cantando la Canción Nacional durante un acto oficial. Otras veces me la imagino flaca y pintándose las uñas en la sala de relaciones públicas de La Pesca. A veces, incluso, la recuerdo en ese taxi en medio de la lluvia. Cuando nos casamos con Cecilia, armamos algo parecido a una luna de miel y pasamos una larga temporada recorriendo México. Y fue justamente allá, en Cuernavaca, donde fui a toparme con Paquita, la del barrio. Cantaba en un restorán que estaba de bote en bote. Paquita seguía obesa, redonda como un tonel, pero ya era una señora mayor. Cecilia quedó impactada de que me supiera de memoria tantas de sus letras.

Nadia, al final, no se casó ni se dedicó a los espectáculos. Tampoco triunfó en la televisión, como yo lo anticipaba. Terminó como relacionadora pública de varios malls y, junto a unas socias, fundó una revistilla de circulación gratuita dirigida a los hogares llamada *Casa-Aviso*. Todas las semanas la revista aparece debajo de mi puerta.

Al Camión me lo topé por primera vez no hace mucho. Iba manejando su propio taxi. Aún no se casaba y seguía básicamente igual. Hombre de pocas palabras, recordando sus días de marino. El Camión me contó que Faúndez, al final, sí tenía cáncer a la próstata pero que, testarudo como era, se había salvado después de varias operaciones que redujeron notablemente su energía sexual. El Camión no me dejó pagarle el viaje y, aunque no intercambiamos fono ni dirección, estoy seguro de que volveré a encontrarme con él alguna vez.

Don Saúl Faúndez regresó a trabajar por unos pocos meses a *El Clamor*, pero Darío Tejeda no toleró sus tardanzas, ausencias y desapariciones, y lo despidió apenas se le presentó la ocasión. Yo ya no estaba ahí para defenderlo. Entre los motivos que arguyó, estaba el de que no podía permitir que un cuasi criminal, un hombre que dejó ciego a otro, escribiera en un diario tan respetable como *El Clamor*. Celso Cabrera, increíblemente, estuvo de acuerdo.

Ese año, Faúndez siguió viviendo en el Oddó (que finalmente fue demolido) e hizo algunas críticas de teatro para *La República*. Recuerdo haber ido a un par de estrenos con él, para después terminar en el 777 conversando hasta la madrugada. Roxana le dejó su puesto en la agencia Andes y ahí trabajó unos meses. Pero Faúndez quería un cambio y optó por viajar al norte. Se radicó en Antofagasta, donde reporteó asuntos judiciales y se hizo cargo de la bitácora naviera del puerto. La vida en provincia era más barata y rápidamente se integró a un círculo de jubilados y literatos que lo respetaban como a un intelectual.

Faúndez decidió nunca más cubrir el mundo policial. «Puta, cuando uno ve la muerte tan de cerca, cuando la ves que te llega de frente y te quita algo que quieres, algo te pasa, Pendejo», me escribió una vez. «La muerte dejó de parecerme cómica y normal. Cuando estábamos en *El Clamor*, la muerte nos llegaba procesada, lista para la foto de Escalona. Cuando te toque vivirla de cerca, verla transitar delante de ti y dentro de alguien que tú quieres, verás que es capaz de trastocarte. Y, aunque te parezca raro, te deja un poco más libre, porque terminas entendiendo más.»

Con el paso de los años, Faúndez reincidió en el mundo del hampa, aunque de manera más tangencial. Aceptó adaptar sus anécdotas y recuerdos de ciertos criminales para un muy sintonizado y sensacionalista programa de televisión que recreaba episodios de sangre. Recuerdo haber visto un capítulo sobre Aliro Caballero y comprobar con horror que el actor que lo interpretaba era uno de los de *Región Metropolitana*. Vi el programa en un estado de *déjà-vu* y embriaguez. Al final, tal como lo intuí, apareció el nombre de Saúl Faúndez encabezando los créditos.

Tengo entendido que jubiló de la Escuela de Periodismo de allá. Hace tiempo que perdimos contacto. Debe estar muy viejo, pero no creo que se haya muerto. Le pedí a mi editor, antes de partir, que lo ubicara y le enviara la novela. Cuando regrese a Chile, prometo averiguar qué fue de él, aunque hay días en que preferiría no saber. Quizás mi mayor miedo es que no se acuerde de mí tanto como yo me acuerdo de él.

Mi padre, en tanto, estuvo efectivamente preso, pero su abogado logró que le dieran una pena corta y en una cárcel relativamente decente, donde había que pagar por la celda como si fuera un hotel. Sé que ahora vive en Villa Alemana y atiende clientela particular. Nunca nos volvimos a ver. No creo que lo hagamos. Las cuentas están saldadas. *Prensa amarilla* me ayudó bastante en ése y en otros sentidos.

Mi hermana Gina pasó un período muy mal, pero hoy está radicada en Mendoza, Argentina, casada y con dos hijos universitarios. Viaja frecuentemente a Viña a ver a mi madre. Cuando almorzamos tenemos el buen gusto de saltarnos el pasado como si fuera un pariente al que le hemos perdido la pista.

La azafata anuncia por los parlantes que nos estamos acercando al aeropuerto de Raleigh/Durham. Por motivos de seguridad es necesario apagar todos los aparatos electrónicos. A través de la ventanilla ya se divisa el follaje de los árboles y los caminos que pasan entre ellos. El día está glorioso y parece nuevo. Benjamín debe estar esperándome allá abajo. Supongo que estoy preparado, pero no me consta. Sólo sé una cosa: ésta es una oportunidad que no llega a cada rato. Espero estar a la altura.

Agradecimientos

A Carolina D. (que es capaz no sólo de editar páginas sino vidas).

A todos mis amigos que me dieron info, datos, consejos y apoyo: F. Merino, A. Sepúlveda y E. Ayala (viernes literarios); además de Marcela S., S. Paz, S. Gómez, P. La Roche, Sylvia I. y R. Fresán.

A la gente de Rock & Pop y el Canal 2 por permitirme ser su escritor en residencia: I. Valenzuela, L. Ajenjo y también Alejandra P.

A mi familia: tanto la de allá como la de acá.

A la gente de Iowa y USA: C. Blaise, D. Toscana, Kristina C., y a mi gran agente E. Simonoff en NY.

Al Gato Gamboa y Luis Rivano, y a todas las librerías de viejo de San Diego.

Al elenco de *Cinco Sur*, partiendo por G. Muñoz-Lerner, M. Klotz y, sin duda, Morgana R.

A mi nueva familia Alfaguara: C. E. Ossa, M. Maturana, Magaly V., Verónica R., Claudia de la V. y Verónica C., y a Valeria Z. y, por cierto, a Marcela G., que siempre aperra y siempre es fiel.

Esta novela se escribió, en parte, con la ayuda del Fondo de Desarrollo de la Cultura y las Artes (FONDART).

Este libro se terminó de imprimir
en el mes de agosto de 2001,
en los talleres de Quebecor World S. A.,
ubicados en Pajaritos 6920,
Santiago de Chile.